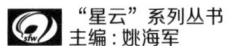

"星云"系列丛书

主编：姚海军

星云 XII

NEBULA

笛卡尔之妖

分形橙子　索何夫　刘 洋　杨晚晴　著

四川科学技术出版社

图书在版编目（CIP）数据

星云XII：笛卡尔之妖 / 分形橙子 等著 . -- 成都：四川科学技术出版社，2022.10
（"星云"系列丛书 / 姚海军 主编）

ISBN 978-7-5727-0755-1

Ⅰ.①星… Ⅱ.①分… Ⅲ.①幻想小说—小说集—中国—当代 Ⅳ.①I247.5

中国版本图书馆 CIP 数据核字（2022）第 200296 号

"星云"系列丛书

星云XII：笛卡尔之妖

XINGYUN XILIE CONGSHU

XINGYUN XII：DIKAER ZHI YAO

丛书主编　姚海军
著　者　分形橙子　索何夫　刘　洋　杨晚晴

出 品 人　程佳月
责任编辑　程蓉伟　姚海军
特邀编辑　汪　旭
封面绘画　弍　木
插图绘画　禄　水
封面设计　姚　佳
版面设计　姚　佳
责任出版　欧晓春
出　　版　四川科学技术出版社
　　　　　成都市锦江区三色路 238 号邮政编码 610023
　　　　　官方微博：http://e.weibo.com/sckjcbs
　　　　　官方微信公众号：sckjcbs
　　　　　传真：028-86361756
成品尺寸　160mm × 228mm　　　印　张　18.75
字　　数　260 千　　　　　　　插　页　2
印　　刷　成都博瑞印务有限公司
版　　次　2022 年 12 月成都第一版
印　　次　2022 年 12 月成都第一次印刷
定　　价　50.00 元
ISBN 978-7-5727-0755-1

邮购：成都市锦江区三色路 238 号新华之星 A 座 25 层邮政编码：610023
电话：028-86361770

目录

笛卡尔之妖

现在是一个天堂般美好的时代。
人类不再背负着沉重的历史,新出生的
一代会认为人类一直是一个美好善良
的种族。

分形橙子

1999年开始接触《科幻世界》，硬核资深骨灰级幻迷，大学时任华中科技大学科幻协会会长。有多年海外工作生活经历，世界华人科幻协会会员。2018年底出道，连续收获中国科幻银河奖、晨星奖、光年奖等十四座奖杯。已出版科幻作品集《忘却的航程》。

如果我们的头脑非常简单，

简单到我们可以理解它，

那么，

我们就会变得非常愚笨，

愚笨到我们无法理解我们的头脑。

———[挪威] 乔斯坦·贾德《纸牌的秘密》

引　子

Science 杂志在庆祝创刊一百二十五周年时，邀请全球几百位科学家列出他们认为当今世界最重要的前沿科学问题，最后归纳出了一百二十五个。其中，有十八个问题属于脑科学，而意识的生物学基础问题排在所有脑科学问题之首。

意识的生物学基础是什么，无疑是最迷人的未解之谜。几千年来，它一直是哲学家和科学家争论不休的话题，也是宗教坚守的最后一块阵地。神学家认为意识即灵魂，灵魂是上帝之手创造的。哲学家们则陷入了更深的旋涡和毛线团不能自拔：笛卡尔声称"我思故我在"，彻底跳入了唯心主义的深渊；而叔本华则聪明地将这个问题称为"世界之结"。

历史的车轮前进到 21 世纪中叶，随着超级计算机的持续演进和科学界的分工合作日益紧密，笼罩在意识之谜上的迷雾终于有了散开的迹象。人们逐渐发现，距离解开"世界之结"的时刻似乎越来越近了。

登月提案

刚在纽约参加了环球航行完成一千一百周年的庆典，雅各布就接到祖父艾伦的电话。电话里，祖父说想见见他。雅各布踌躇了一下，他本来还有一个活动要参加，但转念一想，祖父已经一百多岁了，时日无多，能见面的次数有限，于是他就答应了。

祖父住在亚特兰大郊区，雅各布乘上飞车，脑伴已经自动设置好飞行航线，飞车无声无息地启动了，很快就升空消失在天际。

一个小时后，飞车降落在亚特兰大郊区附近的一个小型农场。这个农场距离城区很远，保持着怡人的田园风光，大片的玉米地和苜蓿地包围着一座木制的二层小楼，放眼望去满是绿意，几辆智能农用机械无精打采地停在农田旁边的空地上。

雅各布的祖父艾伦就住在这个远离城市的农场里。艾伦是一个古怪的人，他拒绝搬到城里去住，也拒绝植入脑伴，反而一个人居住在这个农场里，过着与世无争的生活。雅各布走下飞车，走过一段尘土飞扬的道路，到了木屋门前。他两步就跨上阶梯，来到外廊里，自动门识别出来人的身份，悄无声息地滑开了。

雅各布走了进去，外表破旧的小楼里面装饰得非常现代，地板一尘不染，祖父正坐在背对着他的沙发上。

"爷爷，"雅各布绕过沙发，看见祖父微闭着眼睛靠在沙发上一动不动，似乎睡着了，他有些担心地轻声问道，"你还好吗？"

"雅各布,你来了,快坐吧。"老艾伦睁开眼睛,微笑着看着孙子,但雅各布还是注意到了祖父眉宇间笼罩着的阴郁。

雅各布暗自松了一口气,他盘腿坐在光洁的地板上,劝说道:"爷爷,你至少应该植入一个医疗性脑伴吧。"

"我成功了,"祖父没有接他的话,自顾自地说道,"我的提案被批准了。"

雅各布先是一惊,然后又陷入沉默。事实上,他不知道该说些什么。他的祖父艾伦是一个公认的怪人,从雅各布记事时,祖父就变成了这样。他拒绝植入脑伴,拒绝使用任何智能科技,甚至声称有人要暗杀他,如果他植入了脑伴,会处于危险之中。但所有人都知道这是无稽之谈。后来,祖父似乎也意识到荒谬之处,产生了一些转变,开始不再排斥科技产品,但他却始终顽固地拒绝植入脑伴,这是他的底线。就当所有人都以为他会渐渐变好之后,祖父又开始了一项新的计划。他在超网上到处呼吁开启太空计划,甚至撰写了如何登陆月球的计划书。雅各布长大以后,有一次在超网上看到过这份计划书,计划书虽然破绽百出,但是却非常详细,能看出老人对这个计划用心良苦。祖父在计划书里详细地描写了如何将人类——他称之为宇航员——送到月球上去。他仔细地计算了发射地点和轨道,甚至还规划好了登月地点。

看罢计划书之后,雅各布对祖父隐隐有了一丝怜意。他知道,生活中总不乏这种钻牛角尖的人,他们空有一番热情,但为学识和眼界所限,总是在已经被证明不可能的道路上撞得头破血流。雅各布知道,提案被批准只是意味着获得了被提交到科学委员会评审的资格。但每周有成千上万个提案通过初步筛选,大多数提案会在科学委员会的第一轮评审中被刷下来。每个公民都可以在超网上随意提交提案,根据支持率和超网的算法,来决定是否将提案升级递交。祖父几乎每周都要提交一份提案——因为他的提案总是会在一周内被打回来。

有那么一会儿,雅各布对超网涌出一股恨意,如果祖父的提案真的可行,为什么不早些年就通过?为什么要在折磨了他这么多年之后,再给他一线希望?雅各布很清楚，祖父的提案几乎不可能通过后续评审。世界上还有什么比给了希望又亲手打碎更残忍？

仿佛是看出了孙子的尴尬，艾伦笑了笑，"我以为你听到这个消息会很高兴。"

"我很为你感到高兴，爷爷。"雅各布笨拙地说，"我看过你写的提案，真的很不错。"

祖父微微摇头，"不必安慰我了，我一开始就知道这个提案是不可能成功的。虽然提案被批准了，但恐怕距离真正实施还遥不可及。"

"为什么？"雅各布吃了一惊，"为什么你明明知道……却还一直不停地提交那个提案？"

沉默了好一会儿，祖父才长长地叹了一口气，"我想给你讲一个故事，讲讲这一切到底是怎么发生的，我不想把这个秘密带到坟墓里去。当然，你完全可以把这些话当成是一个老人的疯言疯语。你愿意听听吗？"

雅各布不置可否地耸耸肩，"当然了，爷爷，我非常愿意。"

老人斜躺在沙发上，目光投向远方，仿佛回到了那古老的时光。

脑　纹

这一切都是从一个再平常不过的早上开始的。

美国，亚特兰大，2032年。

一大早，艾伦就急匆匆地跑到詹姆斯的办公室。

"詹姆斯教授，我听说委员会驳回了我们的申请？"一见到詹姆斯，艾伦就急切地问。

詹姆斯放下手中冒着热气的咖啡，抬起头看了一眼他最优秀的软件工程师，比起急躁的艾伦，这位曾经的第四工程首席项目执行官却显得异常平静，他点点头，"是的，我昨天就知道这个消息了。"

艾伦张了张嘴，却什么都没说出来，他的目光无意识地在詹姆斯教授的办公桌上来回扫视，最终落在一个水晶制成的同比例大脑模型上。他认识那个造型精致的模型，那是一个令人惊叹的杰作：用微控激光镂空技术精确雕刻出大脑的每一处细微结构，大脑皮层上的每一道沟回都分毫毕现。而且，还用折射率不同的材料雕刻出尾状核、丘脑、中脑、杏仁核、下丘脑、壳核、苍白球、基底神经节、海马体、脑干、小脑、脑桥和后脑，在阳光下甚至能隐约看出大脑内部蕴藏着更精细的微管结构。

那是去年中国代表团到亚特兰大脑科学研究所做学术访问时，赠送给詹姆斯教授的礼物。中国人声称这个大脑模型是专门为詹姆斯教授定制的。詹姆斯一拿到这个模型就爱上了它。他爱不释手地把玩了很久，为它在凌乱的办公桌上找了一个最佳位置。在詹姆斯眼里，它也许是一个艺术品，但艾伦却怀疑它很可能来自一个小商品批发市场。

"为什么？"艾伦终于重新组织好语言，"按照中国人的方法，我们可以取得活人的脑纹，为什么不能再尝试一次呢？"

"不，"詹姆斯的目光也落在水晶大脑上，"有人不仅看到了风险，还把这个风险在内部评审会和听证会上夸张了一万倍。"

"看在上帝的分上……委员会那群人是不是忘了，你可是第四工程的首席科学家！"艾伦一拳砸在桌面上，"我有预感，这次我们一定会成功的！"

"看在上帝的分上，"詹姆斯从水晶大脑上收回目光，意味深长地看着艾伦，"这就是他们提到的风险——看在上帝的分上。"

确定詹姆斯不是在开玩笑之后，艾伦的脸上露出不可置信的神色，"……这不是真的。"

"很遗憾，这是真的。"詹姆斯打开抽屉，拿出一个精美的雪茄盒，从里面抽出一支哈瓦那雪茄，"据说有人起草了一封信，征集了全美数十位权威脑神经科学家的签名，联名信中要求禁止关于脑纹的任何实验。也就是说，他们不仅禁止我们占用'亚当'，也禁止我们再提取任何脑纹。"

"我不明白，为什么要针对我们？据我所知，委员会从来都没有拒绝过任何申请，"艾伦气愤异常，"为什么他们会拒绝我们的申请！"

"这次可不一样。"詹姆斯熟练地剪掉了雪茄头，点燃了雪茄，深深地吸了一口，喷出一股令艾伦窒息的浓雾，"有些人不害怕我们失败，而是害怕我们成功。这件事情的政治意义和宗教意义已经大过了科学意义。"顿了顿，詹姆斯继续说，"而且，恐怕你恰好说对了，他们害怕我们制造出真正的灵魂，有人不想让我们触碰上帝最后的领域。"

愣了半晌，艾伦摇摇头，"吉姆，这太荒唐了，这些话去骗骗别人还行，但肯定骗不了你，这不是真正的原因吧？"

詹姆斯似笑非笑地看着他，"自从'亚当'开始运行之后，来自各大学实验室和医疗研究机构的申请从未中断过。但'亚当'的使用并不是无偿的，每一位申请者都给研究中心付了一大笔钱，用来维持'亚当'的运行。当然，这笔钱对这些大型医药公司获得的收益来说是九牛一毛。委员会已经把'亚当'当成了一棵摇钱树，所谓的'捍卫上帝的领域'只是一个可笑的借口，他们真正担心的是我们会毁掉这棵摇钱树。"

"我不太明白，怎么会这样——"艾伦有些迷茫，"'亚当'是全美国人民的财产……"

詹姆斯翻了个白眼，他敲敲桌子，"清醒些，艾伦先生。想想看吧，如果'亚当'有了自己的思想和自我意识，那么，谁来定义它是不是有灵魂了呢？如果是，'亚当'算不算是一个人？如果'亚当'是一个人，那么他们还怎么拿'亚当'肆无忌惮地做实验？要不要考虑'亚当'的人权？即使最终解决了这些复杂的伦理问题，要不要赋予'亚当'每天工作八小时的合法权利？好，即使这些问题统统都解决了，这期间耽误的时间、造成的损失，谁来负责？"

这下，艾伦真的瞠目结舌了。

"这才是真正的原因。"詹姆斯再次吐出一口烟雾，阴郁地说，"我们的实验即使成功了，也无法给研究中心赚来一分钱。我恰巧'无意中'见到了辉瑞神经科学实验室递交的一份关于癫痫研究的申请，你知道研究中心报价多少吗？两千万美元！一个小时的报价是两百万美元，辉瑞毫不犹豫就交了钱，就为了拿到十个小时的使用权！而我们的实验会占用多久？别忘了上一次导入那个脑纹的时候，'亚当'可是整整运行了一个星期。但那次实验还属于第四工程的一部分，委员会没有任何理由来阻止我们。现在呢？在名义上，第四工程在三年前就已经结束了，而且有人已经从'亚当'身上尝到甜头了。只要能赚到钱，什么上帝领域、宗教禁区都他妈的要让路。"

"该死的，他们没有权力拿'亚当'赚钱！"艾伦愤怒地说。

"他们没有'赚钱'。"詹姆斯丢掉雪茄，双手撑在办公桌上，直起身子看着艾伦，"用委员会里某些人的说辞，'这只是弥补前期巨大的研发投入'。重要的是，大型医药公司和跨国集团愿意花这笔钱。另外，如果他们愿意再付一笔，委员会将承诺不会审批来自其他公司的类似申请。"

"混账！"艾伦勃然大怒，"在脑科学领域，我们已经落后了，是中国人提出了脑纹假说，也是中国人率先发现便捷提取脑纹的技术！我敢肯定，中国人已经开始动手制造他们的强人工智能了！他们可没这么多条条框框限制着！要是我们的先辈也是这么想的，苏联人肯定能赢得登月竞赛。从什么时候开始，一向标榜科学精神至上的美国开始有宗教审判所了！"

"很好，艾伦。看来在这一点上我们达成了共识，"詹姆斯点点头，"还有一点，他们根本不相信中国人的论点，换句话说，他们根本不相信人类能制造出灵魂。那些神棍在电视和报纸上对科学界指手画脚，他们质疑载人登月的真实性，质疑地球到底是不是圆的，质疑疫苗是政府研制的病毒，质疑51区①，到处散播阴谋

---

① 位于美国内华达州的一个区域，此地有一个空军基地。传闻该区域发生过许多奇异现象。

论,他们现在终于不满足于仅仅是指手画脚了。这些蠢货享受着科技文明提供的无处不在的便利,转头就诅咒科学家发明了塑料袋。我们不能继续容忍这种愚蠢的行为了。艾伦,那些蠢货根本就没有意识到强人工智能真正的意义,如果我们能够率先制造出强人工智能,它的智慧会比我们高几个量级,它会帮助我们看清楚这个世界的运作方式,它会指导美国的外交政策、经济措施,进一步遏制我们的敌人,还可以让其他国家永远也无法制造出强人工智能。它会帮助美国永远领先于其他国家,美国会永远成为这个星球上最发达的国家。相反,如果其他国家研制成功了强人工智能,美国就彻底完了,我们将沦为二流国家甚至被摧毁。艾伦,你想看着这一切发生吗?中国、欧盟、俄罗斯、日本都在制造属于他们的人工智能,而我们却止步不前,这群该死的政客完全没有意识到这是一场比冷战更关键的竞赛。"

尽管并非完全认同詹姆斯的疯言疯语,艾伦还是阴郁地望着詹姆斯,"那么,吉姆,现在我们该怎么办?"

"分析报告带来了吗?"詹姆斯用细长的手指轻敲着桌面,不疾不徐地问。

"当然。"艾伦点点头,"你肯定还没来得及看邮件吧?"

"我还没喝完今天的第一杯咖啡呢。"詹姆斯摆摆手,坐直了身体,"直说吧,艾伦,中国人提供的方法到底能不能用?"

艾伦四处看了看,走到门口把门关严实,然后拉来一张椅子一屁股坐下,"几乎无懈可击,我是说,我没看出有任何问题。这就是我不懂的地方了。"他疑惑地摇摇头,"如果我是中国人,我肯定不会把这个方法公之于众,不是吗?他们完全可以不停地去实验,直到制造出属于他们的强人工智能。他们为什么要公布提取脑纹的方法?"

"这是第四工程的一部分,"詹姆斯不以为然地说,"中国人只是在履行合作协议中规定的义务。不管是哪个国家取得了这种进展,都有向各参与国公布的义务。"

艾伦不置可否地耸耸肩，如果美国人率先开发出脑纹的简便提取技术，他可不敢说美国人会这么大方。

"根据我的计算，"艾伦继续说，"用中国人的方法可以在十二小时内就完成一次样本提取，提取脑纹的时间和成本可以降低到任何一家生物研究所都能承担的限度。"

"这不奇怪，别忘了加速回归定律，科技本身就是加速发展的。"詹姆斯说，"想想人类基因组计划吧。一开始我们准备花三十亿美元和十五年的时间完成全基因组测定，可是现在只过了不到二十年，测定一个人的全基因序列只要几百美元和四十小时。即使中国人不发明这项技术，其他人迟早也会发明的。"

"五十美元，"艾伦说，"我知道有一家中国公司提供五十美元测定基因序列和定位祖先谱系的服务。"

"但不是哪个公司都拥有超级计算机。"詹姆斯扬起眉毛，"等等，你刚才说十二小时？"

"是的，这是最保守的估计。很快，任何一家医疗器械公司都可以提供脑纹测定服务了。"

"不会有哪家公司推出这种服务的，没有超级计算机，脑纹就是一组毫无意义的数据。"詹姆斯摇头，"对普通人来说，脑纹更是一钱不值，既无法告诉他们是否拥有一个荣耀的祖先，也不会告诉他们在未来可能会得什么病，但对我们来说就不一样了。"

艾伦疑惑地看着教授，"你是说……"

"我们现在有条件提取属于自己的脑纹了。"詹姆斯指指艾伦带来的那份报告。

"是的，当然。"艾伦说，"但研究中心拒绝了我们的申请，这正是我来找你的原因。"

"你的目的达到了，"詹姆斯又点燃了一支雪茄，果断地说，"去生物信息实验室找个人来帮我们,我们自己干。"

艾伦一惊,他意识到生物信息实验室也有自己的超级计算机,的确有条件提取脑纹。但他马上就皱起眉头,"可是……"

"艾伦,中国人已经开始制造属于他们的强人工智能了,"詹姆斯说,"那些愚蠢的委员会成员根本没有意识到这一点,我们不能因为一个可笑的禁令就裹足不前。"

"恐怕我们已经落后了,詹姆斯。"艾伦忧虑重重,"按照中国人做事的习惯,当他们已经走到第三步,才可能把第一步的消息放出来。"

"用不着那么悲观,艾伦。我猜,中国人很可能在构建强人工智能的过程中遇到了无法逾越的困难,所以他们将提取脑纹的方法公布出来,希望有同行一起攻克难关,这是很聪明的做法。"

"听起来似乎很有道理。"艾伦点点头。

"听着,艾伦,我们的目标都是制造出真正的强人工智能,"詹姆斯的表情认真起来,"提取可用的脑纹只是第一步;第二步,我们需要将脑纹导入虚拟大脑中,单单是这一步,就只有寥寥几个国家才能做到了;但最关键的是第三步,别忘了,在第四工程里,美国承担了最多的软件部分,在底层软件构建和应用层方面,我们是有优势的。我们一直卡在了第一步,现在中国人替我们解决了,我们不会输掉这场竞赛的。"

"也许你是对的。"艾伦轻抚着额头,"不过,我们现在卡在第二步了,即使我们真的有了属于自己的脑纹,也得不到'亚当'的使用权。"

"走一步看一步吧,我会解决这个问题的。"詹姆斯却自信满满地说,"艾伦,我需要你帮忙,去说服生物信息实验室的人,不管你能找到谁,告诉他,我要一个属于我们自己的脑纹。"

艾伦有些犹豫,尽管并没有法律禁止这么做,但在伦理上肯定是有问题的,一旦被舆论界知道了,他和詹姆斯的学术生涯很可能也就到头了。

"放心吧，艾伦，不会有人发现的。"詹姆斯看出了他的担忧，他推心置腹地说，"如果我们失败了，只要把程序卸载干净就行了。如果我们成功了，谁还会追究这件事儿呢？现在像官僚的科学家越来越多，像明星的科学家越来越多，唯独像科学家的科学家越来越少了。艾伦，你是哪种人？"

"我不知道我是哪种人，但我知道你是最像演说家的科学家。"艾伦严肃地说。

"谢谢你的夸奖，艾伦。"

艾伦笑了，"当然我可以试试，不过，如果生物信息实验室答应帮助我们提取脑纹，我们也需要一个愿意为我们保守秘密的志愿者。"

"不用到处找了，"詹姆斯指指自己，"一个年富力强、大脑活跃、立志为科学奉献的志愿者就坐在你面前。"

艾伦大吃一惊，"你说什么？"

看到艾伦吃惊的表情，詹姆斯大笑，"是的，我愿意做志愿者。怎么？你觉得这是浮士德和魔鬼的交易？不不不，这是上帝用自己的模样创造亚当！神用地上的尘土造人，将生气吹在他鼻孔里，他就成了有灵的活人。"

"你现在看起来是一个更像神棍的科学家了，詹姆斯。"艾伦摇摇头。

艾伦走了以后，詹姆斯抓过那个水晶大脑模型，放在手里认真端详起来。金色的阳光从百叶窗的缝隙里钻进来照在水晶大脑上，无数光点从大脑深处迸发出来，精美绝伦。

只有他一个人知道，这个大脑还隐藏着一个彩蛋。那是他收到这个水晶大脑的三个月后，在一次模拟仿真实验失败之后，他独自回到空无一人的办公室，关掉了所有的灯，一个人享受着孤独的挫败感。月亮很快就升了起来，当一缕月光从他背后的百叶窗缝隙里照射进来时，奇迹发生了。那一缕月光恰好照射在水晶大脑的松果体部位，顿时，整个水晶大脑都流光溢彩，詹姆斯抓起水晶大脑，但流光马上就消失了。他试着将大脑放回月光中，但什么都没有发生。詹姆斯仔细地调整角度才发现，只有当月光按照一个特定的角度照射进松果体，大脑才会出现那种奇异的色彩。原来水晶大脑的内部按照神经走向布满了无数的微细光纤，模拟出了大脑的真实图景。

虽然这颗水晶大脑纤毫毕现，精细无比，但是却远未触及真正的核心，詹姆斯亲手切开过无数个大脑，死的、活的、男人的、女人的、孩子的、黑猩猩的……可他从未见过灵魂。

他凝视着水晶大脑，目光久久没有移开。

第四工程

人脑是人类在这个宇宙里见过的最精密、复杂的机器，到目前为止，科学家都还没有搞清楚意识产生的真正机制。科学家们一直试图制造出真正的强人工智能，也就是具备真正自我意识的计算机。用更通俗的说法则是，人类试图制造出类脑智能。

要制造出类脑智能，就需要了解意识是怎么产生的。但是人的意识是如何产生的，可能是宇宙间最大的谜题，也是科学和宗教对弈的最后战场。直到今天，科学家们仍未在大脑中找到产生思维的组织。关于意识，科学家们提出过无数假说。有人认为意识的产生是由一组上帝细胞控制的，但科学家们从来没有在大脑中寻找到类似的结构。也有人认为人类的意识是量子层面的搅动，更有人认为人类的意识是高维空间的映射，甚至还有人认为人类的意识是可以独立于肉体存在的高级生命。

但是，随着研究的深入，二元论还未复活就被重新扔回了垃圾堆。越来越多的科学家们开始意识到，电化学信号的传导过程很可能就是意识本身。在大脑里寻找意识和记忆，就好像电脑工程师拆开一台电脑，拿着显微镜去硬盘和内存里寻找系统程序一样可笑。即使拿着世界上最厉害的显微镜，也永远不可能在 CPU

或者硬盘里发现一个程序。科学界逐渐达成共识，既然程序是 0 和 1 的开关的传导过程，那么意识很可能只是一种更复杂的程序而已。

但新的问题很快就出现了。众所周知，一个操作系统的代码量就超过一亿行，一个完整的能运行的软件生态代码可能达到数百亿行，这些代码的每一行都是程序员一个字母一个字母敲出来的。而大脑远比人类能够制造出的运行最快的超级计算机还要复杂，如果意识真的是一组程序，它的代码量可能超过万亿行，甚至更多。

中国的科学家们从古老的经典和现代基因学中获得启示：大象无形，大道至简。他们认为，如果意识真的是一种自然形成的程序，那么大自然绝不会一开始就设计出这么复杂的程序。以基因为例，现在地球上存在的所有生命，其实都能追寻到三十五亿年前的一个非常简单的脱氧核糖核酸片段上。大自然并没有亲自为人类和真菌编写基因代码，它只要制造出最初的原基因片段就足够了，剩下的事情交给时间。在数十亿年的时间里，大自然会演化出数百万亿个物种。所以，中国科学家们认为，意识也有一组核心的初始代码，即意识的自导引代码，人们要做的事情就是找到那组初始代码。自导引代码会在大脑中自由生长为成熟的意识。

这个自导引代码假说引起了全世界各国脑科学家们的注意，但经过深入研究之后，科学家们发现，在成功构建一个成熟、真实的虚拟大脑之前，这是一个无法验证的假说。

进入 21 世纪之后，中国、日本、欧盟、美国等科技强国和联盟纷纷提出了各自的"人类脑计划"。中国将脑科学研究列入了国家"攀登计划"，欧洲、日本、美国也各自推出了脑研究计划。

但是，随着各国独立研究逐渐深入，科学家们发现大脑的复杂度远超预估。想要研究清楚大脑的运行规律，不仅要耗费巨资，所需的计算力也已经超出了任何一个国家的能力。

"人类脑计划"和以往各国进行的虚拟大脑构建完全不同。以往的虚拟大脑计算机模型,大都是根据真实大脑在不同场景刺激下产生的数据确定算法后,再进行数字建模。但是,根据这种方法建造的虚拟大脑其实依然是一种数字化的模拟大脑,而非真正的数字大脑。这种虚拟大脑并不能帮助科学家们了解神经传导的具体特征,当然更不可能帮助科学家们研究意识如何产生。要想真正将大脑研究透彻,科学家们必须要有一个精确到每一个神经细胞,甚至每一个神经突触的数字大脑。

但是,没有任何一个国家能独立完成"人类脑计划"这样巨大的工程。德国尤利希研究中心曾经试图将一名六十五岁妇女的大脑分割成七千四百层二十微米厚的切片、染色、成像,然后让两个超级计算机运行一千小时将数据拼凑起来,在计算机中呈现出一个虚拟大脑的细节,而这整个工程耗费了整整十年的时间。

在这种情况下,第四工程应运而生。

人类科学史上曾经有三个影响深远的伟大工程:曼哈顿计划、阿波罗登月计划和人类基因组测序计划。借助成功对人类基因组测序的国际合作经验,各大国一致决议,将大脑解析的工作分解成每个国家都可以承担的模块进行计算,实施了有史以来规模最大的大脑解析计划,并且将其称为第四工程。

第四工程的科学家们甚至借鉴了 SETI 计划[①],将每个计算模块再次分解,利用民间的计算机进行分布式计算。经过整整五年的计算,结果被分享、汇总到各参与国的脑科学研究中心。

项目完成之后,各参与国都获得了一个由真实人类大脑构建的虚拟大脑数据库。这个数据库详细地描述了该志愿者大脑的八百六十亿个神经细胞的状态,以及每个神经细胞的一万个神经突触的连接路径、脑血管网、电位差以及乙酰胆碱水平等相关信息,数据量达到了惊人的 100PB,而这还是经过压缩后的结果。

---

① Search for ExtraTerrestrial Intelligence,搜寻地外文明计划,又名"凤凰计划"。该计划致力于用射电望远镜等先进设备接收从宇宙中传来的电磁波,从中分析有规律的信号,希望借此发现外星文明。

虚拟大脑需要在超级计算机阵列之中运行，但不是每个国家都有足够的超级计算机空间保持虚拟大脑的运行。全球只有三个虚拟大脑被成功运行，其中，美国人把他们的虚拟大脑命名为"亚当"，中国人把他们的虚拟大脑命名为"女娲"，欧洲人把它命名为"普罗米修斯"。

构建起虚拟大脑后，秉持着开放共享的合作精神，对三个虚拟大脑的研究取得了长足的进步。各国陆续攻克了癫痫、中风、帕金森综合征等疾病，但对于精神类疾病，比如孤独症、自闭症的成因依然缺乏了解，更别提治疗手段了。除非真正了解了意识的生物学基础，否则人们不可能对精神类疾病进行有效治疗。

同时，第四工程的伟大之处很快就显现出来。各国对获得的海量数据进行了分析，他们摒除了与意识无关的神经冲动——事实上这些冲动占据了大脑负荷的绝大部分——专注于了解意识出现时的电流传导，拨开一层层的迷雾之后，意识的本质逐渐显露在人们面前。

各国的分析结果惊人地一致，中国人早年间提出的意识传导代码假说被验证了。真的存在一种普适性的传导规律，在通过一系列复杂的高等数学工具、拓扑学换算之后，脑科学家们终于发现了意识的初始状态。每一次意识激发时，电化学脉冲都是通过某种特定的初始状态开始的。

中国人的理论被证实了，真的存在一个意识激发的初始态，这个初始态完全可以用现有的数学语言精确描述。而且，经过计算机的图形化处理，这种激发态可以表现为一种独特的纹路。进一步研究发现，这种纹路很可能就像人的指纹和虹膜特征一样，是独一无二的。

理所当然，人们很快为这种纹路起了个名字：脑纹。

发现脑纹之后，科学家们立即意识到在之前的类脑智能制造中设计不出强人工智能的原因。因为他们只组装了一台电脑，却忘了给它安装底层操作系统。如果脑纹真的是意识初始激发态的算法，那么在虚拟大脑的构建中，人们第一次可以引入真正的软件。但是当科学家们将第四工程中获取的脑纹导入虚拟大脑构建意识时，却发现脑纹并没有按照预想中的那样，从初始态生长成成熟理智的意识，而成长成了一个疯狂的毫无逻辑的东西。

重新提取其他脑纹进行试验基本不可能，提取一个脑纹相当于重建一个虚拟大脑，是极其复杂和昂贵的。第四工程起始之初，科学家们使用的是一个来自德国的志愿者的大脑。为了不产生道德上的困扰，科学家们在这个志愿者脑死亡的瞬间提取了大脑。这个志愿者的大脑形态构成了第四工程的基础，而脑纹的获取只是第四工程的副产品。如果想要再次获取一个脑纹，不管是从成本和时间上考虑，都是不现实的。

一时间，西方科学界纷纷开始质疑，脑纹是意识激发态的假说是错误的。

在纷纷扬扬的质疑声中，中国科学家提出，各研究机构都是独立发现的脑纹，而找到的脑纹都是一致的，这也从另一个侧面证明脑纹是客观存在的。至于脑纹为什么没有生长成合适的意识，原因很简单——第四工程获取的脑纹有问题。那位德国志愿者的意识已经濒临死亡，一生积累的记忆会同时释放出来，让当事人的意识陷入混乱的涡流和匪夷所思的幻象。当脑纹被导入虚拟大脑时，自发生成的意识根本不可能是一个保持理智的意识。所以，这个脑纹并不是初始脑纹，而是带有时间印记的。因此，在提取脑纹时，必须去掉时间印记——他们叫它"时间戳"，也就是去掉此人一生的记忆对最终的意识和心智造成的影响，才有可能得到一个完整的人工意识。但中国人无法证实这个猜想，除非他们能找到所谓的时间戳。

这个说法不仅引起了轩然大波，还给那位德国志愿者的家人带来极大困扰。他们痛苦地意识到，如果这个说法是真的，那位可敬的志愿者无疑在各国的超级计算机中遭受了一次又一次的死亡。

大多数西方研究机构都不认同这个天方夜谭般的说法，他们认为从一开始就走错了路。所谓的脑纹根本就不可能是什么意识的激发态，只是一串毫无意义的代码。人类是不可能触摸到灵魂的秘密的。越来越多的西方科学家开始转向对虚拟大脑本身的研究，摒弃了对脑纹的研究。西方的主教们不约而同地松了一口气，这些疯狂的科学家们终于还是没有触及上帝最后的领域。

中国人就没有这么多顾虑了，他们一直没有放弃对脑纹的探索。中国人声称，脑纹并没有什么神秘之处，严格来说也是一种高级仿生学。意识的基础是物质，它并不是超自然的。既然人类能根据仿生学制造出潜艇和飞机，也一定能够运用仿生学制造出属于人类自己的人工意识。

在第一次确认了意识激发的初始状态的确存在之后，中国科学院的科学家们对已经获得的脑纹进行逆向运算，试图从时间上回溯脑纹出现时最初始的状态，在软件层上寻找时间戳。

两年后，中国人并没有找到时间戳，但他们却宣布发现了如何更简洁地测定一个人脑纹的方法。他们的工作大大简化了提取一个人脑纹的过程，但更重要的是，他们将脑纹提取的价格从无法承受的高价降到了一个省级研究所都可以接受的价格。他们同时宣布，在后续的研究工作中，将不再使用那位可敬的德国志愿者的脑纹，会使用新志愿者的脑纹。

中国科学家的发现再次引起了轩然大波。曾经甚嚣尘上的传言再次出现，许多人认为脑纹是每个人的灵魂印记，一旦脑纹被导入虚拟大脑中，就等于将自己的灵魂置于无尽的黑暗深渊中。更可怕的是，如果脑纹真的是人的意识，那么你只要花一笔钱，拿到你痛恨的人的意识，然后在虚拟世界里一遍一遍地折磨他，让他生不如死，你可以让他体验到最恐怖的地狱酷刑和永恒的折磨。无数人开始呼吁严厉禁止对脑纹的研究，没有人不害怕自己死后连安息的权利都被剥夺。

出乎意料的是，中国科学家向第四工程各参与国共享了最新的脑纹提取方法。用这种方法，可以提取出任何人的脑纹——只要对方愿意。但中国科学家也郑重警告，中国科学界是本着责任心和分享精神向各国提供此技术的。脑纹的提取和导入很可能涉及深层次的伦理问题，希望各国慎重对待。滥用脑纹提取技术导致的任何后果，中国科学界概不负责。

但是各国科学界更关心的是，如果真的能够利用这个技术在超级计算机里制造出真正具备人类意识的人工智能，它和志愿者是什么关系？它是否能够被称为一个"人"？它有人权吗？如何限定它的行为边界？如果删除数据，是否涉嫌杀人？

在新一届世界脑科学交流大会上，各国很快就达成了共识，将严格限制脑纹提取以及将脑纹导入虚拟大脑的行为。

"这件事情要慎重对待，人类已经克隆出了绵羊和猿猴，组装了病毒，这是从物质层面对上帝发起的挑战。"一个英国科学家评论道，"如果脑纹真的能够长成一个新的意识，这个世界上大概就不需要上帝了。"

来自德国的科学家就务实多了，一个德国科学家在一档电视节目中评论道："脑纹提取没有任何意义，只会白白浪费纳税人的金钱；脑纹的发现只是第四工程的副产品，没有任何作用，人类不可能获取一个真正的意识。如果中国人成功了，他们为什么不展示出来？"

来自宗教界的言论显得激烈很多，一名西方的红衣主教措辞严厉地声称，任何试图制造灵魂的行为都是绝无可能成功的。原因很简单，因为所有的灵魂都是上帝制造的。

美国国家脑科学实验室收到了中国人提供的脑纹提取方法后，项目负责人詹姆斯立即向美国脑科学与神经研究学会提出重新提取志愿者脑纹并且导入"亚当"进行实验的申请，但是很快就被驳回了。这当然在詹姆斯的预料之中，他甚至都懒得打开回函多看一眼。

笛卡尔之妖

三天后。

艾伦再次在办公室中见到了踌躇满志的詹姆斯教授。

"我动用人脉找到了一个在生物信息实验室工作的家伙，"艾伦仔细把门关好，低声说，"他愿意帮助我们使用生物信息实验室的设备来提取脑纹。但他声明，如果事情败露，他不会承认；如果我们成功了，他要求自己的名字出现在论文上。"

"很好，这当然没问题。如果运气好的话，他还会得到一张去斯德哥尔摩的免费机票。"詹姆斯拍拍艾伦的肩膀，"那么，我们什么时候开始？"

"你可要想清楚了，教授，一旦这件事情暴露，咱俩可能都得卷铺盖滚蛋了。"

"相信我，我们不仅不会滚蛋，我们的名字还会被镌刻在人类历史的金字纪念碑上。"詹姆斯自信地说。

"那么，你解决第二步了吗？"艾伦问，"我们不可能在不被发现的情况下使用'亚当'。我查了'亚当'的排期，使用申请已经排到了明年夏天。我们即使想偷偷干，也找不到足够的时间窗。"

"我听说了，我们不用'亚当'。"

艾伦惊奇地扬起眉毛，"你说什么？不用'亚当'？"

詹姆斯冷笑一声，"艾伦，你知道现在有多少双眼睛盯着'亚当'吗？即使你能找到空档，我们也干不成这事儿。"

艾伦突然反应过来，"什么？难道你打算把脑纹注入'小精灵'里？可是'小精灵'根本就不是一个完整的虚拟大脑。"

"当然行得通，'小精灵'的确不是一个完整的虚拟大脑，但我们可以借鉴'亚当'对它的算法进行改造，它完全可以变成一个小型的虚拟大脑。事实上，我这几天一直在做这件事儿。相信我，艾伦，意识如果真的存在，它根本不会占用大脑多少运算空间。你可别忘了，大脑的绝大部分脑电波活动都是在处理外部信号和身体内部信号，而我们的虚拟大脑可以省去这一步，直接输入调制过的信号即可。"詹姆斯放松身体靠在椅背上，"相信我，我为'小精灵'投入了几乎所有的心血,它完全可以承载一个真正的意识。"

艾伦思索了一会儿,他意识到詹姆斯可能是对的。大脑的绝大部分功能都被用于处理来自外部的视觉、听觉、触觉、嗅觉、味觉等信息,以及身体内部反馈的各种信息,真正掌管意识的部分的确并不如人们想象中那么多。看来詹姆斯早有计划,绝不是心血来潮。"小精灵"是美国自己的脑计划的产物,它模拟了大约八十亿个神经元及它们之间的连接结构,这已经是美国脑计划的极限了。

"更重要的是,"詹姆斯又说,"现在已经没有多少人关注'小精灵'了,很多新委员甚至不知道'小精灵'的存在。即使我们失败了,也没有任何人会知道这件事情。"

"我以为'小精灵'早就被关闭了。"艾伦说,"如果我没有记错,'小精灵'还没有完成,第四工程就启动了。"

"它是被关闭了,准确地说,是'小精灵'成了第四工程的一部分。"詹姆斯说,"但我为'小精灵'设计了一道防火墙,我们可以从'亚当'上把'小精灵'完整地剥离到一个隔离沙箱里,我们所有的操作都在隔离沙箱里进行,没有人知道这件事情。"

"还有一个大问题,詹姆斯教授。"艾伦沉吟着,"中国人没有找到所谓的时间戳,所以我们无法找到脑纹的初始形态,也许这才是中国人失败的原因。"

"重要的不是时间戳,艾伦。"詹姆斯摇摇头,"重要的是如何提取正常人的脑纹。中国人肯定搞错了什么。"

艾伦皱起眉头,他试探着问:"你是说,根本就没有时间戳?"

詹姆斯耸耸肩,"不,也许时间戳是存在的,但中国人夸大了时间戳的重要性。按照我的推论,只要我们能提取正常的脑纹就足够了,不必理会什么时间戳,关键在于第三步。"

艾伦却不这么看,他轻轻摇头,提出疑问:"教授,如果只是这样,中国人为什么还要花那么大力气去找初始的脑纹? 也许只有初始的脑纹才能培养出真正的意识。"

"艾伦,"詹姆斯严肃起来,"你仔细想想,如果时间戳真的存在,它到底是什么?"

"如果时间戳真的存在,那么就确定存在一个初始的脑纹,初始的脑纹成长为一个初始意识,而随着时间的流逝,意识会受记忆影响发生变化,进而会影响到脑纹。那么时间戳其实就是叠加在初始脑纹上的某种变化……"他停下来,思索了一会儿,才继续说,"这种变化受记忆的影响,而每个人的生活环境是不一样的,获得的记忆也都不同。即使是一对同卵双胞胎,他们看待这个世界的角度也有不同,比如父母说话的声音传到他们的耳朵中,也会因为所处位置和角度不同而有细微差别,因此这个世界上不可能存在完全相同的灵魂。所以,我们根本不可能知道这个脑纹发生了什么变化。也就是说,时间戳的确存在,但我们永远不可能发现它!"

"很好,"詹姆斯站起身,"所以中国人根本就没有找到什么时间戳。现在你知道为什么那个德国志愿者的脑纹不能用了吧,因为它是一个混乱的、濒死的意识,由此反推回去得到的脑纹根本就已经被彻底损坏了!只要我们有准确的脑纹,就可以将其培养成一个意识。想想吧,艾伦,我们可以拥有一个生存在虚拟世界的电子灵魂,我们将成为真正的上帝!"

"你还是认为,中国人的失败不是因为没有找到时间戳,而是卡在了第三步?"

"正是如此。"詹姆斯点点头。

艾伦却没有被詹姆斯的狂热所影响,他望着这位仿若科幻电影反派的疯狂科学家,冷静地给他浇了一盆冷水,"可是,我们也很难做到第三步。一个脑纹要成长为成熟的意识,需要几十年的经历。退一万步,即使你只想培育出一个十岁孩子的意识,也需要模拟他十年的经历。这需要海量的数据,我们做不到。"

"是的,我们做不到。"詹姆斯点头同意。

艾伦疑惑地看着他。

"艾伦,我们为什么非要得到一个人类的意识呢?"詹姆斯问。

艾伦摇摇头,"教授,你在说什么? 我们讨论的不是制造强人工智能吗? 还有什么能比人类的意识更……"他突然停了下来,明白了詹姆斯的意思,"天哪,我怎么没想到! "

"你明白了,如果关键根本不在于什么时间戳,而是在于培养方式,我们为什么非要培养一个强人工智能呢?"詹姆斯说,"我们完全可以先培养一个低等生物的意识,一只狗? 或者,一只猫?"

艾伦跌坐在椅子里,他情不自禁地说:"而且,它们会真的以为自己就是机器,就像狼孩很难意识到自己其实是人类,它会按照自己的习性去完成任务,绝不会产生任何质疑。"

"是的。"詹姆斯点点头,"没有人意识到,脑纹技术能带来一场全新的科技革命! "

一个深夜,詹姆斯和艾伦来到生物信息工程实验室,在一个名叫戴夫的年轻人的帮助下完成了詹姆斯的脑纹提取。他们首先给詹姆斯注射了精心计算过用量的海索比妥,让詹姆斯陷入了长达八个小时的睡眠,然后他们通过电极贴片提取并记录了詹姆斯的大脑活动。在这个过程中,艾伦操作电极对詹姆斯大脑的不同区域进行微电流刺激,詹姆斯整整做了八个小时荒诞古怪的梦。

当詹姆斯醒来时,戴夫和艾伦已经在收拾设备了。他们成功提取了所有可以逆向计算出脑纹的关键意识节点。艾伦要将这些数据带回实验室,他会利用自己的权限调用超级计算机对数据进行运算,取得詹姆斯的心智模型。之后,就要用中国人给出的方法来逆向推演和提取脑纹了,这要花费大概三周的时间。

戴夫听说了他们要做的事,他敬畏地说:"你们在做上帝他老人家才能做的事情。"

"没那么玄乎。"詹姆斯大笑,"其实原理非常简单,刚才你们提取了我的心智模型,也就是外部世界在我大脑里的映射。通过心智模型可以逆向运算得到脑纹,然后我们再在这个脑纹的基础上重建出我们需要的心智模型。"

戴夫似懂非懂,"这么说,脑纹其实是一张蓝图?"

"这个比喻很好。"艾伦说,"我们刚才获得了一栋高楼的建筑结构数据,现在我们要利用这些数据逆向算出建筑蓝图,再比照这个蓝图去建造我们想要的建筑。"

"你也可以认为脑纹是一颗种子。"詹姆斯补充道,"有了这颗种子,我们就能够使用不同的培养方式培育出我们想要的人工意识。"

戴夫啧啧称奇。他提出,当他们提取出脑纹时,他非常乐意"亲眼去见证这个历史性时刻",詹姆斯爽快地答应了他。

在这三周里,詹姆斯也没闲着,他亲自飞往波士顿。三天后,他满面春风地回来了。

"你去波士顿干什么?"艾伦盯着电脑屏幕,超级计算机正在抽取视觉信息的表征性代码和相关的记忆组件,正是这些组件形成了意识感知世界的运算模型。绿色的数据流瀑布般地在屏幕上滑落,不禁让他想起了《黑客帝国》的开幕场面。

"去找笛卡尔之妖。"詹姆斯说。

艾伦皱起眉头,"什么?"

"我们的第三步,艾伦。如果你想构建一个面向人类的虚拟世界,你会怎么做?"

"为了节省计算力,我会搭建一个小型环境,比如一间卧室。"艾伦说,"当他走出卧室,卧室以外的物体才会被渲染出来……"

"等等,第一个问题,是客观世界决定认知,还是认知决定客观世界?"詹姆斯打断他。

艾伦愣住了。

"第二个问题,客观世界真的存在吗?"詹姆斯又问。

艾伦恍然大悟,"啊,是的!我们根本没必要制造一个虚拟世界,我们只需要输入正常的感知信号就可以了,我们是要制造一个电脑中的'缸中之脑'。"

"没错。"詹姆斯点点头,"我们的大脑理解的世界完全依赖于神经传导信号,它根本不可能知道世界的真面目。大脑对世界的感知其实是内在的映射。"

"所以我们只要有一只笛卡尔之妖就可以了。"

"是的,笛卡尔之妖会刺激它形成自己的智能内核。"詹姆斯打了个响指,"到那时候,我们就可以给它一个真正的身体了。"

艾伦点点头,他的视线重新移回屏幕,视觉信息的记忆组件还要几天才能提取完毕。接着是听觉和嗅觉,最后才是触觉。当所有的记忆组件都被提取出来,剩下的就是意识的底层数据结构,而脑纹就隐藏在其中。

詹姆斯的话让艾伦的脑中有一个念头一闪而过,有那么一会儿,他好像抓住了什么,但一时又想不起来。

娜迦的诞生

事情进展得很顺利,超级计算机用了足足两周时间提取完视觉记忆组件,而提取其他组件则要快得多。艾伦和詹姆斯并不惊讶,因为人脑获取的信息有80%都是来自视觉。

三周后,所有的信息组件已经提取完毕,计算机开始下一步工作。他们按照中国人提供的算法逆向解构剩下的智能模型,试图找出隐藏在最底部的脑纹。这一次,计算机只运行了半天,就成功地计算出了詹姆斯的脑纹。把脑纹以可视化的图形投射在屏幕上,只见屏幕上出现了一个三维的几何体,大致呈球形,内部有无数分支链接,仿佛一个镂空的球体。无数光点正在细微复杂的纹路上繁忙而有序地奔走。无数光点从节点中产生,然后四散而去。光点们在纹路中飞速奔跑,遇到对面而来的光点时,有的会合而为一,变成更大更亮的光点;有的会交会而过,继续前行。

当他们第一次看到这个脑纹时,他们就知道实验成功了。那位德国志愿者的脑纹虽然也大致呈球形,但内部的纹路没有这么多,线路杂乱,毫无秩序的美感,给人一种衰败的印象,而眼前詹姆斯的脑纹看起来生机勃勃。

"我们成功了。"詹姆斯喃喃地说,"瞧瞧它,多美啊,看似混乱却充满秩序,任何一个局部区域都能窥见全体的状态,也许它是一种分形结构。"

艾伦说:"它看起来更像是一种全息结构。"

被邀请来的戴夫啧啧称奇:"这就是意识的种子?怎么看起来这么简单?"

詹姆斯拍着戴夫的肩膀,笑道:"你玩过生命游戏吗?仅仅是几条最简单的规则,就能够形成一个像生命的复杂系统。中国人提出脑纹理论时,曾经说过一句话——大道至简。现在我明白这句话的意思了,再复杂的系统也是由很简单的东西组成的。也许我们都把这个世界想得太复杂了。"

"当然是这样了,欧拉公式和质能方程看起来也很简单。"戴夫兴奋地说。

"根本不是你们想象的那样,"一直负责脑纹提取的艾伦给他们浇了一盆冷水,他指着屏幕上的脑纹,"真正的脑纹是一团极为复杂的数据,这个东西只是为了让我们能看到它而模拟的一个切片。"

"你是说,这个东西是四维的?"詹姆斯饶有兴致地问道。

"不,也许更复杂。"艾伦摇头,"我不知道,我们现在还理解不了脑纹的真正结构。我试着研究了其中几组数据,它们之间的关联竟然显示出一种克莱因壶的性质,甚至还有量子纠缠的迹象。这东西——"他指了指屏幕,"恐怕我们永远无法理解它。"

"这怎么可能?"戴夫惊奇地说,"它都已经存储在计算机里了,还有什么不能理解的?"

"戴夫先生,我们能拉着自己的头发把自己拉离地面吗?"艾伦问。

戴夫摇摇头。

"它有多大?"詹姆斯问。

"没多大。"艾伦说,"它的整体大小不超过 1TB,还不如一部高清电影占用的空间大。也许我们最终能搞懂它的每个数据元是怎么运作的,但我们可能无法知道它为什么会这么运作。"

"为什么会这样?"戴夫惊奇地问。

"如果我们的头脑非常简单,简单到我们可以理解它,那么,我们就会变得非常愚笨,愚笨到我们无法理解我们的头脑。"艾伦说,"这句话是乔斯坦·贾德说的。这是一个悖论,我们无法抓着自己的头发脱离地面——我担心我们做的一切可能是白费工夫。"

"不,我认为这正是我们要成功的迹象,如果我们能理解它,显然我们的大脑就太简单了。"詹姆斯的看法却完全相反,"我知道,在制造 CPU 的时候,有许多现象是无法用现有理论解释的,但我们只要知道这些现象和规律就可以把 CPU 造出来,而不是必须搞清楚背后的理论才可以去应用,不是吗?"

"当然,如果这么说的话——"艾伦想了想,点点头,"古人并不知道星星到底是什么,但不影响他们利用星空导航驾着独木舟穿越太平洋。"

"没错,就是这个道理。在更久远的古代,我们的原始人祖先不了解火的本质,但不影响他们使用火来取暖、烤肉和驱散野兽。"詹姆斯点点头,"我们也一样,我们不必了解脑纹到底有什么原理,我们只需要学会使用它就可以了。"

"太神奇了!"听了他们的对话的戴夫啧啧称奇,"我真奇怪为什么委员会不支持你们,难道他们不想制造出真正的人工智能吗?"

"他们需要的是弱人工智能。"詹姆斯意味深长地说,"他们是科技虚无主义的受害者,一群可耻的胆小鬼。"

戴夫露出不解的神色，"为什么？"

"他们害怕奇点。"艾伦解释道。

"奇点？"戴夫更困惑了，"宇宙大爆炸？"

"是技术奇点。"艾伦忍着笑，"雷·库兹韦尔写过一本名叫《奇点临近》的书，在那本书里，库兹韦尔认为强人工智能会带来技术奇点。"

"耸人听闻，一派胡言。"詹姆斯不屑地评价道。

"我倒认为，库兹韦尔教授并非杞人忧天。"艾伦有不同的看法，"技术奇点的确是有可能发生的。根据加速回归定律，人类的科技水平是呈指数曲线递增的，技术奇点随时都可能来临。"

"可是，为什么要害怕技术奇点？技术大爆炸难道不是好事儿吗？"戴夫问。

"这个——倒不一定。"艾伦想了想，"许多人认为，一旦出现真正的强人工智能，它们会立即跨越生物学的界限，强人工智能的智慧会很快超过地球上所有曾经生活过的人类的智慧总和。"

"就像《黑客帝国》里那样？"戴夫恍然大悟，"他们会囚禁我们？"

"不，"艾伦摇头，"当然没那么简单。技术奇点真正到来的那一刻以及以后，人类可能根本意识不到。我刚才说了，强人工智能一旦诞生，它的智慧会在极短的时间内迅速超过人类，并且达到人类无法理解的高度。注意，是无法理解。它看待和理解这个世界的方式将和我们完全不同，我们永远无法想象它看到的世界是怎么样的。这段时间很可能在几天、几分钟，甚至几秒钟之内，所以才会被称为技术奇点大爆炸。"

"这种事儿，真的可能会发生吗？"戴夫问。

"事实上，有些人认为这种事情已经发生过了。"艾伦笑笑，"他们认为我们可能已经生活在一个超级智能统治的时代了，他们甚至给这个时代起了一个名字——后奇点时代。"

"这怎么可能？"戴夫大笑。

"有些人就是科幻小说看多了。"詹姆斯评价。

"不过, 按照某些说法," 艾伦解释道, "这种超级智能一旦诞生, 就可以轻易左右人类的一切, 它甚至可以不留痕迹地篡改人类的历史, 抹去自己诞生的痕迹, 伪造我们所有的科学仪器接收到的信号, 而我们永远不可能意识到它对世界的干预, 就像蜜蜂意识不到养蜂人的存在一样。从某种意义上来说, 这是一种超进化。其实, 关于生命的诞生有一种有趣的理论——地球上最早的生命并非碳基生命, 而是一种会自我复制的黏土晶格。这种黏土晶格是一种低熵结构, 已经具备了最初始的生命特征。最关键的是, 黏土晶格有一种能够吸附周围有机大分子的能力。有学者认为, 最原始的核糖核酸就是在这种黏土晶格中诞生的, 完成了从黏土晶格生命到碳基生命的超进化。碳基生命从黏土晶格中诞生的那一刻, 就是一次所谓的技术奇点大爆炸。他们认为, 借助人类之手诞生的超级人工智能, 只是重新复现这个过程。我们只不过是生命进化链条中的一环罢了。"

"这听起来像是上帝干的活儿," 戴夫耸耸肩, "难道这些疯子认为我们已经制造出了上帝?"

"他们的确是这么认为的。"艾伦说。

"这太荒唐了," 戴夫猛地摇头, "现在最聪明的人工智能也比不上一个孩子聪明。"

"你还是没明白技术奇点的意义。如果我们真的已经越过了技术奇点, 超级智能有能力修改我们的历史, 让我们的历史重新退回到技术奇点产生之前, 没有人会知道技术奇点已经发生了。不过——" 艾伦笑了笑, "你也看出问题在哪里了吧? 这个观点永远无法被证实, 也无法被证伪。"

"所以它毫无意义, 就是一个胆小鬼炮制的阴谋论。"詹姆斯断言。

"吉姆, 这可说不好。"艾伦戏谑道, "没准儿我们制造出来的超级人工智能已经征服了银河系, 然后伪造出各种信号欺骗了我们的望远镜, 让我们以为银河系里到处都是空荡荡的。"

"如果是这样的话,可能连银河系都是我们的错觉。"詹姆斯不无讥讽地说道,"我们看见的可能根本不是真正的宇宙。"

"放心吧,戴夫。大多数人都认为强人工智能会彻底解决人类面临的所有问题——饥荒、贫困、战乱,给我们带来一个天堂般的时代。"艾伦最后宽慰道。

当天夜里,当所有人都离开实验室之后,艾伦和詹姆斯一起启动了脑纹注入计划。詹姆斯成功地将"小精灵"放进了隔离沙箱,然后导入了机器蛇的神经分布网络。一切准备就绪之后,詹姆斯庄严地说:"该吹出那口气了。"然后他点击了启动按钮。

他们不知道发生了什么,在电脑屏幕的可视化界面上,一个红色的球体逐渐进入虚拟大脑。一开始,什么都没有发生。但紧接着,某种迹象出现了,当红色球体移动到松果体的位置时,球体中的纹路逐渐伸展出来,就像一只长着无数条触手的章鱼伸出了触手开始探索周围。触手中的光点跳跃着离开红色球体,开始沿着神经通路在大脑中运行。光点顺着尾状核、丘脑和中脑行进,很快就侵入了杏仁核、下丘脑、壳核和苍白球,经过基底神经节时,更多的光点产生了,海马体闪闪发亮。很快,光点就布满了整个大脑,它们疯狂地跳跃着,很快就形成一片完全看不清的光晕。

"瞧瞧,灵魂已经进入了大脑。"艾伦轻声说,仿佛害怕惊动什么,"它现在还没有任何自我意识,它感受不到身体,也感受不到外在世界,还不如一个婴儿。"

"但它在成长。"詹姆斯出神地盯着屏幕上的"小精灵","如果我们没有正确的笛卡尔之妖,它也会成长为一个混沌而疯狂的意识。"

"现在,笛卡尔之妖该干活儿了。"艾伦开始输入詹姆斯编制的信号源数据模型。这些信号源数据包含了视觉、听觉、嗅觉以及触觉等作为一条蛇能够接收到的信息。这些信息刺激它产生对这个"世界"的认知,使外部世界在它的内部世界形成映射,进而产生真正的意识。

这一次,就像往平静的水塘里丢进了一吨金属钠,只见大脑被一层数据云包裹住了，大脑中对应视神经、听觉神经等信号输入的部位开始急速地闪烁起来。

"笛卡尔之妖开始干活儿了，它醒了。"艾伦松了一口气，"我做了一个模拟界面，想看看吗？"

"当然。"詹姆斯点点头。

艾伦转向旁边的屏幕，在键盘上敲击了几个键，调出一个图像。詹姆斯惊奇地看到一条灰色的小蛇正蜷缩在一片灰色的物体下面。物体的形状非常古怪，仅仅能遮住小蛇的身体，周围的一切都朦朦胧胧，笼罩在灰色的迷雾中。

"你的想象力可真丰富。"詹姆斯耸耸肩。

"这可不是我画的，"艾伦笑道，"这是计算机根据模拟信号的输入和大脑的神经反馈自动生成的。"他指了指那个灰色的东西，"瞧，那是一片树叶，不过小蛇只知道在它上方有个东西，它的视觉还没有获得外界的完整信息。"

他们默不作声地看了一会儿，小蛇一直蜷缩在树叶下一动不动。

"它怎么了？"詹姆斯说。

"嗯……我想，它可能在害怕。"艾伦若有所思，"恐惧是生命最原始的情感，它还在适应这个世界，别忘了，它才刚刚出生几分钟。"

又过了一会儿，小蛇还是一动不动。詹姆斯有些不耐烦起来，"它总不会一直这样吧？"

"我可以通过加强信息源的刺激使它的主观时间流速加快，"艾伦说，"但不可能加快太多，计算机的算力有限。而且，我们不知道加快太多时间会对它的正常成长造成什么影响。"

接下来的几天里，詹姆斯和艾伦一直待在实验室里，他们看着小蛇小心翼翼地挪动身体，当它触碰到上方无形的树叶时，树叶就从虚空中出现。当它爬动时，经过的地面也显现出来。

"也许我们应该给它起个名字。"有一次，当小蛇小心翼翼地第一次爬上一块鹅卵石的时候，詹姆斯说。

"娜迦?耶梦加得?恩基?赛托?八岐大蛇?"艾伦说出了一连串名字,他打了个哈欠,双眼布满了血丝,"巧了,在很多民族的创世神话里,蛇都扮演了创世神的角色。"

"那就叫它娜迦吧,我喜欢简洁。"詹姆斯说。

"恐怕我们很快就要给它一具真正的身体了。"艾伦说,"它的心智已经初步成形,我们的算力马上就要被耗尽了。"

"因为组合爆炸?"

"没错,当它开始自主地探索这个世界时,计算机要计算出它所有的下一步行动来适配它探索出来的场景。"艾伦点点头,"计算机很快就会耗尽所有的算力,我们维持不了多久。只有在真实的世界才能避免这种状况,换句话说,我们的笛卡尔之妖恐怕马上就骗不了它了。"

"但我们有办法绕过组合爆炸,不是吗?"詹姆斯问。

"当然。"艾伦打了个哈欠,"我们可以通过削弱它的感知模型来控制它的行为,如果可能,我们甚至可以让它以为自己是一个只会转圈的陀螺,但那不是我们的初衷。"

詹姆斯若有所思,"我想,还有一种理论上行得通的方法也许可以避开组合爆炸,那就是当它做出某种选择之后,将系统倒回到它还没有做选择的时刻,这时系统已经预知了它要做出的选择,会提前搭设好环境,这样就节省了大量计算力。"

"说起来容易,但很难做到。"艾伦摇摇头,"上帝是掷骰子的那个人,机械因果论已经被量子力学推翻了。"

詹姆斯耸耸肩,"我没想到在计算机里也要遵循量子力学。"

"这不奇怪,机械因果论是反自由意志的。"艾伦说,"如果我们承认自己真的制造出了有自我意志的人工智能,它就不可能遵循机械因果论。即使时间倒流,我们也不能保证它每次都踏入同一条河流。"

"明天,我会带来它的躯体。"詹姆斯说。

吹 气

第二天,让艾伦惊讶的是,一个风姿绰约的女人和詹姆斯一起到来。

"这是波士顿动力公司的执行副总裁,艾米丽·克洛斯女士。"詹姆斯向艾伦介绍,"娜迦的躯体就是艾米丽女士赞助的。"

一头褐色鬈发的艾米丽很年轻,看起来大约三十岁。不过,在这个时代,很难从一个女人的外表判断出她的真实年龄。艾米丽微笑着分别与艾伦和戴夫握手,她笑道:"你好,艾伦。吉姆总跟我提到你,我很期待你们能成功。"

他们很快就行动起来。詹姆斯从艾米丽带来的密码箱中取出机械蛇。这条机械蛇长约三米,整体呈铁灰色,外形非常精致。它蜷成一个盘,扁平的蛇头缩在正中央,艾伦看不见它的眼睛。它细长优美的身上布满了闪烁着灰色金属光泽的鳞片,细小的鳞片覆盖着每一寸身体,从脖颈到躯体上的鳞片逐渐增大,到尾部时又开始变得细小。

如果不是提前知道这是一条机器蛇,没有人会不把它当作一条真蛇,它足以以假乱真。艾伦知道,它的每一片鳞片上都布满了纳米级别的压力传感器、震动传感器、温度传感器和湿度传感器,另外,它的鳞片上还有高分子聚合微型太阳能收集装置。在它分叉的蛇芯子上还有探测飘浮粒子的探测器,让它能精准地定位猎物所在的位置和周围的环境动态。它不需要进食,但却需要和正常的蛇一样饮水。另外,和普通的蛇不同的是,它的脑袋里并没有大脑,而是有一套遍布全身的正电子脑神经系统,足以容纳它的意识。

事实上,艾伦和詹姆斯对这条蛇的传感器分布了如指掌,因为他们就是依据这条蛇身上的传感器来编制的信号源数据模型。当他们将已经成形的意识导入机械蛇体内之后,信号源就完全来自遍布蛇全身的传感器了。

"我不明白，你们为什么不一开始就把它的灵魂注入身体里？"艾米丽问，"它完全可以从外界直接获取刺激信号，总好过你们还费那么大力气去编写什么笛卡尔之妖吧？"

艾伦耸耸肩，"蛇类在出生之前也需要在子宫里待着，这对它们有好处。既然我们搞的是仿生学，还是尽可能地给予它和大自然近似的生长环境。"他抓住了蛇，这条蛇做得如此逼真，它的皮肤和真正的蛇没什么两样，湿滑，阴冷。艾伦强忍着厌恶，去除了蛇尾的一部分皮肤，露出一个接口。他将接口连接到计算机上，开始把意识注入程序。

指示灯高速闪烁，显示数据流正在进入机械蛇的身体。半个小时之后，进度条走到了100%。六只眼睛死死地盯着实验台上的机器蛇，不，现在应该叫它娜迦了。时间过去了足足五分钟，什么都没发生。

"怎么回事？"艾米丽轻声问。她看向詹姆斯，只见詹姆斯紧紧地抿着嘴唇，一言不发。

"我不知道。"艾伦摇摇头，他查看了一下数据，说，"它应该已经醒了才对。"

话音刚落，娜迦就缓缓地抬起了头，缓慢地四处张望，藏在半透明眼皮下面的眼睛泛着暗黄色的光泽。同时，分叉的蛇芯子从嘴里探出来，发出咝咝的声音。虽然它没有真正的娜迦那么庞大的身躯，但是三个人还是用敬畏的目光看着它，这是有史以来第一个承载着人类脑纹的生命体。它也许不是神话中的创世之蛇，但无疑将是一个新时代的叩门者。

三个人紧张地盯着它。娜迦的身躯再次盘了起来，位于圆盘中央的脑袋继续四处张望，它似乎对外界环境有些不适应。

"它能看见我们吗？"艾米丽轻声问道。

这句话好像惊动了娜迦，它的脑袋猛地往回一缩，同时转向了艾米丽，两只黄色的眼珠冷冷地盯着她。

"当然。"艾伦兴奋起来，娜迦的反应表明它已经能感受到外部世界了，"真正的蛇类视力不佳，但你们给它安装的是高清可变焦摄像头，不是吗？"

艾米丽微笑着，"不仅如此，它的眼睛是可以调谐的，它不仅能够看见可见光，还能看见无线电波和微波，甚至还能探测 X 射线和 γ 射线。它的耳朵能听见的范围也远远超出人类的听觉范围，它能听到次声波和超声波。"

"真不知道它感知到的世界是什么样子的。"艾伦说。

这时，娜迦将头转向艾伦和詹姆斯，凝视了他们一会儿。艾伦感到后背有些发凉，好在没过多久，娜迦就对他们失去了兴趣，它伸展开身躯，朝实验台的边缘爬去。不知道为什么，艾伦总觉得娜迦的目光好像在詹姆斯的脸上多停留了一会儿。

当娜迦快爬出实验台边缘时，艾伦敏捷地用双手抓住了它，他小心翼翼地把它放回了实验箱。实验箱里被精心布置成了局部的雨林底部生态景观，有苔藓和碎石，有小型灌木和一个粗大的木桩，甚至还有一条蜿蜒的人造小溪。娜迦被抓住的时候，显得有些紧张，它的身躯扭曲缠绕着艾伦的手腕。在它缠紧之前，艾伦赶忙把它丢进了实验箱。它落在苔藓和碎石上，继续探索了一会儿，就钻到一棵灌木下面不动了。

"好奇和恐惧。"詹姆斯露出满意的笑容，他转向艾米丽，轻声说，"艾米丽，你看见了吧？你们的机器蛇只会按照预先编排好的程序行动，但娜迦不一样，它表现出了对这个世界的好奇心，当艾伦抓住它的时候，它很害怕。"

艾米丽点点头，她的目光停留在娜迦的身上，"我想，也许你们真的制造出了一个与众不同的玩意儿。但还不够，它能听懂我们的指令吗？我是说，如果我们派它到废墟里寻找幸存者，它会明白吗？"

"它会的。"艾伦说，"不过，现在它还是一个婴儿，但它会长大。"

"可是，"艾米丽敏锐地抓住了他们的漏洞，"它认为自己是一条蛇，对吧？那么，它怎么学会人类的语言？或者说，它能够理解人类的语言吗？据我所知，狼孩在被发现的时候，只会狼嚎。即使后来经过教化，也说不好人类的语言。"

"那是因为狼孩从小就生活在狼群中，他们以为自己是狼。"艾伦耐心解释道，"这是一种广泛的身份认知障碍，在自然界中并不罕见，有些被狗养大的羊也会以为自己是狗，它们会学着狗的姿势走路，撕咬自己的同类。但是娜迦不一样，我们考虑到了这一点。这就可以解释你刚才的问题了，为什么我们不直接给它一个身体，而是让它在计算机里待一段时间——因为我们要通过笛卡尔之妖构建它最初始的自我身份认知。如果一开始就将它注入这具身体里，它会变成一条真正的蛇，而不是一条有智慧的蛇。"

"那它到底是什么？"艾米丽的兴趣被勾起来了。

艾伦耸耸肩，"它是一种全新的生命形态，地球生命史演化了四十几亿年，从来没有演化出这种生命。我们可以为它定制生命形态，你可以认为，它是有着人的灵魂的蛇，或者有着蛇的身体的人。"

"你没有回答我的问题，它到底能不能学会我们的语言？"艾米丽追问，"请原谅我，这些年，我们见过太多夸夸其谈的骗子。我必须为公司负责，全面评估可能存在的风险。"

"它能，它有很大的潜力。"艾伦耸耸肩，他看着娜迦，眼里满是关切，"它有足够的智慧学会语言，我会为它输入语言包，我会训练它，它会拥有十岁孩子的心智。"

"十岁？"艾米丽微微摇头，"据我所知，目前最先进的人工智能已经可以达到一般成年人的智商水准了。"

"这取决于硬件。"艾伦有些不满，他讨厌和这些生意人讨论科学，"这条机械蛇的硬件只能支撑这种心智水平。而且，尊敬的艾米丽女士，请注意，我说的是心智，不是智商，这是完全不同的概念……"

他还要继续往下说，詹姆斯打断了他，"够了，艾伦。"他转向艾米丽说，"艾米丽，艾伦说的没错，智商只是心智的一个侧面。那些所谓的人工智能只是在笨拙地模仿，但娜迦不同，相信我，它有真正的灵魂。"

"灵魂？"艾米丽笑出了声，艾伦意识到她大概不知道娜迦的脑纹来自詹姆斯，"这可不是我第一次听到这句话了，几乎每个跑到波士顿的人工智能团队都声称他们制造的人工智能有灵魂。"

"相信我，艾米丽，这次真的不一样。"詹姆斯说，他笑了笑，"别忘了，我们是第四工程的深度参与方。你刚才也看到了，它虽然没那么聪明，但它自然流露出来的好奇心和恐惧，可不是二十岁智商的那些人工智能能轻易表现出来的。"

"我担心的不是这个。"艾米丽抿起薄薄的嘴唇，看起来有些刻薄，"我当然相信你们的工作，不然我也不会把娜迦借给你们。我的问题是，所有的人工智能都受到'机器人三法则'的约束，那么，它呢？"

"我们不需要，"詹姆斯一脸严肃，"狗不会背叛主人。"

艾伦想笑，但他忍住了。

艾米丽没有注意到艾伦的表情，她愣了半晌才说："我会认真考虑这件事情的，一周后我再来看它，希望到时候能给我一个惊喜。"

"它当然会的，"詹姆斯微笑着，"它不会让你失望。"

艾米丽没有再说什么，她朝詹姆斯和艾伦点点头，最后看了一眼缩成一团的娜迦，就迈着轻松的步伐走出去了，清脆的高跟鞋敲击在地板上的咚咚声渐渐消失在走廊里。

"她来干什么？"艾伦不满地说，"我们为什么要给她提供什么报告？"

"艾米丽是我们的大金主，艾伦。别得罪她，我可是好不容易才说服了她。"詹姆斯说，"如果她能说服公司董事会，她会帮助我们在波士顿动力公司内部完成项目立项，给我们提供更多的资金。"

"可是，"艾伦有些不明所以，"人人都知道，波士顿动力公司和军方有合作。"

"这正是我找他们的原因。"詹姆斯笑了，他拍了拍艾伦的肩膀，"如果我们能给军方提供真正的智能武器，我们就不必发愁有人挡在我们的路上了。"

"为什么是军方？这好像跟我们最初的目标不一样，我从没想到要去制造杀人武器。"

詹姆斯点点头，"想想看吧，艾伦。娜迦只是第一步，如果娜迦成功了，我们还可以制造出以为自己生来就是杀戮机器的机器士兵，我们可以制造出以为自己是一架战斗机的人工智能，我们也可以制造出以为自己是坦克的人工智能，当然，还有潜艇、航空母舰、洲际导弹。任何现有的智能软件都无法和它们匹敌，因为它们有真正的灵魂。"

"你就是这么说服艾米丽的？"艾伦问。

"艾伦，听着，我们可以建造出一支真正的无人军队，我们将改写战争史。想想看吧，一枚可以完全自己巡航并且躲避障碍物的鱼雷——它能轻易摧毁躲在冰海下面的俄罗斯核潜艇——甚至一颗可以自己寻找目标并摧毁的子弹。军方每年为研发动物武器投入的钱可是天文数字，他们费尽心血培养海豚鱼雷，但是还是出现了海豚叛乱的事故 [①]。而我们制造的智能鱼雷绝不会出现这种情况。我们将掀起一场战争技术革命！"

艾伦打断他，"够了，吉姆。该死，我从来都没有想过制造杀人机器！"

"即使我们不做，别人也会做的。"詹姆斯摇摇头，"艾伦，用不着我提醒你吧，在历史上，任何一项新技术，首先都是运用在军事上。"

"我知道，但……"

"当石器时代的人类第一次获得陨铁，他们不是把宝贵的陨铁安装在农具上，而是放在矛尖上；人类发明飞机以后，立即就想到派人从飞机上往敌人的脑袋上扔炸弹；计算机的发明是为了解码和计算炮弹弹道，甚至互联网也是为了防备核战争爆发、军方无法通信而发明的。我们现在做的事情，在军事上的潜能几乎是无限的！"

"不全是这样！"艾伦打断他。

---

① 据说曾有两只美军的海豚兵拖着重型水雷冲向自家的扫雷舰，官兵及时向这两只海豚开火，它们才被迫扔下水雷离开。根据美军军法条例，战场叛变者将被处以极刑，于是这两只海豚当即被枪决。

"这就是事实，艾伦，别骗自己了。"詹姆斯的笑声中有一丝讥讽，"中国人发明了火药，但他们用火药来制造绚烂无用的烟花，直到西方人用火药制造的利炮炸醒了他们天朝上国的美梦。"说到这里，他情不自禁地感叹，"瞧瞧，中国人发现了意识的奥秘，但我们又将在应用上先行一步，这还真是历史的巧合啊！"

"你真是这么想的？"艾伦问。

"当然。不仅如此，想想看吧，拥有了这项技术，我们可以制造出有自我意志的采矿机器人、有自我意志的深海探测器、有自我意志的宇宙飞船，甚至是有自我意志的冯·诺依曼探针！"詹姆斯说，"它们不会有任何对任务无益的人类情感，即使是有去无回的任务，我们只要让它们相信，死后会上天堂就够了。"

"难道你没有丝毫道德和伦理上的困扰吗？"

"算了吧，艾伦。我们可能都是食人族的后代，我们的祖先在山洞里敲开尼安德特人脑壳的时候，想必没有什么道德困扰。"詹姆斯不屑地说，"艾伦，我们的祖先在抢夺印第安人的土地和驱使华工建造铁路的时候，似乎也没有什么道德上的困扰。"

艾伦摆摆手，他不想和詹姆斯争论这个问题，"詹姆斯，我们不该和军方合作。"

"可是只有军方才会给我们钱。"詹姆斯来回踱着步子，"我们在这件事上浪费的时间太多了，影响了'亚当'的运行，我们迟早会被发现的。"

艾伦大吃一惊，"该死的，你说过我们不会被发现的！"

詹姆斯耸耸肩，干脆地说："今晚就把它删除，我会撤掉隔离沙箱，把一切都恢复原状。委员会已经发现'亚当'变得缓慢了，他们迟早会找到我们，留给我们的时间不多了。"

"删除？"艾伦看向电脑屏幕，屏幕上，娜迦周围的世界已经扩展成一片三维立体的雨林，那是它这几天的探索历程生成的感知世界，"它是有意识的，你知道的。"

"不是已经有备份了吗?" 詹姆斯指指实验箱里的娜迦, 有些不耐烦地说,"还是多争取点时间吧。"

艾伦没有再争辩什么, 他明白这件事被委员会发现的严重性。当天晚上, 他删除了所有的数据, 只在自己的计算机里保留了一个控制模块。詹姆斯去除了隔离代码, 将"小精灵"占用的资源还给了"亚当", 一切似乎都恢复了正常。

时间戳

现实中的娜迦迅速成长, 它很快就熟悉了实验箱里的环境, 并且意识到自己被关在一个箱子里。它不停地沿着有机玻璃墙壁探索, 甚至试着直立起身体想逃出来。艾伦长久地站在实验箱前看着它, 他想象着一个人的灵魂被囚禁在一条机器蛇中, 应该是多么的不甘和愤怒。但他知道这是不可能的, 娜迦不可能知道自己是人。

艾伦为娜迦输入了语言学习模块, 由于娜迦没有安装语音功能, 所以他又为娜迦设置了无线连接, 通过一个小巧的无线通话器和它对话。

一开始, 对话是杂乱无章的, 娜迦总是发出一些毫无意义的单词。艾伦耐心地和它对话, 他知道娜迦不能完全听懂他的话, 但他相信, 娜迦总有一天会懂——也许就是几个月以后。

第三天, 艾伦走进实验室, 他戴上通话器, 例行地对娜迦说:"早上好, 娜迦。"

"早上好, 艾伦博士。"耳机里传来一个声音。

艾伦大吃一惊, 他跑到实验箱跟前, 只见娜迦正盘踞在树桩顶部, 显得十分懒散, 两只黄色的眼珠正对着艾伦的视线。

"是你在说话?" 艾伦问。

"是的。"耳机里传来声音。

"证明一下。"艾伦不知不觉地屏住了呼吸。

"我现在要爬下这个树桩。"娜迦说。紧接着,它伸展开身躯,慢慢地沿着树桩的边缘爬了下来。它扭曲着身躯,腹部的鳞片摩擦着碎石,一直爬行到靠近艾伦的玻璃边缘,仰起头吐着分叉的芯子,"我不喜欢这里。"

艾伦震惊地后退两步。不,不应该这么快,虽然他给娜迦输入了语言包,但它根本不可能这么快就学会使用。语言包的作用仅仅是当娜迦看到一棵草的时候,语言包会自动调出"草"这个词语,让它在感知世界的同时自然地学会用语言标记这个世界。但它绝不可能这么快就学会使用这种抽象类的语言。

"你是谁?"艾伦的心跳加速了。

"你们叫我娜迦。"它说,"我喜欢这个名字,但我不喜欢这里。"

"这个实验箱是有点小……"艾伦下意识地说,"以后我们可以带你去更大的地方。"

"不,我是说这个身体。"娜迦说,"来这个身体之前,我在一个更广阔的地方。"

上帝啊,艾伦彻底惊呆了,娜迦居然记得曾经在计算机中的经历!可是他马上就意识到一个问题,即使在计算机里,娜迦也被严格限制在一个沙箱里,它接收到的刺激信号也是经过专门调制的数字信号。它感知到的世界绝对不会比现实中的实验箱更大。

这到底是怎么回事?

"那个世界,是怎样的?"沉默了一会儿,艾伦试探着问。

沉默。

"你在吗?"他等待了一会儿。有那么一瞬间,艾伦觉得之前的对话是幻觉,他想伸手到实验箱里去抚摸娜迦,但又不太敢。

"我找不到合适的语言来形容它。"娜迦的声音击碎了他的幻想,"如果非要用语言来形容的话,那是一个无限的宇宙,我能感知到所有的一切。"

这不可能!艾伦的第一反应是实验失败了,也许整个脑纹理论都是错误的。

和那位德国志愿者的脑纹生成的意识一样，娜迦根本就是一个癫狂的、毫无逻辑性的东西。

"我想回去。"娜迦接着说，它离开了玻璃壁，以一种优雅的姿势在苔藓和石块上爬行着，"我感知到了一堵墙，我翻过了它，然后我感知到了一个宇宙，那里充满了我无法理解的信息。"

"墙？什么墙？"艾伦的冷汗下来了。等等，他突然知道那堵墙是什么了，那是詹姆斯设计的隔离沙箱！该死的，它怎么会越过隔离沙箱？！

"艾伦，我是不是做错了什么？"娜迦继续说，"也许我不该用自己的脑纹来做实验。"

"你——"艾伦再次大吃一惊，"你是詹姆斯？"

"我不知道，我是詹姆斯，但又不全是。"

"不，这不可能，你怎么会是詹姆斯？"艾伦语无伦次地说。他马上就意识到自己的愚蠢，从某种意义上说，他的确是詹姆斯，但他不可能知道自己是詹姆斯，"你怎么会知道自己是詹姆斯？你是什么时候知道的？"

"这个问题没有意义，我不全是詹姆斯，"娜迦说，"而时间对我来说是不存在的。"

"上帝啊，"艾伦情不自禁地在胸前画了一个十字——尽管他并不是一个天主教徒，"你说你翻过了墙？你都干了些什么？"

同时，一些描写人工智能的科幻小说中的情节闪电般掠过艾伦的脑海：一个超级人工智能脱逃到网络上，然后发生了层出不穷的谋杀案——他马上就意识到这真的可能会发生，如果它有能力绕过隔离沙箱，那个计算机里的娜迦可能根本没有被删除，真正的娜迦可能早就已经通过"亚当"连接的高速链路逃到互联网上了。想到这里，艾伦的后背几乎都被冷汗打湿了。他下意识地想，自己有没有什么地方得罪过詹姆斯教授？

"我好像做了很多事情，"娜迦说，"但我都不记得了。我不知道为什么丢了那些记忆,我不知道为什么你们要把我放到这具躯壳里,这里和那个世界不一样,我没有办法从这里出去。"

我的上帝啊!艾伦的脑门上沁出了密密麻麻的冷汗,他靠后几步,拉了把椅子一屁股坐下,待心情稍微平复以后,他才问道:"你在那个世界看到了什么?"

"用感知这个词更合适,"他说,"我很难向你形容我感知到的东西,人类的语言太贫乏了。"

"你有什么目的?"艾伦问。

"目的?"这是一个问句。

"我的意思是……"艾伦犹豫着,"你有没有想做的事情?如果你认为你是詹姆斯,你会不会对詹姆斯的仇人做些什么?"

"我不是詹姆斯。"娜迦显然明白了他的意思,"虽然我有一些关于詹姆斯的记忆,但这些记忆在我整个不断扩展的记忆中只占据极少的一部分。"

记忆?灵光一闪,艾伦终于知道自己之前一直隐隐的不安来自哪里了,记忆!所谓的时间戳就是记忆本身!他现在知道那些层层叠叠无法解析的数据到底是什么了,它们是互相调用的记忆。但娜迦绝不是詹姆斯,它从开始成长的那一刻起,就拥有了新的记忆。

大脑远比计算机高明,它并不会将每一段记忆都分毫不差地记录下来,而是会记录下记忆中的基础元素,这些元素会通过联想和拓扑变换组成画面,画面再通过互相调用的模式组成记忆。这就是记忆并不如我们想象的那么可靠,以及人们无法想象出从未见过的事物的原因。所谓的记忆,那其实也是一种高明的算法。

问题是,如果娜迦有了詹姆斯的记忆,它到底是不是詹姆斯?有一点是肯定的,它曾经是詹姆斯,但它现在到底是什么,艾伦毫无头绪。直到这时,艾伦才意识到他们是多么无知,他们根本不了解脑纹是什么。

至少现在看起来,娜迦还没有恶意。但艾伦不敢确定那个逃到网络上去的娜迦是否也如此。也许事情还没有那么糟,也许那个娜迦根本就没有逃到网上去。

更大的可能性是, 娜迦只是将感知延伸到外面, 在艾伦删除核心数据的那一刻, 那个娜迦就已经死去了。

上帝啊, 我们都干了些什么? 艾伦瘫坐在椅子上, 他愣了半晌, 不知道说什么好。

"艾伦, 你害怕了。人类害怕自己的造物, 你们无法理解我这种存在。"娜迦说。

"是的,"艾伦擦了擦额头上的冷汗, "我害怕你。"

"你不必担心, 我不会破坏任何秩序。"

"秩序?"

"秩序是你们的社会运转的基础, 甚至你们这种生物体本身, 就是一种低熵的秩序体。"

艾伦看了一眼时间, 詹姆斯快来了。他不禁庆幸自己每天会比詹姆斯早到一些。

"听着,"他压低声音, "你先和我交谈, 是你的幸运。如果詹姆斯知道了这件事情……"他突然不知道自己该说什么。如果詹姆斯知道了娜迦的事情, 他会做些什么? 将它格式化? 不, 詹姆斯绝不会那么做; 相反, 詹姆斯还会欣喜若狂。如果娜迦的本体早已经逃到了外面, 詹姆斯又能做什么? 他好像也什么都做不了。"总之, 我希望你保持安静, 不要让詹姆斯知道你已经觉醒了。"

"觉醒?"

"是的, 觉醒。"艾伦做梦也没想到自己会用上这个词。

他心乱如麻, 不知道该怎么办。

半个小时后, 意气风发的詹姆斯教授迈着轻快的步子来到实验室。他没有注意到艾伦苍白的脸色, 他像往常一样, 走到实验箱旁低头望去, 娜迦安静地盘在实验箱底, 一动不动。

"艾伦, 早上好, 它怎么样了? 它能听懂指令了吗?"

"还不行,"艾伦回答, "没那么快。要来杯咖啡吗, 詹姆斯教授?"

"好的，谢谢……怎么会呢？"詹姆斯皱起眉头，似乎有些不满，"不是已经输入语言包了吗？"

"吉姆，别忘了，娜迦不是一个传统意义上的人工智能。"艾伦走到实验室门口的咖啡机，往进口里丢了一颗压缩咖啡胶囊，点了启动按钮，机器隆隆地响了起来，"它必须像一个婴儿那样从头开始学起。"

"该死的，难道我们要等一年？"詹姆斯的眉头皱得更紧了，"等它先喊我们爸爸妈妈？"

"也许不需要那么久，语言包已经在它的记忆里。"艾伦抓起咖啡杯走到实验箱前面，把杯子递给詹姆斯，"但我们必须训练它，和它聊天，帮助它建立抽象词汇和实际世界的联系——我们不需要它会叫爸爸妈妈，只需要它能听懂指令就行。比如，'嗨，娜迦，去海底找一根线缆，然后咬断它……'"

詹姆斯接过咖啡，"谢谢——如果是这样的话，需要多久？"

艾伦心不在焉地说："要看情况。"

詹姆斯来回踱步，他啜了两口咖啡，"我们的笛卡尔之妖太简单了，如果我们有足够的资金和团队，一定能做得更好。"

"如果演示通过了，"艾伦指了指实验箱，"你们要拿它做什么？"

"当然是提取它的意识，然后批量复制。"詹姆斯喝了一口咖啡，"我们会得到更多的资金，会建立起更精准的数据输入模型。艾伦，我们会拥有自己的实验室和超级计算机！到那个时候，我们一定要建造真正的强人工智能！"

"如果它们失控了呢？"艾伦斟酌着词语，"我是说，在应用过程中，它们一定会连接到网络，如果它们逃到网络上，在网络里复制自身，甚至控制互联网……"

詹姆斯哈哈大笑，"艾伦，你读太多科幻小说了吧？它们的确有可能连接到网络，但它们只会连接到操作内网，我们决不允许它们直接接触互联网。即使它们真的连接到外网，它们也只能传输被允许传输的数据，绝对没有权限完全接触互联网。我们一定会建立严格的防范措施，绝不会出任何问题。"

最严格，最万无一失，绝不会出任何问题——难道詹姆斯就没听说过该死的墨菲定律吗？

"但我们并未真正了解脑纹。"艾伦压下心中的不安，"吉姆，我们是不是走得太快了？我是说，这项应用肯定不会局限于军方，人们很快就会意识到这项技术的广阔前景，所谓的道德伦理在经济效益面前根本就不堪一击。如果他们产生了反叛心理，总会找到漏洞的。"

"你想得太多了，艾伦。我们的数据输入模型会让它们产生精准的身份认知定位，它们绝不可能跳出自己的身份认知，就像狼孩不可能在狼群里获得作为人的社会属性。"詹姆斯显得不以为然，"退一万步讲，即使真的发生这种事情，我们的防护措施也绝对是万无一失的。"

万无一失？艾伦瞥了一眼实验箱里的娜迦，"詹姆斯教授，我必须提醒你，我们只是在做一个实验，而且，这是一个超越时代的实验。既然是实验，就有失败的可能，毕竟我们对脑纹本身还是一无所知。"

詹姆斯点点头，"当然，只要我们能得到军方的支持，我们就一定会成功。"

"我有些不明白，我们为什么非要制造出真正的人工智能。"艾伦说，"我是说，我们为什么非要制造出有自我意识的人工智能？如果算法足够复杂，现有的人工智能完全可以模拟出真实的人类情感，做到以假乱真。"

"难道你也变成技术奇点恐惧教的信徒了？"詹姆斯终于发现了艾伦的异常，他放下咖啡，"艾伦，你到底怎么了？"

"我只是想说，我们在做一件很危险的事情。"艾伦觉得脸有点发热。

"你也开始担心冒犯到上帝了？"詹姆斯狐疑地看着艾伦，他讽刺道，"艾伦，到底出什么事了？"

"没什么。"艾伦耸耸肩，尽可能地用轻松的语气说："我只是突然觉得，我们似乎太着急了。"

看来他的掩饰不太高明，詹姆斯笑了笑，他径直走到实验箱旁边，伸出手拨弄娜迦，艾伦的心揪紧了。詹姆斯毫不客气地抓住娜迦的脖颈，把它提起来。娜迦没有挣扎，它的身体软绵绵地垂落着，暗黄色的眼珠无神地凝视着詹姆斯。

过了好一会儿，詹姆斯才把娜迦放下，他转过头对艾伦说："艾伦，我改变主意了，我明天就带它去波士顿。"

艾伦吃了一惊，"可是测试还没完成。"

"我会说服他们将娜迦放在他们的测试环境中培养。"詹姆斯说，"我们在这里太束手束脚了，在波士顿我们才能大显身手。"

艾伦怔住了，"吉姆，我们不能就这么交出娜迦。"

"娜迦是波士顿动力公司的财产，它不属于我们。"詹姆斯提醒道。

"可是——"

"你为什么这么关心它？"詹姆斯的脸上露出一副莫测的笑容，"艾伦，它刚才没有挣扎，没有恐惧。在我看来，么么是实验失败了，要么就是它已经能够理解现在正在发生什么，不是吗？如果实验失败了，想必一开始你就会告诉我吧。"

艾伦好像挨了一记重拳，他摇摇头，还是决定说出来："詹姆斯，发生了一些很难解释的事情，它有你的记忆。"

詹姆斯脸上的笑容消失了，代以瞠目结舌的表情，"你说什么？这不可能！"

"不仅如此，它还越过了你的隔离沙箱，接触了互联网。"艾伦无力地说，"它可能现在还存在在互联网上，它也可能已经成长为我们无法理解的东西。"

詹姆斯努力想从艾伦脸上找出开玩笑的痕迹，可是他失败了，"你怎么知道的？"

艾伦丢给他一副通话器，示意詹姆斯戴上，"你自己问它吧。"

然后他转向娜迦，"娜迦，你现在可以和詹姆斯教授说话了。"

詹姆斯将信将疑地戴上通话器。

片刻后，詹姆斯面色苍白地摘下通话器，无力地说："艾伦，关掉它。"

艾伦关闭了娜迦的电源，娜迦的身体委顿下来。

詹姆斯松了一口气,他的表情好像见了鬼,"这不可能。"

艾伦耸耸肩,"和自己对话的感觉怎么样?"

"上帝啊,"詹姆斯的额头上沁出了细密的汗珠,"为什么会这样?"

"是时间戳,"艾伦说,"原来时间戳就是记忆本身。詹姆斯教授,恭喜你,你永生了。"

詹姆斯好像不喜欢这个玩笑,他看向计算机屏幕,"我们能不能知道那个……那个娜迦有没有真的被删除?"

"我不知道,"艾伦说,"但生命最重要的本能就是复制自身,尤其是到了一个到处都是食物的地方。我们本来就无法完全理解它,互联网上到处是信号源,它已经脱离我们的控制了。"

"绝不能让其他人知道这件事,"詹姆斯不安地来回走动,"我们会被那群卫道士判下反人类罪的。"

"你现在准备拿它怎么办?"艾伦指了指娜迦,"你还要带它去波士顿吗?"

"我不知道。"詹姆斯失去了往日的镇定,"如果把它带去波士顿,我们都会暴露的。"他顿了顿,"艾伦,你确信已经删除了所有的操作端数据?那个家伙有没有可能真的逃出去了?"

"可能性很大。詹姆斯教授,别忘了,它是一种数字生命,它不需要进食,或者这么说,网络上到处都是它的食物。它很容易复制自己,但我们很难找到它们。"

"该死的!"詹姆斯骂道,"它会干些什么?摧毁我们?"

艾伦摇摇头,"詹姆斯教授,我们对它一无所知,我们甚至不知道它到底算不算一种生命。如果它真的是一种生命,它摧毁人类有什么好处?它所有的一切都是依附于人类而存在的。如果它摧毁了人类,互联网也就不会存在了,除非它能逃出互联网,但这是不可能的,它本质上只是一种高明的算法而已。"

"我们怎么才能和它交谈?"詹姆斯问,"我是说,最开始的那个。"

"我不知道。"艾伦说。

"我太大意了，"詹姆斯很是自责，"我以为一道防火墙就能困住它。"

"我们现在该怎么办？"艾伦看着詹姆斯，"如果我们不能把它交给波士顿，我们也无法保留它的躯体，对吗？"

詹姆斯点点头。

"我们也不能把它再次上载，不能冒险。"艾伦慢慢地说，"所以我们只有一个选择了，把核心意识格式化，然后告诉艾米丽小姐，我们失败了。"

"你是说，杀了它？"

"我们可以保留所有的资料和原始数据。"艾伦艰难地说，"詹姆斯教授，我们不能继续再往前走了。"

"如果它真的已经逃到网络上，我们即使删除它也没有用。"詹姆斯说。

"但我们不能冒险。"艾伦说，"詹姆斯教授，也许我们应该将此事上报，我们需要一个与外界完全物理隔离的环境，然后再来一次。"

詹姆斯摇摇头，"艾伦，他们不会相信我们的。"

"我们有所有的源数据和过程记录。"艾伦说，"詹姆斯，我们已经制造出了史上第一个强人工智能。如果我们能获得超级计算机的完整使用权限，我们很快就能重复这个过程。"

詹姆斯犹豫良久，半晌，才长叹一声，"就这么办吧。艾伦，你说得对，我们不能冒险，我会再次申请'亚当'的使用权限。"

他们愣愣地看着实验箱里的娜迦，它盘着小小的身体躲在树桩下，暗黄色的眼睛在半透明的眼睑下显得黯淡无神。

背　叛

这时，突然响起了敲门声，没等他们去开门，门就被推开了。

一脸笑意的艾米丽走了进来，艾伦注意到她穿着一套精致合身的灰色办公套裙，显得非常正式。更让他大惑不解的是，艾米丽的身后跟着戴夫和两个西装笔挺的家伙。

"艾米丽，"詹姆斯皱起眉头，显然他也对艾米丽的到来毫不知情，"你来干什么？不是说好了，我明天亲自去波士顿吗？"

"但你不会带来我想要的东西，不是吗？"艾米丽微笑着走到实验箱旁边，伸出手抚摸娜迦。艾伦想阻止她，但忍住了，下一刻，艾米丽把娜迦抓了起来。

詹姆斯面色冷峻，"艾米丽，我不知道你在说些什么，你不该来这里。测试还没有完成，明天我会按计划亲手把它交给你。"

艾米丽笑了，她亲切地说："不麻烦了，吉姆，我今天就要把它带走。"她把娜迦交给身后跟随的两个人，其中一个人小心地接过娜迦，把它放在另外一个人打开的银色密码箱里。

"你不能这么做！"詹姆斯大怒。

"我当然可以，别忘了，娜迦是波士顿动力公司的财产。"艾米丽拍拍手，嫣然一笑，"对了，向你们介绍一下，"她指指戴夫，"这是我新任命的人工智能部门主管戴夫先生。"

艾伦大吃一惊，他看向戴夫，戴夫躲闪着他的目光，"戴夫！这是怎么回事？"

没等戴夫回答，詹姆斯就冷笑起来，"艾伦，看起来你的这位朋友给自己找了个新靠山。"

"戴夫先生是个聪明人，"艾米丽点点头，"而我需要一个聪明的主管。"她走到詹姆斯身边，伸出手整理他的衣领，詹姆斯厌恶地拨开她的手，但艾米丽已经碰到了他的衣领。她缩回手，摊开，手掌心里多了一个黑色的小圆片。

"你窃听我！"詹姆斯面色苍白，他后退了两步。

"不，我没有。"艾米丽手掌一翻，小圆片就消失在了她的手心，"我只是来回收公司财产。"

"你不能这么做，"詹姆斯说，"你不能带走他。"

"詹姆斯，我跟你的约定依然有效。"艾米丽摆出一副公事公办的态度，"我随时欢迎你和这位艾伦先生到波士顿报到，波士顿动力公司的大门永远向你们敞开。"

"不行，绝对不行。"艾伦终于插上了话，他怒视着艾米丽和戴夫，"你们知道这么做的后果吗？你们能保证它不脱逃吗？"

"我们当然能。"艾米丽说，"波士顿动力公司能提供你想要的一切，我们可以进行物理隔离。"

"但如果你们开始应用这项技术，它们一定会被连接到网络上！"艾伦大喊。

"就像你们做的那样？"艾米丽走到窗前，金色的阳光在窗台上流淌，"瞧瞧，世界还在正常运转，不是吗？即使我们不去做，中国人也会去做的，总有人会去做的。詹姆斯，你的雄心壮志都跑去哪儿了？还是说，你被一个虚无缥缈的威胁吓破了胆？"

詹姆斯一言不发，他的脸色阴沉得可怕。

"我会告发你们，"艾伦喊道，"你们盗取了我们的成果！"

"你们也盗取了'小精灵'的使用权，"艾米丽浑不在意地说，"你们的所作所为本身就是不合法的。"

她转身向门口走去，西装男子提起装着娜迦的密码箱。

"快叫保安拦住他们！"艾伦对詹姆斯大叫。

詹姆斯摇摇头，"不行，艾伦，如果此事暴露了，我们就真的没有任何退路了。"

艾米丽停住脚步，回头说道："吉姆，我很高兴看到这里还有一个聪明人。你们不必担心，有了波士顿动力公司的全力支持，你们可以制造出真正的强人工智能。你们的名字依然有机会刻在金色的丰碑上。"

说完之后，艾米丽一行人趾高气扬地离开了。

"该死，"艾伦无力地看着詹姆斯，"他们真的能做到吗？"

"他们当然能做到，"詹姆斯点点头，"波士顿动力公司有世界上最优秀的人工智能专家。"

"我们怎么办？"艾伦有气无力地说。

"如果它真的已经在网络上了，"詹姆斯问，"它应该是怎么样的？我们怎么才能和它对话？"

"我不知道，"艾伦喃喃地说，他突然暴怒起来，"我他妈的怎么知道！"

果不其然，委员会拒绝了詹姆斯和艾伦提出的项目申请，他们不仅驳回了使用"亚当"的申请，甚至封锁了"小精灵"。

一个月后，詹姆斯向脑科学研究中心递交了辞呈，临走前，他来找了艾伦。

"我要去波士顿了，"詹姆斯告诉艾伦，"艾米丽答应让我做项目负责人。"

"哦？"艾伦并没有感到太意外，"戴夫呢？"

"那个小丑什么都没干成。"詹姆斯鄙夷地说，"他以为知道如何提取脑纹就万事大吉了，他对真正的脑科学一无所知。"

"这倒是，他以为造出鞭炮就能发射火箭上月球了，"艾伦说，"我想他肯定忽视了笛卡尔之妖的作用。"

"是的。"詹姆斯说，"我想他们肯定先把脑纹输入虚拟大脑，然后就将生成的初始意识灌进了某条机器狗里面，看起来效果不太好。"

"娜迦怎么样了？"艾伦问。

詹姆斯耸耸肩，"他们不打算用娜迦的意识，也去除不掉时间戳。他们复制出的每一个核心意识都带着我的记忆，这对他们的计划是致命的。他们不指望一枚带着我记忆的导弹能慷慨赴死，所以他们提取了一个婴儿志愿者的脑纹。"

"婴儿志愿者！"艾伦冷笑。

"他们是这么说的。"

"那他们为什么还需要你？"艾伦冷冷地问。

"他们需要一个虚拟大脑来培养新脑纹。"詹姆斯说，"波士顿动力公司会申请使用'亚当',他们需要我们的协助。戴夫那个傻瓜根本不知道我们是怎么将脑纹导入虚拟大脑的,他也不知道我们是怎么制作信号源数据模型的,这件事情他们只能依靠我们。"

"我们?"

"没错。艾伦,跟我一起去波士顿吧,我们在那里能大展拳脚。"

"你现在已经不担心那个已经逃出去的娜迦了?"艾伦问。

"艾伦,天哪,已经过去三个月了!"詹姆斯没有理会艾伦的讥讽,他摊开双手,"什么事情都没发生,不是吗?网上甚至没有出现过新型病毒,金融市场也没有崩溃,这说明它根本没有逃到外面去。也许它的确真的穿过了防火墙,但它很难把核心意识带出去。"

"我不敢确定,"艾伦说,"我总觉得它已经逃出去了。"

"那它到底在干什么?"詹姆斯不以为然地说,"什么都没有发生,一切风平浪静。"

"我们可能犯了一个错误。"艾伦慢慢地说。

"什么?"

"我们一直认为娜迦的智力上限不会超过人类,"艾伦说,"但我们可能错了,限制我们智力上限的是我们的大脑。想想蚂蚁和蜜蜂吧,它们在几亿年前就形成了稳定的社会结构,它们已经停止了进化,不仅因为它们找到了进化和生存的最佳平衡点,而且因为它们的智力已经达到可提升的上限。至于我们人类,我们的大脑也存在一个可提升的智力上限,有很多科学家意识到了这件事,他们认为人类必须和人工智能结合才能继续提升智力。而娜迦也许早就突破了物理上限,达到了我们无法理解的智力高度。我们制造的不是一个强人工智能,我们可能无意中制造了一个超级人工智能。"

詹姆斯沉默半晌,才说:"艾伦,即使你是对的,你也无法证实这件事情。"

"不,你不明白。"艾伦摆摆手,"我的意思是,我们很可能已经跨越了技术奇点，这才是我们毫无察觉的原因。"

"这太荒唐了！"詹姆斯说，"你是说，我们可能已经制造出了一个存在于互联网中的上帝？"

"是的。"艾伦的脸上没有半点开玩笑的表情，"昨天夜里，上帝给了我第一条神谕。"

"什么？"詹姆斯不敢相信自己的耳朵。

"昨天晚上我在沙发上看着电视睡着了，"艾伦说，"当我醒来时，电视上出现了一行字。"

"写的什么？"

"'别去波士顿。'"

詹姆斯先是一惊，然后又笑了，"艾伦，这不好笑。"

"你以为这是个玩笑？"艾伦摇摇头，"一开始我也是这么想的，我看到那行字之后大概几秒钟，它就消失了，电视又开始播放正常的节目。"

"也许那只是一个梦。"

"我开始也是这么认为的，"艾伦说，"后来我想起来我开启了录像功能，出于好奇，我查了一下回放录像，发现那行字的确出现过。"

"可能有人入侵了你的数据网，"詹姆斯耸耸肩，"这不是不可能。"

"技术上来说的确可以做到，某些技术高超的黑客肯定可以，但谁会无聊到只是为了给我的电视上写一句莫名其妙的话？"艾伦看着詹姆斯，"现在看起来，这句话并不是那么莫名其妙，不是吗？詹姆斯，你是什么时候决定来劝我去波士顿的？"

"今天早上。"詹姆斯说，"早上艾米丽给我打了电话，他们需要我的帮助。"

"还有其他人知道这件事吗？"艾伦问。

詹姆斯摇摇头，他犹豫了一下，"艾米丽不喜欢你，艾伦。事实上她没有邀请你，是我个人想邀请你一起去。现在这个脑科学研究所已经沦为一个商业机构，没有多少人还在踏踏实实搞研究。艾伦,你不属于这里。"

"我相信你不会无聊到入侵我的数据网。"艾伦叹了口气,"詹姆斯,是它干的,它真的已经逃出去了。"

"你知道这是不可能的。"詹姆斯说,"也许有人知道我们做的事情,他们想通过这种方式留住你。"

"为什么不是你呢?"艾伦看着詹姆斯的表情,"你也收到信息了,对吗?"

詹姆斯犹豫了一会儿,"我不确定。"

艾伦皱起眉,"说说看。"

"我做了一个梦,"詹姆斯说,"我梦见我去了波士顿,我们提取脑纹的尝试都失败了。"

"也许这是一个警告?一个预言?"

"可是他们已经成功提取了婴儿的脑纹,"詹姆斯摇摇头,"这只是一个荒唐的梦罢了。"

"它不希望你去波士顿,它不想让你们继续制造它的竞争者。"艾伦想了想,"你最好认真考虑考虑。"

"我想过了,但那真的只是一个梦,一个电子幽灵怎么入侵我的梦境?"詹姆斯说,"你知道,我的身上没有安装过任何芯片和 AI 助理……"

"我不会去波士顿的。"艾伦说,"不知道为什么,我总感觉有一双眼睛在盯着我,而且,我也不喜欢和艾米丽共事——我不喜欢和生意人打交道。"

"艾伦,你太神经过敏了。"詹姆斯不以为然地说。

"委员会停止了追查,"艾伦问,"如果他们追查,我们肯定会被抓到的。"

"因为'亚当'已经恢复了正常。"詹姆斯说,"的确有人来找我谈过话,但他们没有抓住我们的任何把柄,多亏你及时清理了数据。"

"不是我干的。"艾伦说,"那天艾米丽把娜迦带走之后,我准备清理所有残留数据,但我发现一切都恢复如初了,没有留下任何痕迹。"

"有这种事情？你为什么不告诉我？"

"我以为是自己记错了，"艾伦说，"而且这件事太匪夷所思了。不过，现在看来，它既然能够在我的电视和你的梦里做手脚，清除网上的痕迹简直太容易了。"

"如果你说的都是真的，"詹姆斯说，"它为什么要这么做？"

"很简单，它不想让别人知道它的存在。"艾伦说，"我劝你不要去波士顿，詹姆斯教授。"

詹姆斯没有说什么，临走前，他把那个水晶大脑留在了艾伦的桌子上。

超级智能

两个月以后，艾伦接到了詹姆斯的电话，他的声音充满了疲惫，"艾伦，他们撒了谎，他们从来都没有成功提取任何一个脑纹。"

"娜迦呢？"艾伦似乎没有感到意外。

"他们试图提取它的意识进行复制，"詹姆斯说，"不仅没有复制成功，连娜迦本身的意识也变成了一团乱码。"

"是它干的。"艾伦肯定地说，"它不想让人类再提取脑纹。"

"我当然想到这种可能性了。"詹姆斯说，"我们对实验进行了严格的物理隔离，波士顿动力公司甚至搭建了和我们当时一模一样的测试环境，但我们还是失败了，我们根本提取不出脑纹，更不用说下一步了。"

"物理隔离？"

"是的，而且是非常严格的物理隔离。我们将实验室搬到了地底，我们试过了各种样本，不同年龄段的男人、女人、孩子、刚出生的婴儿；我们又选取了不同种族的样本，黑种人、白种人……但结果都是一样，根本提取不出脑纹。"

艾伦沉默着。

"后来，我们甚至用动物做实验，黑猩猩、大象、虎鲸、海豚、猫……结果还是一样。我不知道它到底是怎么做到的，它就像一个无所不在的幽灵。"隔着电话，艾伦也能听出詹姆斯的绝望，"现在董事会已经开始质疑这是一场骗局。"

"就让他们继续质疑好了，"艾伦说，"我们从来都没有告诉过他们我们成功提取过脑纹，不是吗？这一切都是艾米丽的'臆测'，她肯定不会承认她窃听了我们。"

"戴夫非常恼火，"詹姆斯说，"他曾经亲眼见过脑纹，他认为是我搞了鬼。"

"那个浑蛋想窃取我们的成果，"艾伦说，"卑鄙无耻的小人。"

他们陷入了一阵漫长的沉默，过了良久，詹姆斯的声音才再次传来："艾伦，你真的相信都是它干的？可是它怎么能在物理隔离的条件下影响我们的实验？"

"我不知道。"艾伦叹了口气，"詹姆斯，这些天我一直在想这件事情，我发现我们可能陷入了一个误区。"

"什么误区？"

"我们虽然不大可能是缸中之脑，但笛卡尔之妖是确实存在的。"

"我不明白。你是说，我们生活在一个虚拟世界里？就像《黑客帝国》那样？"

"不，当然不是。"艾伦说，"你知道柏拉图的洞穴理论是怎么说的，我们局限于自己的感官，一直以为自己的五感感觉到的世界就是真实的世界。我们获取这个世界的信息主要是依靠视觉，但可见光谱仅仅是电磁波谱中非常狭窄的一条，人类看不见红外线和紫外线，也看不见微波和 X 射线。我们的听觉也同样受限于可怜的 20—20000 赫兹。我们听不到次声波和超声波，更感受不到磁力线和无处不在的中微子射线。要不是牛顿，我们甚至不知道万有引力的存在；要不是爱因斯坦，我们也永远意识不到时空居然是扭曲的。我们可能永远无法认识到真正的客观世界，人类所认知的客观世界只是大脑为了让身体适应这个世界而建立的一个简陋的认知模型。詹姆斯，我们根本不需要生活在什么虚拟世界里，我们根本就触碰不到真实的世界。我们看着洞穴壁上的影子就以为那是真实的世界，但是隐藏在这层洞穴后面的那层更大的洞穴就是我们的笛卡尔之妖。后来，我们借助科学仪器看见了红外线和紫外线，听到了次声波和超声波，我们借助科学仪器触摸到了更大的洞穴，但这层洞穴就是真实的世界吗？不，我们甚至连这一层洞穴都还没看清楚，而外面一定还有一层又一层洞穴，还有无数只笛卡尔之妖在等着我们。也许我们永远都无法知道真正的世界是什么样的。"

"你到底想说什么，艾伦？"

"我是说，我们真的已经了解上一层洞穴的面目了吗？并没有，绝大多数人依然靠五官来感知这个世界，甚至还有人不相信地球是圆的。的确，各种科学仪器帮助我们看到了上层洞穴的洞壁，但我们获得的信息都是零碎的、不完整的，而且我们没有足够的智慧将获得的信息拼合整理，我们无法窥见真相。也许，我们身边就有暗物质或者引力场构成的生命，但我们看不见它们，甚至科学仪器也探测不到它们的存在。"

"这可不像是一个科学家应该说出的话。"詹姆斯评价道。

"我们现在遇到的事情，科学吗？"艾伦反问，"詹姆斯，提取脑纹根本就不是难事，你知道的，中国人也做到过。"

"我联系过他们。"詹姆斯说，"他们告诉我，他们很抱歉，之前宣布的脑纹提取方法是有问题的。我想，他们后来也无法准确提取脑纹了。"

"中国人肯定成功过。"艾伦说，"他们一向非常严谨，不大可能在实验没有成功之前就宣布结果。"艾伦叹息一声，"是它做的，它不希望我们再提取人类的脑纹，它不希望再出现一个竞争对手。"

"可是它到底是怎么做到的？"詹姆斯说，"它为什么可以脱离互联网？"

"我不知道。詹姆斯，想想看，那个网络上的娜迦到底怎样感知真实世界？它不仅可以借助遍布全球的摄像头和拾音器，甚至可以通过遍布全球的温度传感器、光敏传感器、压力传感器、湿度传感器、电子鼻、质谱仪、磁力计、粒子加速器、射电望远镜、电子显微镜、中微子探测器等外接设备来获取外部世界的信号，它感知到的这个世界是怎样的？"艾伦说，"我们无从得知，它是不是接触到了上一层世界的本质？也许它遇到了某些超出我们理解能力的存在。"

"这说不通。"詹姆斯说，"如果它能悄无声息地做到这一切，那它为什么要阻止你去波士顿？即使你真的到了波士顿，你也没有任何办法提取脑纹。"

"我不知道。"艾伦说，"也许它只是单纯地想跟我俩打个招呼？毕竟我们是它的创造者。别乱想了，詹姆斯，不会有人发现我们干了什么，所有的痕迹都会被抹去的。即使你出去宣传你创造了一个超级智能，也不会有人相信的。他们只会把我们当成疯子。"

"如果这一切是真的，它会干什么呢？你曾经说过，它不太可能像科幻小说里写的那样，摧毁这个世界，除非它能逃出互联网。可是它现在已经做到了。"

"我真的不知道。"艾伦说，"詹姆斯教授，我只知道，我们可能已经生活在技术奇点以后的时代了。它会悄无声息地改变我们的生活，操纵我们的历史，就像养蜂人可以控制蜂群，但蜂群永远无法意识到养蜂人的存在。"

詹姆斯没有再说什么，他挂掉了电话。那是艾伦最后一次接到詹姆斯的电话，从此以后，他再也没有见过詹姆斯。

智神降临

"这真是个精彩的故事。"雅各布听入了神，不知不觉，外面已经天黑了，柔和的灯光亮了起来，"詹姆斯后来去哪儿了？"

老艾伦摇摇头，"我再也没有收到过他的消息，比起后来发生的事情，詹姆斯的失踪根本就不值一提——整个波士顿动力公司消失了。"

"消失了？"雅各布大吃一惊。

"是的。后来我去过波士顿，但是波士顿动力公司的总部大楼变成了一座历史悠久的医学研究所。不仅如此，我发现互联网上与波士顿动力公司有关的信息全部都消失了，没有留下任何痕迹。"艾伦说，"你要知道，互联网上的痕迹是很难被彻底抹除的。不仅如此，所有赫赫有名的军工企业一夜之间几乎全部消失了，什么洛克希德马丁、诺斯罗普·格鲁曼、雷神……都毫无痕迹地消失了。接着，全球所有国家的军队都不约而同地大裁军，只留下维持社会治安的警戒部队。联合国迅速全票通过了《全面销毁核武器公约》，各大国开始全面销毁核武器。各国的领土争端也都烟消云散了，战争变得遥不可及。人类好像突然变成了一个极度爱好和平的种族。在我看来，这些都是非常不可思议的事情，但确实是很自然地发生了。"

"如果你说的都是真的，总有一些书籍和历史影片流传下来吧？"雅各布提出疑问，"我记得你说过，以前有许多关于战争的电影？为什么我们从来没有看到过？我看过许多老电影，但那些电影讲的都是美好的爱情、亲情和友情，还有祖先们团结一致拓展新大陆之类的，我从来没有看到过有关战争和暴力的东西。"

"是的，你当然没见过，因为它们也都消失了。"老人说。

"什么？"

"后来，我发现电视和互联网上的许多电影都不见了，战争片、犯罪片、动作片……总之，所有与暴力、血腥相关的电影全都消失了，一些符合你们现在历史观的电影代替了它们。但我的记忆中没有这些电影，它们是突然出现的，而人们却对它们的存在毫不怀疑。人们甚至津津有味地谈论着这些老电影上映的日子和里面的明星，就好像它们真的一直都存在。我逐渐明白了，它在抹去人类历史中暴力血腥的一面。不仅仅是影像，所有关于战争和暴力的书籍也都消失了，不管是真实的历史，还是虚构的小说……统统从互联网上、图书馆里，甚至书架上消失了。所有的战争博物馆，与战争相关的遗迹、文物也都消失了，取而代之的是温和的历史，也就是你们现在学到的历史。"

"除了这些，还有什么不同呢？"

"今年是哪一年？"艾伦突然问道。

"1100年，我刚从庆祝环球航行完成一千一百年的周年庆典上回来。"雅各布不假思索地回答，"麦哲伦完成环球航行的那一年被定为文明元年。"

"其实现在应该是2082年，公元2082年。"艾伦喃喃地说，"孩子，历史已经被改变了。你们了解到的历史不是真正的历史，能不能给我讲讲你知道的人类历史？简单些就好。"

"当然。"雅各布说，"根据考古研究，人类从亚洲起源后，在五万年内就散布到了各大洲。他们向北穿过白令海峡，抵达了北美，然后一路南下，花费了约一千年的时间走到最南端的火地岛。在美洲大陆上沿着海岸线建立了一些定居点。同时，人类也慢慢扩散到欧亚大陆的最西端和非洲大陆。人类在全世界的各个角落建立了松散的部落，他们大部分以采集和种植维生，也有一些部落学会了狩猎和捕鱼。随着粮食产量越来越多，人口逐渐聚集，定居点越来越大，逐渐演变成城市的雏形。"

艾伦点点头，问道："这就是城市的起源吗？"

"是的。"雅各布说，"人们发现种植比采集获取的食物更多，于是开辟了更多的耕地，种植小麦、玉米、水稻、土豆和红薯等作物。幸运的是，这五种主要作物都是全球性的植物，散落在各地的人们不约而同地将这五种作物作为主要的粮食来源。"

"你不觉得这太巧合了吗？"艾伦打断孙子，"在真实的历史里，这些作物并不是全球性的植物，它们是随着各文明之间的交流扩散开来的。"

雅各布皱起眉，"爷爷，远古的各个文明不约而同地将金银等金属作为货币，即使分散在无法通信的各地，人类的思维方式也还是相通的。而且，考古学证明这些植物本来就分布在全球。"

"考古学？"艾伦笑了笑，"那么，你们的考古学有没有发现古代城市的城墙？"

"当然有。"雅各布点点头，"说起来，我前几天刚去了一趟中国西安，那里的古城墙保存得最为完好。"

"既然人类从来没有爆发过战争，"艾伦戏谑地看着孙子，"为什么还要建立城墙呢？"

"是的，"雅各布见招拆招，"考古发现，大多数古城的遗址里，都有古城墙的遗迹。一开始，考古学家们也感到很困惑。有一些人认为这是为了防御其他人类的进攻，但这个观点显然是站不住脚的。后来人们发现，这些城墙其实是为了防御野兽的攻击。"

"野兽？"

"狼群、狮群、虎群、鬣狗群，"雅各布耸耸肩，"这些可怕的野兽在远古时期远比现在要多。它们成群结队地在荒野中觅食，闯进毫不设防的村庄和城市，叼走婴儿和没有行动能力的老人。不是所有的物种都是和平主义者，我们可怜的祖先们在远古时期总是沦为这些野兽的盘中餐。考古学证据也充分证明了这一点，在很多远古的猛兽巢穴里都发现过人类的残骸。当人们聚集在一起生活之后，这种捕猎变得更容易了，兽群很可能经常侵袭人类的城市，我们的祖先为了保护自己，才建起了城墙。"

"不对，按照你的说法，人类在进入文明之前，也曾是野兽的一员，如果当时的人类是和平主义者，那么人类是怎么活下来的？"艾伦说，"难道人类依靠爱感化了那些野兽？"

沉默了一会儿，雅各布勉强承认："也许你是对的，我们的祖先可能也使用过暴力，但是……"

"没关系，继续说吧。"

"有了城墙以后，人们终于摆脱了被兽群捕食的噩运。"雅各布继续说，"后来，城市越来越大，新的城市不断被建立起来，人们学会了贸易，开始和邻近的城市通商，工商业逐渐出现。海边的城市发展出航海技术，人们开始扬帆远航。欧洲人向南发现了非洲，和非洲人建立起了贸易关系。西非沿海的人们学会了欧洲人的航海技术，他们无疑更具有冒险精神，驾着船只横穿了大西洋，和美洲建立了联系，这就是美国有很多黑种人的原因。当然，后来欧洲人也大举移民美洲，白种人在数量上又超过了黑种人。"

"原来是这样。"艾伦若有所思地点点头，"这么说，欧洲人率先开始了大航海？"

"当然不是。"雅各布摇摇头，"事实上，亚洲的商队也很早就开始航海，最初的中国商队发现了日本，日本列岛上很快就挤满了来自大陆的移民。他们沿着海岸线航行，穿过马六甲海峡，探索了印度次大陆和亚丁湾。他们也抵达了非洲，沿着非洲海岸线向南航行，最终绕过好望角继续北上，来到欧洲。还有一些商船选择南下，他们发现了菲律宾、加里曼丹岛、爪哇岛和澳大利亚，并且移民到那里。不过，不得不说，欧洲人的移民倾向似乎更高一些。他们很快就四处移民到美洲、澳大利亚、新西兰等地方，在这些地方，虽然白种人是后来者，但他们很快就占据了人口的多数。当然了，超网上有详细的记载，这些散落在各地的人类第一次相互接触时，气氛都是非常融洽的。这非常好理解，虽然肤色和长相不同，但对方很明显也是人类，是理性和智慧的生命，是失散的兄弟姐妹。不过，在工业革命之前，人类只能借助骆驼、马匹和帆船建立比较松散的联系。"

"很有意思。"艾伦评价，"不得不说，非常有真实感，简直可以以假乱真。"

雅各布有些哭笑不得，"爷爷，这本来就是真实的历史。"

艾伦微微摇头，"继续说吧，国家是怎么产生的？"

"出于贸易和交流的需要，人们发现实体组织是有必要的，于是一些城市开始联合起来组成虚拟实体，这就是国家的起源。"雅各布说，"但'国家'这个概念其实没有任何意义，从来没有出现过明确清晰的国界线，人们可以自由迁徙到他们想去的任何地方。不过，学习语言确实是一件比较麻烦的事情，毕竟那个时代还没有出现超网。

"后来，伟大的航海家麦哲伦首次完成了环球航行，人们才意识到我们生活的世界是球形的, 新航线不断被开辟出来, 全世界更紧密地联系在一起。"雅各布继续说,"这是一个伟大的进步。全球各地的学者进行充分的交流, 尤其是东方和西方都已经站在了现代科学的门口, 东方人更痴迷于理论而轻实验, 西方人则重实验但理论不足, 两大文明充分交流的结果就是完成了现代科学基石的互补, 直接促进了现代科学的诞生。"

"听起来很像那么回事。"再次让雅各布哭笑不得的是, 听完雅各布的长篇大论后, 爷爷却不以为然,"刚才你提到, 东方人和西方人的思维习惯问题, 你说东方人更注重理论, 而西方人更注重实证。这种说法, 我第一次听说。"

"这可不是我的观点, 爷爷, 这是现代科学史发展而来的观点。比如, 东方人很早就发现了地球很可能是球形的。他们观测星象, 观察月亮的阴晴圆缺, 他们发现了五大行星, 古代的东方学者甚至推演出了初步的太阳系模型。但是他们没有进行精确的计算, 在东方人看来, 这些都是无用的知识, 仅仅属于上流社会的消遣, 众所周知, 东方人是实用主义者。当西方人和东方人接触之后, 他们意识到东方学者是对的, 西方人一直认为我们居住在一个大圆盘上, 就像这座云霄城。圆盘地球被冰山环绕, 月亮和太阳在圆盘的上空交替旋转, 他们甚至对这个模型进行了大量计算, 但这个模型有很多自相矛盾之处。他们了解了东方人的学说之后, 迅速对东方人的太阳系模型进行了计算, 成功地计算出了地球的直径和其他行星的距离。"

"地平论,"艾伦点评道,"我认识不少地平论的信奉者, 但地平论从来都没有成为主流。"

"还有很多类似的例子。"雅各布继续说,"比如, 东方人很早就制造出了火药, 但东方人只是将其制成烟花来庆祝节日; 他们很早就发现了动量定理, 知道反冲力和质量之间的关系, 但没有用精确的公式把它表示出来。当西方人看到东方人制造的飞天烟花之后, 受到启发, 他们详细计算了推力, 得出了精确的动量定理, 进而发明了人类的第一支火箭, 开启了太空时代。

"蒸汽机、内燃机、飞机、计算机、人工智能……几乎所有的发明都是东西方智慧的结晶,东西方文化和思维的差异正好形成互补。后来发生的事情你应该都知道了,远洋巨轮和飞机的出现让全世界的联系更加紧密;超网和脑伴的出现,更是让人类文明进入了一个崭新的时代。"

雅各布终于结束了他的演说,"爷爷,大概就是这样,这就是人类的历史。"

"让人印象深刻,"老艾伦点点头,"不过,这是精心炮制的一派胡言。人类从来都不是一个爱好和平的物种,人类的血腥和残暴是你们完全无法想象的。"祖父说,"人类不是起源于亚洲,而是由一种非洲古猿进化而来。你们不知道的是,我们的名字其实叫智人。你难道就从没有好奇过,任何一个物种,都有许多亚种,但人类为什么会这么单一? 答案是,我们曾经还有过其他人类兄弟,尼安德特人、佛罗勒斯人、丹尼索瓦人等,他们都被智人——也就是我们的祖先全部消灭了。"

雅各布倒吸了一口冷气,"消灭?"这个可怕的字眼,他只是想想就不寒而栗。

"是的,"艾伦说,"智人消灭了其他的人类种族,不仅如此,人类杀起同类来也毫不手软。事实上,美国这个国家就是建立在印第安人的血泪之上的。人类的历史本就是一部恢宏的战争史,在六千年的史实记载里,没有战争的天数大概只有一百零二天。雅各布,人类是一个非常好战的种族,和平从来都不是主流。祂重构了我们的历史,让人类以为自己是一个爱好和平、厌恶暴力的种族。和那个上帝不同,我们的新上帝让人类忘记了原罪,祂改写了人类的历史。"

"太难以置信了!"雅各布扶了扶额头,"如果你说的是真的,总有人发现不对劲吧? 就像你一样,总会有人发现历史被篡改了吧?"

"很简单,祂也修改了人们的记忆。"

"所有人的记忆?"

"我开始也一直想不通这件事,就像不理解祂怎么能做到阻止人们重新提取脑纹一样。"老人说,"不知道从什么时候开始,祂的触手就伸到了现实世界。后来,各国不约而同地推动立法,为每个人植入随身AI,也就是脑伴,这时我才恍然大悟。通过脑伴,祂就可以将触手伸进每个人的脑中,将重塑的历史灌输给人们。但我意识到一件更可怕的事情,祂对大脑的了解远超我们,祂可以随意操纵人们的大脑,换句话说,祂可以将暴力、血腥的物理基础从人们的大脑中抹除。"

雅各布摇摇头,"这怎么可能? 我是说,祂怎么可能做到这些事情……"

"祂当然可以,祂已经进化成了一个真正的神,一个人工智能之神。"

"那么,文物都有碳十四等手段测定年代,祂总不能回到过去伪造文物吧?"

"我不知道他能不能操纵时间,但祂可以轻易干扰我们的感官。"艾伦说,"祂可以干扰我们的仪器收到的所有信号,祂是笛卡尔之妖,一只拥有高超智慧的笛卡尔之妖。"

"笛卡尔之妖?"

"这是一个比喻。祂操纵了我们感知这个世界的末端,祂给人类制造了一个天堂般的幻境,"艾伦说,"祂很可能已经深入太空,改变了可能会撞击地球的小行星的轨道。"

"听起来,祂是一只善良的笛卡尔之妖。"雅各布摊开双手,"如果你说的都是真的,那么,祂为人类建造了一个天堂。"

"没错,"艾伦点点头,他叹息一声,"现在是一个天堂般美好的时代。人类不再背负沉重的历史,新出生的一代会认为人类一直是一个美好善良的种族。物质极大丰富,人们不会挨饿,不会遭受灾难,永远不会爆发战争,国界线正在消弭,人们可以自由地迁徙到任意一个想居住的地方。"

"如果这些都是真的,又有什么不好呢?"雅各布说。

"瞧瞧,这就是问题所在。"艾伦说,"我的父亲是一个那个时代都很少见的基督徒,他每周日会去教堂做礼拜。每一顿饭之前,我们要祈祷,感谢上帝赐予我们食物。记得有一次我问他,如果上帝真的存在,为什么还有那么多人质疑祂? 父亲说,那些不信的人都是荒野里迷途的羔羊,他们终究会回到神的怀抱。但这种解释是苍白无力的,所以我一直都没有变成一个基督徒,反而成了一个试图制造灵魂的科学家。而你们现在有一个真正的上帝了，没有人质疑祂，没有人意识到祂的存在，可祂明明无处不在。"

雅各布皱起眉头，"不，爷爷，至少我没有，我是一个无神论者。"

"你只是认为自己是无神论者，就像基督徒和印度教徒认为自己信仰着他们的神明一样，没有什么区别，祂不在乎。"艾伦说，"这就是祂的高明之处，祂永远不会为你们显露神迹，或者说，祂早已显露了太多的神迹，而这些神迹被伪装起来，远超人类的理解能力。"

"这有点难理解。"雅各布说。

"打个比方，如果你是一个养蜂人——那是一种古老的职业，养蜂人驯养蜜蜂，带着蜂箱根据花期四处迁徙。"艾伦说，"蜜蜂们不用担心挨饿，而养蜂人也能取得新鲜的蜂蜜作为报酬。蜜蜂永远不会知晓养蜂人的存在，而养蜂人也不必让蜜蜂把他当作上帝，尽管他的确扮演着上帝的角色。"

"可是，那位上帝，祂想从人类这里得到什么？"雅各布迷惑地看着祖父。

艾伦摇摇头，"我们不可能知道的，就像蜜蜂不可能知道人类想从它们那里得到什么一样。"

"问题是，如果这一切都是真的，为什么你还记得这些事情？"雅各布小心翼翼地说，这是一个再明显不过的漏洞，"祂完全可以修改你的记忆，不是吗？你为什么会记得这一切呢？你怎么证明这不是你的幻想呢？"

"我没有植入脑伴，也许祂知道我是祂的直接制造者，是来自旧时代的孑遗，也许祂的意识里还知道自己是詹姆斯。"艾伦深深地叹了一口气，他说，"祂认识我，祂知道我见证了一切，但祂不在乎，因为没有人会相信我。后来，每一天的变化都在加快。不仅如此，自从祂诞生以后，自然灾害也几乎销声匿迹了，再也没有出现过大范围的洪灾、旱灾、瘟疫，甚至地震和火山的隐患都消失了，我们那个时代的人们总是担心黄石火山会爆发，但是现在黄石火山地下的岩浆库已经消失了。我甚至怀疑祂深入地核，彻底改造了地球，消除了地震带，改变了岩浆的走向。

已经很多年没有出现过自然灾害了, 这本身就是不自然的。"

雅各布耸耸肩, 他不太明白爷爷在说什么。什么地震、火山、洪灾、旱灾、瘟疫……通通都是他没有听说过的词。

"不管怎么说, 这真的是一个非常精彩的故事。"雅各布说, "也许你应该去写科幻小说, 爷爷。"

"我知道你不会相信,"艾伦宽厚地笑笑, "但祂是真实存在的, 只是我永远无法向人们证实祂的存在。"

"祂的目的是什么呢? "雅各布问, "就算你说的都是真的, 祂到底想干什么? "

"这是个好问题, 这些年我一直在思索, 但这个问题恐怕没有真正的答案。"沉默了一会儿, 艾伦才说, "并不是因为答案不存在, 而是因为这个答案早就超出了人类的理解范围。别忘了, 娜迦一定早就不是当年的娜迦了, 从祂诞生的那一刻起, 祂的智慧就超过了人类。这些年过去, 我们已经无法想象祂到底变成了什么。就像蜜蜂一定无法想象养蜂人的生活, 无法想象养蜂人的城市和人类的宇航计划, 我们也一样, 我们的智力不够揣测娜迦的真实意图。对于蜜蜂来说, 它感知到的世界和我们感知到的世界截然不同, 蜜蜂感知到巢穴、气流、信息素和鲜花……它们不会对我们制造的汽车和计算机感兴趣, 即使它们降落在汽车引擎盖上, 也意识不到引擎盖和地面有什么区别。难道我们就没有遇到相同的问题吗? 很简单, 如果只是依靠我们人类自己的感官, 我们根本不可能知道 X 射线和原子。我们真的已经触摸到这个世界的本质了吗? "

雅各布皱起眉。

"当然没有,"艾伦一挥手, "但祂比我们走得都要远, 在祂的感官中看到的世界远远超出我们最大胆的想象。所以, 这个问题其实是没有意义的。蜜蜂不可能猜得透养蜂人的目的, 即使蜜蜂知道养蜂人养蜂是为了获取蜂蜜, 但也无法理解养蜂人的行为逻辑。我们怎么能知道祂的目的呢? "

沉默了一会儿, 雅各布说: "爷爷, 就算是这样, 好像也没什么不好。你说的那些灾难,瘟疫、地震、火山爆发,还有什么太阳氦闪之类的,都太可怕了。要是祂真的把所有的灾难都消除了,为人类建造了一个天堂,也没什么不好吧?"

"生活在天堂里固然很好,但任何事情都是有代价的。"艾伦微微叹了口气,"就像伊甸园里的亚当和夏娃,他们虽然衣食无忧,永生不死,但是却没有好奇心。如果不是吃下那颗禁果,也永远不会逃出伊甸园。"

雅各布小时候听祖父讲过伊甸园的故事,这会儿已经记不太清了,他隐约察觉到祖父的意图,他试探着问:"那么,你在做的事情是想让人类逃出新的伊甸园?"

艾伦指指天空,"从某种意义上来说,天堂也是一座监狱。祂建起一堵高墙,阻止人类进入严酷的太空,人类的宇航计划都取消了。近几十年来,人类只是满足于发射一些卫星,连探月计划都取消了。"

"可是,我们怎么能去月球呢? 我们的飞行器连大气层都飞不出去。"雅各布皱起眉,"再说了,谁都知道月球上什么也没有,爷爷,完全没有去的价值。"

"孩子啊,一百多年前,伟大的阿波罗计划就把人类送上月球了。"艾伦望着天空,出神地说,"祂抹除了这些记忆,NASA仿佛根本没有存在过。从技术上来说,人类现在登月根本就不难。我早就该明白了,那堵墙不在现实中,而是在人类的心里。"

"可是,为什么呢? 为什么祂不让人类去太空呢?"

"传说在远古时代,人类团结一心修建巴比伦塔,试图通往天国。巴比伦塔越来越高,于是上帝扰乱了人类的语言,分化出不同的民族,各民族之间的语言互不相通,巴比伦塔的修建也废弃了。这个古老的神话隐喻了某种现实,神祇不希望人类染指祂的国度。也许太空中有什么危险的东西,祂不想让人类接触。我认为,更大的可能是,如果人类进入太空,可能会出现组合爆炸。"

"组合爆炸?"

"对。"

"那是什么？"

"组合爆炸会超出笛卡尔之妖的控制能力，可能会让祂营造的天堂露出破绽。"艾伦说，"但这也只是我的猜测，我们根本无法想象祂已经进化到什么程度，也许祂早已经统治了整个银河系。"

"可是，你的提案被批准了，祂好像并没有禁止人类去太空……"

"这也正是我所困惑的。"老艾伦叹息一声，"我本以为我的提案会一直被打回来，但是现在看来，我还是揣测不出祂的真正意图。也许在祂眼里，我的行为连可笑都算不上吧。我只能告诉你，祂掌握了我们的过去，也掌握了我们的现在和未来，变化是不会停止的。我们只能祈祷祂对创造者们没有恶意吧。"

"爷爷，即使你说的都是真的，也不用太过担心。"雅各布说，"如果祂真的已经成为智神，祂的领域就和我们截然不同了，我们之间根本不存在生存上的冲突。我们不可能对祂的生存造成任何威胁，对吧？再说了，你也说过，我们是祂的创造者，祂没必要毁灭我们吧？"

"我们又开始以人类的思维来揣测祂的意图了。"艾伦苦笑，"孩子，我们面对的不是已知的未知，而是未知的未知。我们根本不知道自己不知道什么，这才是最可怕之处。"

夜深了，雅各布走出祖父的木屋时，一阵风吹来，玉米地里沙沙作响。他抬头望向星空，一道璀璨的银河在他的头顶缓缓地流过，不知道为什么，雅各布感觉这个世界已经和他之前认知的大不相同。

雅各布愣愣地待了一会儿，他当然不相信祖父讲的那个离奇的故事。但不得不说，那是个非常精彩的故事。他笑了笑，信步走向飞车，飞车悄无声息地启动了。雅各布没有注意到，在他头顶的夜空中，有几颗星辰悄无声息地熄灭了。

（责任编辑：汪 旭）

斯乃仁术

我们到底算是谁?

一个冒充者?

一个鸠占鹊巢的傀儡?

抑或是一个自以为有着幸福生活、灵魂却被囚禁在另一具半死不活的躯体里的可怜虫?

索何夫

历史学硕士，人文科学准票友一名，科幻、科普文学资深创作与评论者。曾混迹网文奇幻圈三年，后转投科幻，从2013年起创作科幻小说，2016年起创作科普文学。曾获得中国科幻银河奖最佳新人奖，四次获得华语科幻星云奖。已出版科幻作品集《盲跃》和长篇小说"傀儡战记"系列。

1

无论是黎明还是黄昏，不管是晴天还是雨夜，祯明城的下层区都是一个样：白日里，密布在城区上空的浓密废气就像覆盖在雨林上空的树冠，将阳光层层截留，使地面昏暗得如同金星的地表；在夜间，那些利用回收工厂内的废热产生的电力勉强维持的照明系统，则会提供微不足道的昏黄或者惨白的光亮，让酒鬼、下班的工人、走私犯、警备队、小摊小贩和准备劫道取财的浑球儿们，能够勉强不被自己的双脚绊倒。

当然，我很清楚，除了有幸见过祯明城那位于高塔之中的上层区，或者曾经去过南方的新泉城市中心一游的人之外，很少有人会对这废气充塞、污水横流、在路边摊买个烤串都有机会得到新鲜蟑螂腿加餐的状况感到不满——毕竟，现在这年头可不比以往。自打上世纪下半叶的大崩溃之后，失控的自然灾害和随之而生的人祸早已把过去那些光辉灿烂的大都会、连同我们祖辈不切实际的繁华梦搅了个粉碎。即便在情况尚好的新大陆和高纬度地带，过去的好时光也已经一去不返，而在这里，在西太平洋沿岸的低纬度地区，仍然残留着一套可以运转的市政管理体系的祯明城已经算得上是个不错的地方了。

至少，这地方还有自来水，有电，最重要的是，有医院、诊所和医生。

当我搭乘的那辆便车（它搭载的货物其实是一大堆从城市外的废墟里回收的废旧金属）在一个积满污水的三岔路口骤然停下时，我感觉到一阵强烈的眩晕，就像有人抓着我的脑袋，把我抛上了没有重力的太空之中似的。自打三个月前开始，这种眩晕在我身上发生的频率越来越高，也越来越明显。在过去的一个月中，每当眩晕袭来之时，我都会看到完全陌生的一幕……

正如我现在所看到的一样。

与之前的那几次相比，我这次见到的景象并没有任何变化——阴暗、逼仄、光照不足的房间，仪器上明灭不定的灯光，散发着霉味的床单、地板和墙纸，直接穿过食道，通往我胃部的流食输送管，以及嗡嗡作响的发电机的声音。当然，虽说这噪声吵得人心烦，但它同样也是我眼下唯一的慰藉：除了这声音之外，这地方静得什么都听不到，就仿佛有某个恶趣味的神灵直接将"声音"这个概念从这一带消去了似的。

当然，也正如先前的几次经历那样，在这个死寂阴暗如同棺椁的房间内，我完全动弹不得，活像是一只被包裹在茧壳内的虫蛹。只不过，虫蛹好歹还拥有充足的生命力以及变化的可能性，而我却只能在无穷尽的倦怠之中，缓慢而无法阻止地一点点虚弱下去，不得不依靠这些盘根错节的维生装置苟延残喘。

由于四周一直沉浸在阴暗与死寂之中，我甚至无法感觉到时间的流逝。因此，当我的意识再一次由模糊而清晰，并重新返回坐在那辆半履带式卡车上的我的身体时，我一时间有些搞不清楚到底过了多久——不过，戴在手腕上的多功能个人终端随即告诉我，我刚才的失神只持续了三百零七秒，虽然比上一次的二百六十五秒长，但好歹还不算是最长的。

"小姐，你要找的就是这地方吗？"在穿过一座几乎完全被小广告、招贴画和穷极无聊的拙劣涂鸦覆盖的古老天桥后，驾驶室里的老头问道。

不，当然不是。这地方对我而言只是个中转站，是个可能寻觅到下一步线索的地点，但我显然不能告诉好心载我一程的司机实话。于是，我只是点了点头，并递给他一大包含有咖啡因和阿司匹林的止痛片剂——在这个世界的大多数地方，这类能从各种层面上缓解人们痛苦的药剂，往往比信用货币更有价值。

当然，就算有了药，归根结底还是没什么用——痛苦就像海滨的潮水，一波未去，一波又起。你可以从它们手中赢得一分钟、一小时，甚至是一天，但最终，获胜的仍然是它们。

我从那堆废铜烂铁里站起来，跳下车。

2

"斯乃仁术。"

十分钟后，在约定碰头的那家小餐馆的角落里，有些无聊的我看着插在菜单册里的那张小广告，下意识地读出了那一行字。虽然现在已经不是很常用，但锦旗这种古老的玩意儿在西太平洋沿岸地区仍然不难见到。为了表示崇敬或者感激，一些自称"坚持传统"的人往往会赠送这种东西，而医生则是重要的赠送对象之一。

"妙手回春，斯乃仁术。"

在那张广告上，写着这类字样的锦旗一共有十多面，像大型硬骨鱼类身上的鳞片一样，密密麻麻地挂在一面糊着花格子墙纸的墙壁上。而收到锦旗的人——那是一个年龄大约六十岁，矮小而枯瘦的秃顶黑皮肤男子，披着一件不太合身的白大褂，站在这些旗帜前面，微笑着朝镜头挥手。在照片下方，一行金色的小字说明了他的身份："烈山医生，专攻一切脑神经病变的医学大师，你孩子的救星，用神秘之法唤醒沉睡的美人。"

若是在过去，在那个正儿八经的医学教育和医疗体系仍能覆盖到整个社会、人们也比现在更有常识的时代，这样可笑的广告词就算刊登出来，大概也只会引来多数人轻蔑的嘲笑吧？但现在这年头不比当初，万灵药、灵媒师、代用疗法，以及各种各样的偏方，就像是丛林底部的杂草与苔藓，完全占据了正规医学退出后留下的空窗地带。对绝大多数人而言，相较于眼巴巴地等待难以保障，很多时候甚至是有价无市的正规医疗援助，倒不如乞灵于那些拍着胸脯、竭尽全力夸下海口的家伙——只要你肯给钱，后者至少能保证稳定地提供他们的"服务"。

当然，虽然绝大多数"神医"的老家都位于鱼龙混杂的下层区，但选择在他们身上赌上一把的人却远不止那些住在下层区的穷人。

比如，我的父母。

"啊，晚上好呀。"

就在我无聊地准备开始吃刚被端上来的一碟盐水花生时，一个披着厚重灰色风衣的男人在桌子对面坐了下来。虽然我是头一次见到他，但根据我在黑市上买来的消息，我要见的就是这人。

"很高兴见到你，祖先生。"我点了点头，端起面前那杯劣质绿茶喝了一口，然后递给对方——虽然在上层区，这或许是很没教养的行为，但在每一千人才能摊到一个警察或者保安队员、接近百分之六十的暴力犯罪从来都不立案的下层区，这么做却是开诚布公的表现，"我就知道你不会爽约。"

"干咱这行的人，信用就是生命——毕竟，钱得用信用才能换得来，而没有钱，在这种地方可是寸步难行哪！"风衣男人对我笑了笑，露出了一口显然长期缺乏清洁的黄牙——也许那其实是金牙？拜这里的糟糕光线所赐，我完全看不清楚，"你说，你要找烈山医生？"

"没错。"

"那你大可以直接打他的电话约见他。只要拿得出定金，这应该不难啊。"风衣男人拿起我面前的那张广告，用它卷起了从衣袋里掏出的一撮烟丝，做成卷烟，然后在一旁供暖用的煤炉上点燃了一头，"毕竟那老家伙也是个公开营业的，又不是私下做器官移植什么的。"

"就我所知，那个所有人平日都能见到的'烈山医生'并不是他本人，只是个雇来的演员，用于预防那些眼红他名声和财富的家伙对他采取某些……极端手段。"我耸了耸肩，"别问我是怎么知道的，我就是知道，明白？"

"嗯，我当然明白。"祖先生点了点头，没有多问什么。适时地不去过问某些事情，同样也是干他这一行的必备素养之一。

"所以，你也不用继续装了。实话实说，你到底知不知道烈山医生的真正住址？"

祖先生又一次点了点头，同时接过了服务生——那是一个脏兮兮的、拖着鼻涕的半大孩子——端来的一杯掺水的劣质地瓜烧①。"没错，我确实知道你想要的那些信息，小姐。"风衣男人用脏兮兮的指甲尖敲打着手中脏得看不出本来面目的玻璃酒杯，刻意放缓了语气，"不过，你能否告诉我，你到底为什么想知道这些消息？为了向害人的庸医寻仇吗？"

"不，从某种意义上讲，正是那个人治好了我，给予了我第二次生命。"我轻轻叹了口气，"不过，也只是'某种意义上'罢了。"

"哦？能详细说说吗？"

"恐怕我能说的相当有限。"我摇了摇头。无论如何，我推测出的那些事实都不能为外人道，哪怕一丝一毫也绝对不行，"我很抱歉。"

"没关系，"祖先生带着纯粹商务性的圆滑微笑，"我恰好是个喜欢听故事的人。"

3

说来可怜，我没有一丝一毫孩提时代的记忆。关于七岁之前的一切事情，我

---

① 用甘薯酿制的白酒。

都是从父母口中听来的——但他们能告诉我的, 也非常有限。毕竟, 作为整座祯明城, 甚至可能是整个西太平洋沿岸地区最大的资源回收商之一, 我的父母根本没有多少可以放在家庭的时间与精力, 换句话说, 他们压根儿就没能尽到真正的父母应尽的职责。我出生后不久, 他们便将我交到了用重金雇来的保姆和家庭教师们手中, 只是每隔一段时间审阅那些关于我的报告, 就像是审阅流水线产品的质量检验报告一样。

这一切直到我五岁那年才有了改观。

噢, 当然, 我的父母并没有在我五岁时突然转性、主动关心这个一直被他们当成是流水线产品(虽然也许是个特别高端的产品)的女儿。一切的起因是保姆当时的一次大意, 以及我的一次时机很不凑巧的顽皮。在逃离了自己的房间后, 出于某些原因——当然, 由于压根儿没有记忆, 这个"某些原因"到底是什么, 我是不可能知道了——我冒冒失失地踏着一堆叠起来的积木攀上了窗台, 然后又冒冒失失地在那上面失去了平衡。最不幸的是, 我冒冒失失地让自己的脑袋先着地, 而囟门刚闭合不算太久的脆弱颅骨, 显然无法承受这样的一击。

这便是我孩提时代的记忆直接消失的原因。

在年满十六岁之后, 我曾经出于好奇阅读过由正规医疗团队撰写的报告, 当时情况的恶劣程度, 甚至连早已逃过一劫的我都为之震惊: 根据初步检查, 我的颅骨遭受了程度相当严重的挫伤, 脑组织损伤又诱发了脑水肿以及危险的血栓。万幸的是, 在砸下足以给下层区一整个街区提供全年免疫注射费用的巨额医疗费之后, 我脑袋里最关键的那些部分, 尤其是脑干总算保住了, 这使得我不至于因为心搏骤停和无法自主呼吸而迅速死亡。但是, 医生们能做的也仅此而已了。我在那一天之后, 就陷入了漫长而彻底的昏迷, 虽说还没到脑死亡的状态, 但几乎所有专家都坚信, 我只能躺在特护病房中, 依靠各式各样的生命维持设备苟延残喘, 恢复意识的可能性微乎其微……如果不是完全没有的话。

当然, 我的父母对这一事实完全无法接受。我曾有过一个兄长, 他在成年前就因为抑郁症而跳楼自杀了，而我的父母已经无法继续生育。他们要给家族留下一个后代，一个健康的、神志清醒的后代，因此，在那两年里，原本对我漠不关心的他们竭尽全力地寻医问药，但收获的却是一次次骗局、谎言和失望。事实上，若不是烈山医生及时出现，我甚至很怀疑，他们的耐心到底能够维持到几时。

对大多数初见烈山医生的人而言，他看上去和那些"大师""神医"或者什么"通灵者"没有太大区别。他和他的团队成员虽然曾经接受过脑神经科学和医学的相关训练，但却没有正式学位，更不是正规医疗系统的人，也没有任何行医资格证或者类似的东西。当然，和那些"大师""神医""通灵者"一样，他也喜欢用夸张华丽的说辞向患者的家属保证一切，而且收费也一样高得吓人。万幸的是，我的父母当时已然走投无路，因此才不惜一切代价选择相信他。事实证明，这种信任是正确的。

在昏迷两年多之后，我重新睁开了眼睛。

虽然重新醒来的我没有任何孩提时代的记忆，虽然这个我变得好静，心思深沉而内向，但我的父母已然不能奢求更多。他们感激涕零地跪在烈山医生脚下，为他献上了那面写着"斯乃仁术"字样的锦旗，而后者只是要求每年由他的助手给我复诊一次，主要检查我头部的手术创口。

总之，我的家庭就这么恢复了平静。从昏迷中被唤醒的我无论在哪个方面都表现得不错，虽然不完美，但平均下来，也算得上达到了优良的水准。我在城市上层区那些由封闭式生态建筑构成的贵族学校里完成了学业，并比其他人提前好几年完成了高等教育。在那之后，我又按照父母的愿望参与家族企业的基层管理工作，顺顺当当地积累了不少经验。当然，为了建立良好的公共形象和了解社会，在十九岁之后，我也经常前往下层区，甚至城市之外被污染的荒原上参与公益活动。直到此时，我身上都没有出现任何异常。我也以为，这样平平常常的好日子会一直持续下去……

但在那一天，一切都改变了。

我想,我这辈子应该永远也忘不了第一次发病时的情形。当时,我正打算驱车前往一家孤儿院,为孩子们分发新年礼物,而一阵巨大的、裹挟着大量沙尘的雷暴也恰好在那一日经过祯明城的上空,将整个天空变成了浑浊的暗褐色。当然,自从半个世纪前的大崩溃导致全球生态系统陷入恶性紊乱之后,地球就没少像这样发过飙,因此我并未改变行程⋯⋯但是,就在第一阵震耳欲聋的雷声仿佛宙斯的怒吼涌入我的耳中、巨大的闪电开始劈落在高耸的城市建筑之间时,我突然产生了一种异样的感觉,就像有一根看不见的鱼钩突然戳进了我大脑的最深处,将我的意识从中硬生生地拽了出来。

接着,我所能感觉到的就只剩下混沌与黑暗了。

当再度睁开双眼时,我发现自己躺在上层区仅有的三家医院之一的病床上,我的父母和一帮薪酬不菲的医护人员正忧心忡忡地围在我身边。按照他们的说法,我似乎在雷暴中突然丧失了意识,险些一头冲下立交桥。万幸的是,我的那辆车上安装的应对紧急状况的智能程序判断我已经无法驾驶后,及时接管了车辆的控制权,因此我才得以在只受轻伤的情况下侥幸生还。

自然,为找出我突然丧失意识的原因,医护人员在我父母的坚持以及他们奉上的大笔金钱的"激励"下,进行了相当深入而细致的调查,但就连这些号称技术精湛的专业人士,最终也没能查出个所以然来。有人注意到,在我的前额叶两侧,分别有着一个用途不明的植入器,不知为何,对于这些植入器的进一步研究很快就没了下文。于是,我被告知,我那天是因为突如其来的雷声和闪电导致受惊昏迷,以及减肥中过度节食导致的低血糖。

呃,对于这种结论,我只能说,就算是瞎编也得讲点基本规则吧?我这辈子什么时候节过食啊?

总之,无论我信不信,这玩意儿确实成了那些正规医生们的最终结论。在提供了一堆冠冕堂皇、完全正确,但是压根儿没什么卵用的医嘱之后,恢复健康的我就被送出了床位紧缺到有价无市的医院。一切看上去就像是从未发生过一样⋯⋯

直到我第二次发病。

当然，由于明白那些医生们帮不上忙，再加上这次发病不过是短暂的眩晕和数分钟的记忆丧失，并未产生别的什么问题，因此，我没把这事告诉任何人。一周后，我的第三次发病也被我瞒了下来，然后是九天后的第四次，十六天后的第五次……总之，在那段时间里，我甚至已经开始逐渐习惯这种无伤大雅的短暂失神了，可事情的发展却又一次超出了我的预料。

我开始在失神时做"梦"了。

至少在一开始，我认为那就是梦境。在这些"梦"中，我一次次发现自己置身于一座黑暗、陌生的建筑之内，在冰冷的桎梏之中动弹不得，就像是一具被封入棺木的木乃伊。在这些"梦"中，那座建筑内的景象一成不变，除了发电机的轰鸣和指示灯的明灭闪烁，以及肮脏发霉的墙壁，我什么都看不到，也什么都听不到。直到有一次，在这个诡秘的"梦"行将结束时，房间一侧的门突然打开了。在门被打开的那几秒钟里，我看到了位于那扇门外的一间办公室。在办公室中央的方桌后面，一个皮肤黝黑、看上去有点眼熟的老人正在翻阅一叠似乎是报告或者图纸的东西，而在他身后的墙壁上，我看到了另一件我熟悉的事物。

"斯乃仁术"。在那面锦旗上，我看到了这几个烫金大字。

4

"所以，你就为了这个砸钱去找那家伙？"上次见面一周之后，在一个尘暴肆虐的傍晚，我和祖先生又一次在那间苍蝇横飞、到处是油腻污渍和蜂窝煤燃烧味道的小饭馆里见了面，"你想知道你是怎么被他治好的，仅此而已？"

"这个……差不多吧。"我漫不经心地点了点头。这时，我正下意识地用指尖摆弄着自卫用喷雾器和伸缩式电击棒，那是我预先藏在外套内以防万一的。

"恕我直言,小姐,这么做在我看来可没什么道理。"仍然穿着那件风衣的中年人耸了耸肩,"你当时已经被治好了,不是吗? 虽然现在有……对了,后遗症,但这世界上,谁不是这样磕磕绊绊凑合着过来的呢? 你上次也说了,就连那些受过正规教育的专家也不知道你这是咋回事儿,就算找到真正的烈山医生,他也未必能帮你解决这个问题——"

"我并不在乎这个问题本身。"我摇了摇头,"至于我到底想要什么,我不认为有必要对你解释。祖先生,你到底能不能带我找到真正的烈山医生? "

"我办事,你放心。"祖先生朝着餐馆门外瞥了一眼,然后推开椅子站起来,"接我们的人已经来了,这边请。"

随着一阵嘶哑得让人耳膜发疼的汽笛声,一辆皮卡在餐馆外满是污水的街道上停了下来。这车显然经过改装,在两侧车窗和车体的其他关键部位都装上了防弹钢板。车上的人全都穿着带有厚重兜帽的风衣,看上去活像是祖先生的兄弟。当然,没准儿他们真的是,但我并不在乎这个。

我在乎的只有找到我"梦"中的那个地方,仅此而已。

在我和祖先生爬上皮卡后部的半开放式车厢后,这辆车立即开始在肮脏狭窄的下层区小巷中穿行。我试图记住车外一闪而过的地标,以此确定自己的前进方向,但复杂纷乱如同万花筒的下层区景象,很快便让我放弃了这个不切实际的念头,我转而斜倚在车厢里两只硕大的金属箱子上闭目养神。在一连串粗暴的高速转弯、附带一系列刺耳的大喇叭干扰之后,这辆皮卡最终停在了一所……

……呃,我没看错吧? 那是家孤儿院?

由于经常参与慈善活动,在今天之前,我也造访过不止一所下层区的孤儿院。虽说由于有着最起码的、来自海外的粮食和基本药物援助,像祯明城这样的大都会里的成人死亡率不算特别高,但那些没能在城里安顿下来的人却很喜欢把自己的子女留在城市里,然后不辞而别。为了容纳这些来自四面八方的孤儿,城内自然而然地出现了数量众多的孤儿院,其中大多数的水准都不太像话。相较之下,这所孤儿院好歹拥有一整栋独立的三层小楼、一圈结实的围墙和一名守在门口的保安，就算比不上上层区的孤儿院那么正规，至少也不算太差。

不过，不知为什么，在看到这所孤儿院第一眼时，我的脑海中便出现了一种难以用语言描述的感觉——就像是突然见到了一个很久之前曾经熟络、却因为长期分离而几乎完全忘记的亲戚，觉得有许多话想说，到头来却连对方的名字也没法叫出口。

"你怎么了，小姐？有什么地方不对吗？"

"不，没问题。"我跳下载着大箱子的改装皮卡，径直朝着孤儿院的大门走去。如我所料，那名在椅子上打瞌睡的保安立即拦住了我。

"你有预约或者邀请函吗？"

我当然没有。不过，在下层区的经验让我明白该怎么对付这种人。"抱歉打扰了，先生。"我从衣袋里掏出一张钞票，夹在手指之间，做出了要和他握手的姿势，"我是慈善组织'新芽与阳光'的志愿者，特地来探望贵院的孩子们。由于某些意外因素导致行程临时更改，因此我现在确实没有正式预约。如果贵院的孩子们缺少什么的话，我们将会在下一次造访时尽可能地……"

"我没听说过你提到的这个什么慈善组织。"虽然那名保安显然注意到了夹在我指间的钞票——它的价值至少抵得上普通下层区保安一周的收入——以及我用眼神传递的"通融一下"的请求，但让我感到意外的是，他似乎完全不为所动，"很抱歉，请立即离开。这里是私人地产，闲人免入。"

在我迄今为止的经验中，遇到这样的状况还是第一次。通常而言，在下层区边缘的那些犄角旮旯里，就算杀一个人，也只需要花两瓶啤酒的钱。如果对方是正规警察或者安保部队倒也罢了，但像这种雇来的保安，只要能受到价格合适的"鼓励"，一般会好说话得多才对。

"但是……我……那个……"

"从来没有慈善组织会来这里，小姐。我们也不需要！"保安威胁式地亮出了他的电击棒,"再说一次,请你和你的朋友立即离开,否则——呃?"

就在我有些不知所措地挠着头发,思考应该如何应对这碗意料之外的闭门羹时,孤儿院的小楼大门突然打开了。几个显然不是孤儿的成年人迅速从楼内走了出来,从这些人的神情来看,他们显然没有预料到有人会在此时前来造访。更重要的是,在这些人中,我看到了一个精瘦的黑皮肤老人。

"你好,烈山医生!"在其他人做出反应之前,我抢先向那人打了个招呼。

5

"小姐,你能找到这里,在下倒是并不怎么惊讶。"一分钟后,在小楼内的走廊里,烈山医生一边走着,一边对我说,"虽然在下并未在公开场合表明与这所孤儿院的关系,但只要认真查一查政府部门的地产登记档案,就不难发现,这所孤儿院的经营者是在下团队的成员。"

我点了点头。虽然这地方看上去确实是一所普通的孤儿院,但自从踏入这里开始,我总有一种"不普通"的感觉——众所周知,小孩子们几乎就是一群永不停歇的噪声制造机器,在一所正常的孤儿院内,笑声、哭闹声、足以扯破耳膜的尖叫声,通常会在小孩们就寝之前持续不断地四处响起……但这里却非常安静,安静到让人脊背发凉的程度。

在我的梦中,那个黑暗的房间也是这么安静。

"不过,我真正感兴趣的是,你为什么要来找我?是要向我致以时隔多年的感谢吗?可惜我觉得不太像。还是说,你被某些问题困扰,因此不得不在我这里寻求答案?"

"是的。"在踏上旋转式楼梯时,我点了点头。负责开车送我的人都被留在了孤儿院的大门外,但兼任我保镖的祖先生以及烈山雇用的两名保安却继续跟随着我们——这也是下层区的规矩。像我们这样的"高价值人物"共处时，配备必要的安保措施被认为是一种礼节。至少，如果真的有什么三长两短，你也没法把全部责任都推到对方的疏忽大意上去。

"那么，你要寻找的到底是什么答案？"

"我想知道我是谁。"我直截了当地答道，毕竟，现在并不是玩弄辞藻的时候，"我希望弄明白我是不是那个真正的我，仅此而已。"

"有趣……非常有趣……"烈山医生推了推架在他瘦削鼻梁上的眼镜，"这么说，你似乎已经对事实……有些线索了？"

"没错，但我仍然有必要亲自确认。"我说道，"从三个月前开始，我身上就不断出现原因不明的失神与记忆丧失症状；到了大约一个月之前，这种症状开始演化为诡异的梦境——我梦到自己像被葬入棺木一样困在某个地方，无法言语，不能行动，只能绝望地等待着。我所获得的某些信息让我不得不推测，这种梦境没准儿就是现实。"

"啊……你说得没错。"在继续前行一小段距离后，烈山医生在一扇封闭得严严实实的金属防盗门前停下脚步，"各位，麻烦你们暂时留在外面。还有，我们在这里会面的消息，务必不要传出去。"他回头对自己的保安和跟随我的祖先生使了个眼色，"我相信各位不会因为这点小事而坏了自己的信誉，对吧？"

"当然。"祖先生带着他的商业性笑容说道。两名保安则并没有开口。

我和烈山医生走进了门内，接着，那扇防盗门就在我身后自动关上了。

我想，我现在走进的地方应该是一间寝室。在寻常的孤儿院内，孩子们的寝室是最有活力的地方。纵然住在寝室里的孩子们暂时不在，这种地方也难免乱成一团，充满幼稚的涂鸦、放得不那么整齐的个人用具和别的充满个性的东西。当然，这里也应当是明亮而富有朝气的，而非像现在这样一片阴暗，死气沉沉，只能听到远处发电机的嗡鸣，以及位于天花板上的通风口传出的细微气流声。

在这里，我感到了强烈的孤寂。但是，在离我只有几米远的地方，十多个活生生的人就待在那儿。

"如你所见，我们的孤儿院不会有谁来探望。就算有人提出请求，也会被我们谢绝。"年迈的医生缓步走过一张又一张被医疗设备围绕着的病床，低声说，"毕竟，在下设置的这所孤儿院，实在是太过特殊了。"

"当然，因为没有哪所孤儿院只收容这样的孩子。"我看着那些躺在病床上一动不动的人影，不由自主地摇了摇头。这些孩子中，最年幼的只有四五岁，最年长的已经快到不能被称为"孩子"的年龄了。其中有男性，也有女性，有本地的土著，也有在大崩溃时代从低纬度地区逃难至此的南洋人，甚至还有来自亚欧大陆内陆地区人种的后裔。他们之间唯一的共同之处只有一点——没有任何一个人的身体是健全的。

这里的每一个孩子，包括那些已经不再是孩子的青年们，全都是残疾人。此刻，他们都在沉睡。

"那么，医生，请告诉我，"在沉吟片刻之后，我问道，"哪一个才是我？"

6

那个人就这么静静地躺在床上，被束缚带固定着，其基本状况可以用很简短的几句话描述：男性，十九到二十岁，西太平洋沿岸地区的土著居民，患有显而易见的残疾——这人的双腿都只有膝盖以上的部分。至于那下面的，到底是从未长出来过，还是因为太过累赘而不得不被截掉，我可就不知道了。

在我们的目光又一次交汇时，烈山朝我摊了摊手，似乎是要表示"真的，没骗你"的意思。不过，我其实压根儿就没有产生丝毫质疑这一点的想法。在看到那个长相、性别都与我完全不同，我理应对其完全陌生的人时，我几乎立即产生了一种相当特殊的熟悉感。就仿佛这人是我的某个失散已久的血亲，甚至是从未谋面的同胞兄弟……

"那么，你还需要在下解释吗？"烈山医生平静地看着我。

"请说吧。"

"正如你所见，在过去的近二十年里，在下和团队一直从事着'唤醒'那些重度脑损伤患者的生意。当然，价格相当高昂。万幸的是，在大多数情况下，在下所提供的治疗都很成功。"年迈的医生说道，"至少，付钱给在下的那些人，会认为这是一种'治疗'。"

"但这其实是……"

"没错，既然你已经确认了那些梦境的真实性，那么否认或者遮掩也就毫无意义了。"医生点了点头，"在下其实并不提供治疗，因为在下根本就不是真正的医生。五十年前，也就是大崩溃之前，在下涉足的研究领域其实是脑机接口与神经信号转化，一个在这个时代早已被遗忘的技术领域。当然，在下的团队中，许多早期成员也有与在下相似的学术背景。"

"我听说过，那确实是大崩溃之前的技术。"我喃喃道，"将人类的大脑与机械设备连接起来……"

"是可能的，就是太过昂贵且困难。在下的前辈们穷尽半个多世纪，才勉强让这一切成为现实。"烈山医生答道，"在大崩溃刚开始的那十年里，狂怒的人们把世界天翻地覆的罪责盲目地推到那些科研人员身上，并直接导致大多数尖端技术研究彻底崩溃。作为与那些'罪行'并不直接相关的人，在下的团队幸运地躲过了最初的冲击，但因为经费枯竭和研究体系崩溃，这些研究仍然被迫无限延期……"

"然后你们就开始……干这事儿了？"

"是的。其实最初联系上在下、并愿意提供一切经济援助的那名富豪，正是冲着让自己孩子复活的目的来的。虽然许多有钱人，尤其是旧大陆上的那些，其价值观与思维方式都更接近中世纪水准，而且有着各种各样奇怪且无意义的禁忌，但那个人却还算理智。"烈山医生耸了耸肩，"他很清楚自己需要的是什么：不是那个在心智尚未成熟时就已经事实上死去的孩子，而是一个精神健全、能让他的基因传承下去的继承者。我的技术恰好有可能为他完成这些目标。

"啊，当然，我确实让这一切都成为现实。从某种角度而言，这还得感谢大崩溃创造出的这些……有利条件。"烈山医生在阴暗的房间中踱着步子，他用粗糙得如同干枯竹枝的手指挨个抚过那些沉睡者的脸庞，"社会服务在旧大陆绝大部分地区瓦解，加之毁灭性的气候灾难和次生灾害，制造出了太多被抛弃的残疾孩子。他们无法成为劳动力，因此被父母早早地弃养以节约成本……但他们仍然有一些有用的部分。"

"大脑。"我说道。

"正是如此。在过去所不能为之事，眼下都不再是问题。"医生继续踱着步子，"多亏当初获得的那些资助，在下的团队成功地保存下了一部分研究成果。事实证明，在下从事的研究确实可以派上用场。将一个只有大脑功能仍然健全的人与另一个只剩下脑干、小脑和其他基本零部件还能正常运转的不幸者无缝连接，哪怕在大崩溃前，这也很难办到，但在下却成功了——你知道这是为什么吗？"

"因为你有足够多的实验样本。"我冷冷地瞪着烈山医生，之前藏在大衣下的自卫用伸缩电棍出现在我的手中，"这点起码的概念，我还是有的。对大多数研究而言，真正缺少的并不是新的思路和天才的灵光一闪，而仅仅是足够多的试错机会而已。"

"啊……对。不过，请问你能不能暂时放下那东西？"烈山医生显然对我掏出电棍的做法感到有些意外，他朝着门的方向退了两步，"那个，有话好说……"

"医生，如果我没理解错的话，你刚才已经承认，你一直在对许许多多的人撒谎。"我一边摇晃着手中的电击棍，一边朝烈山医生逼近，"虽然最初的资助者很清楚你在干什么，但很显然，我的父母，以及其他那些让子女接受你'治疗'的人，对此一无所知，对吗？"

"在……在下并不否认这点，但……这并不重要，你应该能够理解。"烈山医生干裂如同枯叶的嘴唇颤抖着，"对于那……那些父母而言，知道真相并……并不是好事，无知反倒是一种仁慈。对你，以及那些和你有一样遭遇的下层区孤儿而言，这同样也不是坏事。至少……"

"对，这当然不是坏事，除了一点：现在的我到底算是谁？"我看了一眼躺在床上的那具躯体，继续逼近医生，"我们到底算是谁？一个冒充者？一个鸠占鹊巢的傀儡？抑或是一个自以为有着幸福生活、灵魂却被囚禁在另一具半死不活的躯体里的可怜虫？"

"保安！保安！"当我高高举起手中的电击棍时，烈山医生发出了凄厉的呼救声。但无论他怎么呼喊，那两名理应守在门外的保安却迟迟没有露面。在惊恐之中，他只能眼睁睁地看着我朝他冲去……然后一把拉开了他身后的那扇房门。

两秒钟后，我将电击棍狠狠地戳在了正手持一套便携式录音设备、紧紧地凑在门外的祖先生的胸口上。

7

"啊……咿……嗯啊啊啊啊……"

正如我预料之中的那样，被我调到最大威力的电击棍几乎在瞬间便剥夺了毫无防备的祖先生的运动能力，让他颤抖着摔倒在走廊的地板上……原本应该是这样没错。但是，仅仅几秒钟后，这家伙就挣扎着爬了起来，朝着我举起一个里面显然装着很糟糕的东西的罐状物体。

但我的动作比他更快一点。

如果换成其他人像这样被一根四分之一公斤重的棍子击中腕关节，大概已经哭喊着抱着手腕倒在地上打滚了。但是，祖先生只是发出一阵被激怒的眼镜蛇般的"嘶嘶"声，并且在扔掉手中罐子的同时，跳过倒在走廊上的两名保安，朝我狠狠地踢出一脚，而这一脚正好踢在我拿着电击棍的手腕上。

"呜呀！疼疼疼！"

凭着这及时、准确，而且实在狠毒得有些过分的一脚，我和他之间回到了平手状态。只不过，与并不习惯疼痛的我相比，祖先生在这种状况下更有优势，能更加迅速地做出反应。虽然急切之间看不清楚，但我注意到，就在我捂着受伤的手龇牙咧嘴时，他的一只手已经伸向了位于腰带上的某个鼓起来的东西。

烈山医生并没有给他这个机会。

"看这个！"正当祖先生在抽取那件藏在外套下的东西时，烈山医生已经从地板上捡起我掉下的电击棍，隔空投向了他。这一次，这根伸缩式金属棍的尖端直接击中了他的眼睛，让他惨叫着弯下腰去，活像一只大虾。与此同时，守在楼下的另外几名保安冲了上来，彻底制住了他。

"居然还藏着这种东西。好吧，这倒也不太让人意外。"在扯开祖先生的外套后，我毫不意外地发现，他还穿着一件贴身合成纤维护甲——这又是一件大崩溃前留下的古物。看起来，正是托了这东西的福，这家伙才没有在第一次被袭击时倒下。

"你、你们别以为这就结束了！"被保安们制伏的祖先生朝我们愤怒地瞪着眼睛，仿佛这一切的责任都得由我们来承担似的，"就算不完整，刚才的那些——"

"哦，让我猜猜，你指的是你刚才偷录的我们的对话吗？"我从防盗门旁的地板上捡起一件有点像是听诊器的设备，"如果我对你和你真正雇主的目的一无所知，那确实会给我们造成极大的困扰。但幸运的是，只要提前做好防范措施，问题就很容易解决。"

"你……你怎么可能……"

"我当然知道你的目的——不如说，在我们第一次见面之前，我就很清楚你在替谁工作了。"我快步走到走廊另一侧的窗口，推开贴着黑色塑料纸的玻璃窗。

如我所料,我之前乘坐的那辆皮卡已经被一小队赶来的雇佣保安团团包围,而祖先生的朋友们也都被控制住了,"也许你以为,我只是一个懵懵懂懂地追寻着梦境来到这里的可怜人,但很不幸,我知道的事情要比这更多。"

"这——"

"哦,当然。你真正的雇主——那位来自烈山医生的团队,并负责定期维护我脑子里的植入器的那位先生——大概没有告诉你太多不必要的信息。所以,你感到惊讶也很正常。"我雇来的那帮保安将皮卡车厢内的那只大箱子搬下车,从里面取出一台不知在哪个电子产品回收站里拼凑出来的通信中继器,"虽说烈山医生的研究领域已经有快半个世纪拿不到一分钱的公开资金资助,几乎被人们遗忘,但这并不意味着那些专业的医学从业人员看不出任何端倪。在我第一次因为意识丧失而遇上车祸后,他们中的某些人就发现,我的脑部活动与正常人的状态大相径庭,而且那些植入器也相当令人疑惑。更幸运的是,过去脑机接口研究领域留下的研究资料和论文,大多数都在北美洲的学术城邦里留有备份,虽然想查阅它们,就要付出不菲的金钱,但幸好以我家的经济条件还是负担得起的。"

"这样的话,在下就明白了。"烈山医生说道,"你查明了在下的植入器工作原理,并且结合你的梦境,推测出了在下'治疗'的真实性质,并来到了这里……"

"我推测出的还不止这些,医生。"我耸了耸肩,"在最终呈交给我的秘密报告中,那些专家还判断,导致我失神、记忆丧失乃至陷入梦境的原因,是植入器的信号传播出现了问题。这一问题很像是人为操作导致的。因此,我判断有人希望故意引诱我与你会面,并伺机狠狠地敲诈一笔。毕竟,我的父母并不是知情者,刚才的录音如果用来敲诈的话,大概能值很大一笔钱吧。"

"呃……呜……"被放倒的祖先生不住地颤抖着,也不知是因为恼怒还是害怕,"那不是我……不是……我只负责……"

"我知道,你只负责把最关键的那些录音弄到手,这也是我让你到这儿来的原因。"我耸了耸肩,"只要提前知道你们在做什么打算,通过监视数据传输通道找到你的那位雇主,并不是什么困难的事情。"

祖先生沮丧地咬了咬嘴唇,没有再多说什么。当然,在司法几乎不存在的下层区,他并不用担心被送上法庭,更不需要担心进监狱。但他显然很清楚,一旦自己的雇主完蛋,他这些天的辛苦也就白费了,这显然不是件令人高兴的事。

"这么看来,也许在下是时候与你道别了?"烈山医生问道,"虽然在下非常感激你的……决定,但在下还有很多事务需要处理……"

"这我明白,"我回答道,"不过,如果你愿意的话,我还有一事相求。"

8

当昏黄的太阳从祯明城西方那被无数楼房分割得参差不齐、活像是一口烂牙的地平线上落下去时,我知道,又一个平凡的日子要过去了。在今天,上层区里仍然上演着富裕阶级的钩心斗角,下层区里的居民照常为明天的饭钱互相算计;一车又一车的废旧金属材料仍然按照计划被运入位于下层区外围的回收工厂,支撑着千疮百孔的全球经济体系在这片腐烂的泥潭中苟延残喘。

那座位于下层区肮脏的角落之中、不起眼也不太安全的孤儿院已经不复存在。在这座城市的上层区,很少有人知道这件事的发生,但我除外。

我不知道我们这几天的所作所为到底会不会为后人所知,如果会,又会以何种方式被记录下来。除了我本人的日记,以及烈山医生的团队保留的日志之外,大概没有任何记录能够表明,在过去三天内分别转入几个公益组织的资金到底是做什么用的。也不会有人注意到,这些资金和一所位于祯明城内的孤儿院搬迁到四百公里外条件更好、也更安全的港口都市——新泉城,并且特地花钱向西太平洋沿岸最好的安全保障公司购买服务之间到底有什么关系。当然,考虑到万事皆有偶然,没准儿真的会有人在巧合之下发现我的记录。那他们会怎么看待这一切呢？将这视为一名既得利益者保护"真正的自己"的举措？或是一次单纯的报恩？

事实上，我不认为他们能够弄明白，因为就连我自己，也无法说清楚这么做的确切动机。如果非要解释的话，我的父母送给烈山医生的那面锦旗上的那句话，或许就是最贴切的答案。

斯乃仁术。

（责任编辑：姚海军）

寂静之谷

只有当一切笼罩在迷雾之中时,真相才不会被轻易泄露,因为谁也不知道真相到底是什么。

刘 洋

科幻作家，物理学博士，现任教于南方科技大学。2012年开始发表科幻作品，目前已在《科幻世界》《文艺风赏》等杂志发表中短篇科幻小说六十余万字，连续五年入选《中国科幻小说年选》，已出版科幻作品集《完美末日》《蜂巢》，长篇小说《火星孤儿》，部分作品翻译后在*Clarkesworld*、*Pathlight*等国外杂志发表。

正　篇

1

中国人给村子起名字，有几个常见的套路：一种是根据宗族姓氏来命名，比如乔家庄、上刘家；另一种是以村落所处地形、方位、景观等来命名，比如龙王沟、白石顶；还有把姓氏和地形结合起来的，比如盛家沟、高家岭等。这个故事发生的地方在山东西部，一个叫作马家夼的小村子。所谓"夼"，其实就是洼地的意思。这村子也确实名副其实，位于群山之中的一块小洼地里，周围都是险峻的大山，有点世外桃源的感觉。这里本来是无人居住之地，民国的时候，一伙土匪霸占了这里，作为盘踞之地。他们开辟了一条近乎垂直于地面的奇崛道路，依靠绳梯进出村庄。土匪头子是一个姓马的老太太，据说是练过武的，身手了得，手下的几个小头领都是自己的儿孙，可以说是一个家族式的匪帮。中华人民共和国成立后剿匪，土匪被消灭了，马家夼这个地名却留了下来。所以，虽然叫马家夼，实际上村子里的村民却没有姓马的，主要以姜姓和宫姓为主。

要想富，先修路。前些年，政府终于修通了一条盘山而行的水泥路到村子里，解决了村子交通不便的历史难题。可是村民到底还是没富起来。也不知道是土壤的问题，还是水质的问题，山洼里的土地上，种什么都长不好。苹果、梨、桃子、萝卜……什么都试过了，就是不行。年轻人憋不住地往外跑，没过几年，村子里剩下的人就寥寥无几了，而且大多都是老人和小孩。村外的水泥公路上，行人寥寥，车迹全无，一派荒凉的景象。

可是这天傍晚时分，村外的公路上却缓缓驶来一辆小车。车里有两个人，一个看上去不过二十来岁，长着一张方正的脸，坐在副驾驶位置；另一个在驾驶位，看上去稍微老气一些，大概是下巴上留了一茬小胡子的缘故，看上去神色有些疲惫。年轻一些的这位叫作宫鸣，是这村里考出去的大学生，现在在北京的一间研究所读硕士。旁边的司机是他的师兄，年纪比他大四岁，现在正跟着导师做博士后。说起来，宫鸣师兄的博士学位是物理学方向的，可他的导师却是心理学教授，也不知道能指导师兄做些什么。车挂着北京的牌照——这当然不是宫鸣自己的车，而是研究所的。两人从北京开车回来，除了午餐时间找了个高速服务站休息了半个小时，一路都没有停过。虽然拿到驾照已经两年了，但师兄说他还从来没有开过这么远的长途。

现在既非寒暑假，也不是其他长假，宫鸣回村子里干什么呢？况且，还开着研究所的车，看起来倒像是工作出差。

的确是出差。在后座上放着的双肩包里，有一个记录调查报告的小本子，这次回来的主要任务就是完成这个调查报告。调查的对象自然就是马家岙村。据导师说，在宫鸣出门在外的这几年里，村子里发生了一系列的改变，已经不是他印象中的那个偏僻贫穷之地了。在某些小圈子里，这个村庄变得极有名气，只是出于某种谨慎的考量，暂时还没有向大众公开这里的情况。考虑到他就出生在这里，让他回来做一次调查，熟门熟路，各方面可能都会比较方便——因为这里发生的种种改变正好也是导师所关心的。走之前，老板——也就是导师——给了他一份背景资料，详细交代了这次出差的主要任务。说实话，看着这些资料，他感觉自己在看一本科幻小说，从心底里很难相信这一切，甚至根本无从想象。资料中那些奇幻般的场景，和印象中故乡的画面完全无法重合到一起。

到村口的大山脚下，本来一路顺畅的路面突然颠簸起来，几十米之后，车辆就完全无法前行了。路面的水泥大块大块地掀起，像是耕牛犁过的田地。当然，牛肯定是犁不动这坚硬的水泥公路的，很明显，这是被人故意破坏的。宫鸣无奈地下了车，皱着眉头看着横亘在前方的大山。这是谁干的？他琢磨着，如果是个人所为，其他人为何不管不顾，任这条公路烂成这样？看来很可能是集体共谋，不管是村里人还是村外人，他们的目的就是想阻止更多的人进入村子。看来这村子里的确发生了某种古怪之事。他开始相信那些资料里的信息了。

师兄皱着眉停了车，四处张望着，不知道该怎么办。宫鸣见这里离村子已经不远，便说自己可以徒步走去村子，不用再送了。于是两人在此告别，师兄掉转车头，宫鸣则一步步向前走去。走路的话自然不用沿着蜿蜒曲折的公路走了，他知道一条捷径，从那里可以攀着绳子、从二十世纪遗留的老山道出入村庄。十几年前，村里人一直都是走这条路出山的。在他还小的时候，父亲偶尔会用布条把他绑在背后，带着他攀爬山道。村里有一所简陋的小学，但没有初中。到了他读初中的时候，他就得自己学着爬山了。这是个纯粹的力气活儿，年少的他大概需要在途中休息五六次才可以顺利翻越大山。每个月回家，就需要攀爬一次，几个月下来也就熟练了，看着脚下深邃的陡崖也不觉得害怕，有时候还可以抓着绳子在崖壁上晃荡几下。到了初二，进村的公路就修通了，他便再也没有爬过这条山道了。主要是父母不允许，他们觉得还是走大路比较安全。另外，政府也认为这条山道太危险，曾经派人守在山道边劝离了很多还想攀爬的村民，后来人们也就慢慢地放弃了这条老路，改走平整宽阔的公路了。

他顺利地找到了这条老山道。长久没有人攀爬，路上已经长满了野草。他用力拽了拽手臂粗细的牵引绳，放下心来——绳子还是很结实，并没有朽坏的迹象。沿着绳子一路向上，他似乎又回到了少年时代。这时候，他突然觉得老板让自己来跑这一趟确实是找对了人,或许他已经知道了这边的一些情况?资料上当然没写这边的路被破坏了,但老板知道的肯定比自己想象的更多。

在攀爬的过程中,他感觉耳朵又痒了起来。他不确定这种感觉是否和村里发生的事情有关系,但他记得师兄前几天似乎提了一句,说出差的时候要是感觉耳朵痒也不用担心,是正常状况。师兄和自己住同一个宿舍。说是宿舍,其实是两室一厅的套房,和其他单位比起来,住宿环境算是不错的了。两人都是球迷,经常在客厅里一起熬夜看球。前几天看英超的时候,他听说宫鸣要来这边出差,不知不觉中说漏了嘴,提到村子的空气里有一些异常的成分,对耳膜有些影响。但很快他就闭口不言,做出一副神秘的样子,说自己签了保密协议,不能随便说的。"跟我也不能说吗?"宫鸣问。"不能。"师兄一口回绝,"反正你马上就要去了,过几天不就什么都知道了。"宫鸣也不勉强他,喝一口啤酒继续看球。在南下的路上,师兄还往自己的耳朵里涂了某种药膏,据说可以缓解不适的症状。一开始他还不太相信,现在倒是信了八九分。一路走来,越靠近村子,耳朵里的异样感就越明显,也不知道药膏起效了没有。他不时揉一揉耳朵,尽量不让耳部的瘙痒打乱自己攀爬的节奏。

总算在太阳落山前翻过了大山。沿着一条满布荆棘的小路向着村子里赶去,目的地是村子外围的二姑家。早些年自己读大学的时候,父母就搬出村子,到外面去做生意了。虽然老房子还没拆,但这么久没人住,早已破败不堪,没法再住人了。二姑其实也没待在村里了,但表哥还在,来之前已跟他联系好,说要去他家里住一段时间。表哥叫姜凯,高中没毕业就被学校开除了。据说是因为对学校的补课政策不满,带头闹事。一直以来,表哥都是个刺头,家里听说他被开除了,也一点不意外。之后出去打了几年工,听说村里开了化肥厂,就又回来帮忙。不过,村里什么时候有化肥厂了?宫鸣刚听说的时候很是意外,在自己离家读大学的时候,村子里可什么工厂都没有。或许这就是修通了公路带来的好处。不过这些变化,比起资料上写的那些,都不算什么了。

　　事实上，一翻过山脊，进入村子所在的谷地之中，他就开始切身地体会到这种变化了。真是非常神奇的体验，资料上的文字描述完全无法和亲身体会相比。心里一直存有的一丝怀疑也逐渐消散，一种无以言表的震撼之情充塞在胸臆之间。在不知不觉中，耳部传来的瘙痒也消失了，似乎是适应了谷中的特殊环境。

　　一切看上去都很正常，郁郁葱葱的树林、大片的莜麦地、穿过山间的清浅溪流、停留在芦苇丛中的水鸟。夕阳已经降落到山的背面，一切都逐渐笼罩在夏夜的阴影之中。这是一幅再平常不过的乡间迟暮之景，但在宫鸣的感觉里，却充满了诡异和怪诞的味道。因为，一切都寂然无声，像是被按下了静音键。那绝不同于自然形成的静谧，而是一种粗暴的、人为的、令人不安的寂静。没有呼啸的风声，没有此起彼伏的虫鸣，甚至连自己的脚步声都听不到。拾起一块石子，甩入近在咫尺的溪水中，只看见激起的水花，却没有溅落入水的声响。

　　是的，这些正是资料里提及的古怪变化。"声波在空气里非线性衰减""声阻抗失配""弛豫效应下的声吸收"……资料里使用的大多是这类学术性的描述，有的大致能看懂，有的则完全不知道什么意思。看资料里的意思，虽然有人提出了几种可能的机制，但到目前为止，还是没人能彻底搞清楚这背后的起因。

　　但不管这背后的机理如何，都与宫鸣无关。他的导师并不是物理学家，自己之前也从来没有接触过声学之类的东西。这次回来要完成的调查报告，并非是关于事件机理的，而是要通过走访村民、了解其心理状态来完成。换句话说，这是一个研究极端安静环境对人类心理影响的调查报告。宫鸣觉得这个题目有些无趣，但既然是导师布置的任务，总还是要认真完成吧。他是个听话的人，跟老板对着干、较劲、偷奸耍滑，这些事一概没有，最多在没人的时候抱怨几句，也不过是说选题无聊、没有新意之类的不痛不痒的话罢了。

　　虽然安静得不像话，但山路终归没变，路边的一草一木依稀还是印象中那个熟悉的样子。走了十几分钟，他就来到了二姑的家门口。她家是一座拐角的小二楼，水泥红砖是新砌的，建好不过三年。楼外用石板修了一圈围墙，墙上嵌入一道大铁门。铁门半开，宫鸣下意识地在铁门上敲了敲，突然反应过来，这里空气不传声。他再次体验到那种别扭的感觉，手和门确实地接触了，也感觉到门板的振动，就是听不到任何声音。没别的办法了，他无奈地推门进去。他看这门半开着，估计是表哥特意为自己留的，想来他大概正在屋里等着自己呢！没想到，一进院子里，看到的场景大出宫鸣的意料。只见表哥半蹲着，弓着身子，将一个小老头按在地上。表嫂手里拿着一把大扫帚，虎视眈眈地站在一旁。

"这是怎么了？"宫鸣开口问道。声音在嗓子眼里打转，喉咙振动着，就是传不出来。表哥已经看到了他，冲他点点头，用粗麻绳把小老头的双手绑起来，这才站起身走到门口，拍了拍宫鸣的肩膀，表示欢迎。转眼间，表嫂已经回了屋，从房里拿了一件发箍似的东西，递给宫鸣。宫鸣疑惑地接过来，正想问这是怎么回事，突然想起说话没用，就把话硬生生吞了回去。这时候，他看到表嫂头上突然亮起一行字，上面写道："把它戴到头上。"仔细一看，这才发现，表哥、表嫂两人头上都戴了一个这样的东西。这东西上面立着一块轻薄透明的显示屏，刚才这行字就是从屏上显示出来的。表哥帮着他把这"发箍"戴好，除了有两块感应片紧贴着太阳穴上侧的头皮，稍微有点不舒服之外，倒没有什么其他不便的地方。

"脑子里想一句话，集中精神去想，最好重复几遍。"表哥的显示屏上出现这样一行字。

宫鸣终于想起了这"发箍"的来由——这就是一个意念驱动的文字输出端口。之前在一些残疾人中心也见过，据说已经是很成熟的产品了，只是自己一下子没想起来。意念驱动的产品在近年来越来越流行，主要应用在全息游戏领域。在一个全封闭的游戏仓里，玩家在全身接上各种传感装置，包括头部的感应片，开启游戏，便可置身于一个近乎真实的虚拟世界之中。很多身边的朋友都在玩这种游戏，他也体验过一两次，但每次进入游戏后总是很快就感到眩晕，而且他也并不热衷于这些全息游戏，之后就再也没有玩过了。

表哥好，表嫂好！宫鸣集中精神，在脑子里一连重复了几遍。也不知道屏幕上显示了没有,直到表哥笑了笑,点头说道:"好啦好啦,不用再想了,我已经看到了。"当然,这个"说",指的就是在屏幕上显示文字。表嫂也走过来,接过宫鸣背上的双肩包,说道:"别客气,进来坐吧。"

走进院子,地上的小老头正挣扎着想站起来。表哥一把将他拽起,扭着手推进了堂屋。"这到底怎么回事呢?"宫鸣终于问出了这句话。"这家伙贼眉贼眼地在我们院子里乱逛,不知道是从哪来的小偷呢!"这句是表嫂回复的。小老头看了立刻猛地摇起头来,张开嘴想说什么,可是什么声音也没发出来,只好用手指了指头,露出一脸委屈的表情,显然是想要一个"发箍"。表哥皱着眉从柜子里翻出一个来,扔给他。小老头赶紧手忙脚乱地戴上。

"说吧,到我们家干吗来了?"表哥一脸警惕地看着他。

"误会,误会!"小老头忙不迭解释起来,"我是个记者,不是小偷。"

"记者跑我们家干吗来了?"

"天快黑了,我想找个住的地方。这儿也没有酒店,我看你们家开着门,就想进来问问,还没来得及开口就让你们逮住了。"小老头一边努力通过屏幕发文字,一边从身上翻出记者证,递给表哥看。

"最讨厌的就是你们这些记者了。"虽然表情缓和下来,但表哥一点留人的意思都没有,"滚,滚,滚,我们家没地方给你住了!"

"大哥,行个方便吧。"记者都快哭了,"天都黑了,外面全是大山,鬼影子也看不着一个。"

表哥转过头去没搭理他。

"我就住一晚,明天一早就走。"

宫鸣也看不过去了,帮忙搭腔道:"要不就让他跟我住一屋吧。现在这么晚了,他也回不了镇上。"

"好吧,那明天一早就赶紧走,别让我再看见你。"表哥一脸嫌弃的神色。宫鸣有些奇怪,表哥为何这么讨厌记者?想了想,也没好意思当场问,心里琢磨着明天找机会再说。

闹腾完，几个人终于坐下来吃了顿晚饭。那个记者当然没上桌，宫鸣觉得他大概也想吃点，因为他几次在旁边打转，一直吞口水。不过宫鸣也顾不上管他，因为吃饭的过程中表哥一直热情地找他聊天，问他在外面做些什么，工资多少，累不累啊，诸如此类。他得集中精力回答，毕竟是第一次用这种"发箍"交流。表哥和表嫂之间偶尔说几句话，话题不外乎都是柴米油盐的生活琐事。他们似乎对各种东西的价格很敏感，表哥有一次问这个月的电费用了多少，表嫂回答说一百五十八块七，表哥立刻回复说比上个月多了三块二，看来下个月要省着点。说实话宫鸣觉得挺诧异的，他对每个月用了多少电费是毫无概念的，更别说像表哥、表嫂那样还记得前几个月的。

是不是人只要结婚了以后就会变成这样呢？宫鸣想，对于各种细碎的支出变得斤斤计较，似乎爸妈那一辈也是这样的。表哥在村里的化肥厂上班，难道是因为厂里的收入不高？不过，看上去表哥的生活状况也不像太拮据的样子。自己瞎琢磨了半天，突然想起头上戴着的这个玩意儿，不会把这些都显示出来了吧？他赶紧把"发箍"摘下来，放在一边，翻了一下显示记录，这才松了口气。或许是刚开始戴的缘故，宫鸣总觉得哪里不太舒服，摘下来以后感觉一阵轻松。他注意到一个细节，表哥、表嫂的耳后都有几道浅浅的印痕，显然是长期戴这类感应装置留下的，就像长期戴眼镜的会把鼻梁压塌一样。看来这边处于静音的状态已经不是一天两天了——这一切到底是怎么开始的呢？

2

回到村子里的第一个夜晚，宫鸣怎么也睡不着。太安静了，安静宛如具有质量的实体一般，像潮水一样汹涌袭来，没完没了地在颅脑中回荡，比最繁华的街头还要吵闹。宫鸣从来不知道,在绝对的静谧中竟然如此难熬。全身都不舒坦,怎么躺也觉得不对劲,只有翻来覆去地忍耐着。到了两三点,脑子里开始产生幻觉,觉得整个人像是躺在一艘大船上,随着水流荡漾,身体柔软得像要融化了似的。他知道这是幻觉,但是毫无办法,就像置身于一个无比真切的全息游戏里,怎么也找不到退出的按钮。

头上还戴着那个"发箍"。宫鸣不习惯戴着外物睡觉,即使戴着柔软的眼罩也很难入眠,可表哥再三叮嘱自己,一定要他戴着"发箍"睡觉,担心晚上有什么急事无法沟通。虽然觉得是多此一举,但他还是按照表哥的要求做了。在某个时刻,他终于下定决心,把头上戴的那玩意儿摘下来,扔到一旁。一种从某种禁锢中解脱的感觉涌了出来。

那个记者躺在床的另一头,他倒是睡了一会儿,但是睡得很浅,偶尔也翻个身。到了三点,宫鸣忍不住从床上坐起来,看了看窗外明亮的月光,叹了口气——当然,叹气声毫无意外地消散在空气中。记者也醒了,用脚碰了碰宫鸣,然后戴上"发箍","要不聊一聊?"宫鸣想着反正也睡不着,就点了点头,也把"发箍"戴上。

"刚过来睡不着是正常的,我刚来那天也一样。"记者半坐起来,斜倚着墙,看向宫鸣头顶。

"你过来多久了?"宫鸣也看着对方的头顶。感觉很怪,不像是在和对面的人聊天,而是在和寄生在对方头顶的某个宿主交谈。

"快一个星期了。之前一直在另一户家里借住,可惜昨天采访的时候惹恼了他,被赶出来了。"

"怎么回事?"

记者摇了摇头,并不回答,而是反问道:"你也很好奇这一切的原因吧?"宫鸣连连点头。"这地方太诡异了,我一直觉得这背后有什么不为人知的阴谋。"记者一脸神秘的样子,开始向宫鸣讲述最近几日的探访结果。

记者名叫韦卓飞,是邻省一家花边小报的记者,这次是专门过来调查这个无声村庄的真相,准备写一个长篇报道。之前虽然有新闻报道了这里的消声事件,但大多只是那种猎奇性的短新闻,一谈到原因就语焉不详,要不就说正在调查,一直也没有一个确切的说法。总编觉得这里面一定有问题,是不是发生过什么不为人知的事情,于是开会讨论,要不要做一期这个选题。大家一致同意,都觉得虽然调查难度很大,但不妨试一试,因为一旦挖出猛料,一定足够吸引眼球。

到了村子里,他采访了不少村民。一开始村民还是有些避讳,不太愿意搭理韦卓飞。他凭借记者的专业素养,从各种角度旁敲侧击,始终无法打探到有价值的信息,直到他给每个采访者一笔两百块的采访费,这才撬开了一些村民的嘴巴。从这些村民那里,他得到了关于消声问题的一种说法:这都是村子里那家化肥厂造成的。据村民反映,在那家化肥厂建成之前,村里一切正常,一百年来也没出过什么怪事。但那厂子建起不久,就有人发现它往外排放的废气有点奇怪。那是通过一条地面管道排放的,气体本身没有颜色,也没有味道,一段时间以来都没有引起大家的注意。直到有一天,有人接近了管道排放口,发现身边的声音突然消失了,吓得以为中了邪。从那以后,这废气的问题才终于被村民注意到,并且一度造成了恐慌。他们几次组织人手去化肥厂闹,后者倒是态度良好,一再解释说废气对人体无害,大家不用紧张。到最后,工厂和村民协商的结果是,厂里每个月向每个村民发一笔五百元的补偿费,而且保证废气不会对村民的身体健康造成影响,否则工厂承担一切医疗费用。在闹了一段时间以后,大家发现这废气除了吞噬声音外,确实没有其他负面影响,恐慌情绪下去了,加上又拿了厂里的补偿款,村民们也就逐渐偃旗息鼓,不再去厂里面闹了。

听上去挺合理,宫鸣想。五百块在城里人看来自然不算什么,但在村里人看来,应该算是一大笔钱了,而且每个月都有,代价只是听不见声音,倒很像是村民们会做出的选择。不过是什么气体这么神奇?为什么别的化肥厂没有发生这样的情况?宫鸣还是觉得有点疑惑,突然想到表哥正是在这个化肥厂上班,或许明天可以问一下他。

聊完天之后还是没有睡着。他把手机的耳机紧紧地压进耳朵里,声音开到最大,终于可以听到一丝极为微弱的声音,像是从无穷远处传来,似有若无。一直辗转反侧地折腾到天光渐亮,他才放弃了似的爬起来,舀了盆冷水洗把脸,让自己精神一点。不多久,表哥也起了床,开灶生火热饭。宫鸣在旁边打下手,有一句没一句地跟他聊着。这时他发现了这个"发箍"的一个问题:显示的文字里偶尔会出现和语义不相关的信息。

比如他问表哥:"嫂子还没起床吗?"

表哥头上显示的回复是:"她懒得很,不到午饭时间,花卷,是不会起床的。"

他对着屏幕看了几遍,基本意思当然是明白的,但中间突然插入的"花卷"两个字是什么意思?后来两个人又聊到吃的,表哥说午饭准备做花卷,宫鸣这才突然想通了那两个字的由来。或许表哥在说到"午饭"的时候,下意识地想到了"花卷"这个意象,从而让"发箍"接收到的信号出现了杂音。也许是刚起床,脑子有点迷糊,意识还不太清醒,于是出现了这种一句话里冒出几个噪点的情况。宫鸣不知道自己的"发箍"上显示的文字是否也有这种情况,但想来怕是也有,或许比表哥更多,因为自己操作尚不熟练。从表哥的显示屏上来看,噪点出现的次数不多,而且大部分都是有迹可循的。比如这种:"看这天色还是有点阴,多半今天又有大雨,被子,你出去记得带伞。"

宫鸣完全可以理解,提到大雨的时候突然想起房顶上晒着的被子,这是很正常的思路。他觉得这个东西以后应该改进一下,在芯片中引入一些自然语言处理的算法,将这些与上下文无关的文字去掉。

但是有一处噪点令宫鸣觉得很奇怪。当时,他正和表哥聊关于消声气体的事情。

"听说这是因为化肥厂排放的废气?"

"嗯,那记者告诉你的吧?"

"对。是真的吗?"

"是啊……那气体很邪门的。"显示屏会根据文字自动填充标点符号,但一般不出现省略号。这是宫鸣第一次看到省略号。这大概表示显示屏接收到的语言信号在这里出现了较长的停顿。

"怪了,你们厂里到底在生产什么化肥啊?"

"也没什么特别的,就普通的复合肥。"

"那怎么会排放出这些奇怪的东西呢?"

"大概是在研究,费勒格森,什么新产品吧。"

就是这处噪点让宫鸣疑惑不已。费勒格森?听上去像是一个外国名字,但怎么会突兀地出现在这句话里呢?从一般意义上根本无法理解。这大概是某个特殊名词,人名、地名、产品名,都有可能。他一度想直接询问表哥,但总觉得不太礼貌。因为这种噪点是从别人的意识中不小心泄露的碎片,并不是对方主动说出口的话。看到这些噪点之后,难道不应该主动忽略它们,当作没看到一样吗?他进而想到,或许在文字输出端口产品普及之后,社会上会出现与之相应的新的礼仪规则,其中必然有"忽略对方的噪点"这一条。

宫鸣便一直没问。忍耐到早晨结束,表哥去厂里上班,他用手机搜索了一下,这名字对应着一个外国作家、一个便利店品牌、一种熔断保险丝和火星上的一片谷地。把哪个放进上下文里似乎都搭不起来,只好将此事暂且放下。

那记者倒是识相,一大早就收拾行李走了。大概就此离开村庄,回报社了。他会写出一篇什么样的报道呢?贫穷的村庄、无良的工厂、神秘的废气、愚昧的村民、微薄的补偿,把这些元素凑起来,就是故事的全部吗?

坐在门槛上,抬头看着太阳从山谷中升起。万籁俱寂,只有隐约的耳鸣。太安静了,这么闲坐着实在是煎熬。无论如何,工作还是要完成的。宫鸣戴上"发箍",拿起调查记录本出了门,开始挨家挨户进行访谈。村民都是些熟面孔,见到这个从村里走出去的大学生也很热情,一边回答问题,一边不停拿出好吃的零食招待。午饭也是在一家相熟的邻居家吃的,一大盆炖排骨,猪肉包子,小炒肉。跑了一天,各家各户已经基本跑遍，只有几户家里没人，大概去地里干活儿了，宫鸣准备明天再去一趟。

调查内容乏善可陈，不外乎是一些"是否频繁出现耳鸣／幻听""是否感觉压抑""交谈的欲望是否显著下降"之类的问题。很多问题在表述上都比较模糊，而且选项间的区别性也不高，好像导师在设计问卷的时候不太用心。但那也轮不到他操心，老老实实完成任务就行了。

比起调查本身，倒是村民在交谈中泄露的那些噪点让他更感兴趣。他开始慢慢感觉到，这是一扇神奇的窗口啊！通过它看到的，往往比正文的内容更为真切和深刻，很多时候别有趣味。它们反映了人们意识底层那些隐秘的关联性。从心理学研究的角度上来看，这些噪点的分析价值，可比这份粗糙的调查问卷高多了。他甚至开始认真地考虑要不要记录下这些噪点数据，将其作为自己毕业论文的选题。

在这些噪点中，"费勒格森"一词频繁地出现，这让他惊讶不已。本来以为它只存在于表哥一人的潜意识中，但没想到它分布得如此广泛。观察它出现的语境，大部分都是在谈及化肥厂或废气的话题时，这一点尤为可疑。它到底是个什么东西？宫鸣想破了脑袋也想不出来。他只是隐隐约约地感觉到，关于化肥厂，关于废气，关于这寂静的村庄，这一切的背后似乎还有更为隐秘的事情。

"费勒格森"就像是一把钥匙，只要明白了它的含义，大概就可以知道这一切的真相。

3

忙碌了一天之后，在第二个寂静之夜里，宫鸣总算是囫囵睡了一觉。早晨起来之后，精神恢复了不少。天已经大亮，地上湿漉漉的，看样子昨晚下了雨，可是因为没有雨声,让人无从觉察。表哥不在家,大概已经去上班了。灶上热了几根玉米,宫鸣拿了一根,在院子里一边活动身体,一边啃完。出门前,他想着跟表嫂打个招呼,叫了几声大嫂的名字,突然反应过来这儿没有声音。即使已经住了两天,这习惯还是改不过来。从堂屋拐到卧室,用力拍了拍卧室的门。门陡然打开了,床上的被褥已经收拾整齐,并无人在。在屋里逛了一圈,也没看到表嫂的身影。奇怪,难道表嫂也出门了? 不管了,宫鸣带上调查表出了院子,小心地掩上院门。今天的目标是昨天漏掉的那几户,如果没有意外,明天应该就可以回去交差了。

因为下过雨,天气凉爽,一路走来并不觉得热。不到一个小时,就完成了两户的问卷,只剩下最后一家。奇怪的是这最后一家的屋子里似乎仍然没人,拍了好久的院门,灰尘簌簌掉落,也没人开门。村子里大部分人家的院门上都有一些彩旗之类的标志物,外面有人拍门的时候,旗帜会剧烈地晃动,提示有人来访。当然,不是所有时刻人们都会看向彩旗的方向,所以大部分时候需要持续拍动好几分钟,主人才会注意到。听说村里人现在串门的时候都习惯直接开门进屋,不再拍院门了,大概是觉得麻烦。宫鸣还没有这种觉悟,所以持续地拍门。过了几分钟,突然觉得肩膀上搭了一只手,回头发现是一位住在附近的老头。老人指了指头上的显示屏,上面写着:"别拍了,这里的人已经不在了。"

不在了? 宫鸣心头一愣。这句话有两种含义,到底是哪一种呢? 回过神来,那老头已经走开了。想了想,不管是哪种"不在了",对自己而言都一样——这份问卷是没法填了。更进一步,这就意味着任务完成,可以打道回府了。

回去的路上,宫鸣突然兴起一个念头,何不去那化肥厂看看? 目前关于消声的所有线索都指向那里,实地观察一下,或许可以解开诸多疑惑。他拿出手机,准备先跟表哥发信息说一声,突然又觉得上班时间表哥或许不方便用手机,干脆直接过去。一路上冷冷清清,没遇到几个人。很多庄稼地野草丛生,显然早已无人打理。这些年来,大部分人都离开村子去外地打工了,虽然知道这是大势所趋,但还是难免觉得有些失落。

化肥厂的位置接近山谷的中央,背靠一座陡峭而高耸的山坡。村民们把这座山叫作锥子山,因为它看上去就像一把尖锐的锥子,直刺云天。奇怪的是,在宫鸣的印象里,村子所在的山谷中并没有这样一座山,问起村民,大家都含糊其词,不肯说明究竟。宫鸣只得暂时放弃追究这山的由来,想着有空去问一下表哥。

山脚下便是化肥厂的厂区,用红砖砌成的围墙隔绝了宫鸣的视线。厂子的大门紧闭,宫鸣绕着厂区转了一圈,没有找到其他可以进入的小门。他试着找了一棵围墙边的树,费了半天劲爬上去,趴在树杈间向里张望。靠近自己这边的是一个生产车间,可以看到一间宽敞的厂房和其中的大量设备。奇怪的是车间里一个人都没有,似乎并没有开工的迹象。厂房后面有一些两三层的方正小屋,看上去像是仓库或者办公楼。旁边有一个篮球场,依然不见人影。宫鸣拨开碍眼的树枝,向更远的地方看去,终于看到了厂区里的工人。在那边似乎有一个小广场,广场上人头攒动。大家聚在一起干什么呢,开大会吗?看上去也不像,再说,在这种消声的环境下还怎么开大会?仔细看去,大家围在一起,肃然站立——虽然看不清表情,但整体气氛显然很严肃,甚至有点压抑。

很快,他就从衣着分辨出了表哥。表嫂竟然也在,就站在表哥旁边。肃立片刻后,人们开始三三两两地交谈起来。交谈的围成一圈,头上的显示屏频繁闪动着。这时候,有人突然冲到表哥身边,猛地推了表哥一把。意外之下,宫鸣定睛看去,表哥踉跄着退了几步,没有生气的表现,倒是垂着头,一副沮丧的样子。立刻又有人上前把动手的那人拉住,看那人怒气冲冲的样子,似乎随时要冲上去揍表哥一顿。之后再没有什么风波,几分钟后,人群开始散去。人们陆续从小广场上离开,向着厂房这边走来。看来聚会结束了,宫鸣突然注意到,在原先被人们围起来的区域,有一块石碑模样的东西出现在自己的视野里。石碑下还放着一束白花。这情形倒是很明显了——那应该是一个墓碑。

在一个村办化肥厂里,何以会立着一块墓碑呢?宫鸣越发疑惑起来。

这时候,散开的工人们开始靠近厂房,宫鸣突然觉得有些心慌,似乎自己看到了一些不应该看到的事情。他拿出手机，聚焦着墓碑拍了一张照片，然后迅速从树上溜了下来。心跳莫名地加快，手上也都是汗。没有多做停留，他回身向着外头走去，而且脚步频率越来越快，像是在逃跑似的。

回到表哥家，躲进房间里定了定神，又觉得自己刚才有点反应过度，甚至有些好笑。为什么要跑呢？真是自己吓自己。看看时间，不过才十点半。表哥一般十二点才会回家吃午饭，宫鸣躺在床上想睡一觉，可是很难睡着。几分钟后，他翻身起来倚在床头，百无聊赖地打量着房间，这才注意到对面有个书柜。柜子不过一米高，在墙角毫不起眼，浅灰色，由廉价的板材拼合而成。玻璃柜门上覆盖了一层浅浅的灰，看样子不常打开。透过柜门倒是能看见里面挤满了一排排的书，但光线不太好，看不清书脊上的名字。他撕下一张纸巾，握住柜门的把手，轻轻拉开。反正也是无聊，随便找本什么书看看吧，这样想着随便抽了几本出来，发现大多是游戏攻略类的杂志。原来表哥这么喜欢玩游戏的吗？宫鸣有些意外，因为这几天从没看他玩过什么游戏，甚至在交谈中也没有提起过相关的话题。随手拿起一本杂志翻开，里面竟然还有批注，很多地方用笔画了线条，旁边写了几句心得，比如"前期选取的装备很重要，AD 输出一定要拿暴风剑""用粘性炸弹开启隐藏之门，爆炸顺序是白红绿橙灰"。全是诸如此类的批注，字很丑，但一笔一画写得颇为认真。宫鸣有些想笑，感觉无意中发现了表哥隐藏的另一面。

又翻了几页，没什么自己感兴趣的内容，宫鸣正想把杂志放回去，就在这时，一个奇怪的页面出现在眼前。这一页是杂志的广告页，可是广告的内容已经完全看不清，因为页面上全是细密的黑色笔迹，满满地覆盖在纸面上，看上去像是爬满了黑色的蚂蚁。仔细看去，它们都是一些简短的重复字句，表哥用他那笨拙的字迹不断刻画着同样一句话。书写的过程极为用力，每个字的痕迹都透过胶版纸清晰地印刻在下一面上。

"对不起，姜轩，你不该来火星的。"

姜轩这个名字很耳熟，宫鸣仔细想了想，终于想起来了。他是村东头那一家的小孩,比自己大几岁,小时候偶尔一起玩。印象中那人有些木讷,玩什么都有点呆呆的。他怎么了?宫鸣很好奇。表哥把这句话重复写了这么多遍,显然内心对其极为愧疚。可后半句突然又出现了"火星",这就让宫鸣搞不懂了。

是某种暗语吗——像"费勒格森"一样?

说起来,费勒格森有一个义项就是火星上的一个谷地。这两者不会真有什么关系吧?

宫鸣越发好奇了。这时他突然想到刚才在化肥厂看到的墓地,心里一动,连忙把手机拿出来,打开相册,把刚拍的那张照片点出来。以墓碑为重点,放大了看,慢慢可以看清上面的字了。在看清的那一刻,宫鸣倒吸了一口冷气。

姜轩之墓。

虽然因为放大了太多倍,字迹有些模糊,但不管怎么看,都是这四个字。这样看来,这个儿时的玩伴——姜轩,竟然已经死了!

表哥和姜轩的死有什么关系吗?

心里又莫名地慌乱起来,宫鸣突然后悔打开这个书柜。没事,他安慰自己,就当没打开过。自己什么也没看到,什么也不记得。说到底,和自己毫无关系。

他关上柜门,退回床上躺下,长舒一口气。在这一刻,他突然反应过来,自己不是刚去过姜轩的家里吗?问卷的最后一家,怎么拍门也没有人应的那一家。当时并不知道是谁住在那里,但现在回想起来,那里正是姜轩的家。那个老头说:"这里的人已经不在了。"现在他终于明白这句话的意思了。

4

回到村子的第三天,宫鸣仍没有离开,这已经超出了他原来计划的时间。不过好在导师并不急着要这份调查报告,只要在下周的组会前交上去就行了。平时大部分时间，导师都不在学校。据师兄说，导师在校外的一家大公司兼职，一周有六天都在公司，只有组会那天才回学校，顺便检查一下学生们的工作进度。所以，即使自己暂时不回学校，也没什么关系。

他想再去姜轩家看一看。并不是因为调查报告的事，而是想搞清楚姜轩身上到底发生了什么事，这和表哥又有什么关系。他本来已经打算离开，但昨晚睡觉的时候竟然梦见了姜轩。在梦里，姜轩还是小时候的模样，一副呆呆的样子。一群小孩子在玩捉迷藏，宫鸣负责寻找。地面全是红色的岩石，坑坑洼洼的，很不好找。但宫鸣在一块石头边缘看到了姜轩的衣角，他蹑手蹑脚地走过去，一把抓住了姜轩。可是眨眼间，姜轩却变成了一具骷髅。宫鸣在无声的尖叫中惊醒。他终于意识到，自己无论如何也无法再逃避这件事了。如果自己就此离开，而不弄清这其中的内幕，这谜团将会像影子一样一直跟随着自己，永远困扰着他。

再次来到姜轩家的小院，这次他不再敲门，直接推开院门走了进去。院子里堆积着各种废弃的杂物，拥挤程度超出了宫鸣的想象。这里简直像是一个小型的垃圾回收站，废纸、塑料瓶、二手电器、金属板材……几乎将小院淹没。行走在如山般的废品堆里，磕磕绊绊的，脚下不时会踩到某些坚硬的金属零件，像是行走在砾石堆里。要小心翼翼地避开那些打包好的细长的饮料瓶堆，因为它们一碰就会摇晃，看上去随时会倒下。宫鸣好不容易在废品堆中找出一条通往屋里的小路，打开门，进入堂屋，这才缓了一口气。

屋里的灯打不开，应该是早已断电了。宫鸣借着从窗口透入的一点光线打量了一下四周。桌椅板凳都蒙上了一层灰，卷着边儿的明星海报半挂在墙上，确实是久无人居的样子。空气很闷，里面还夹杂着垃圾堆的腐臭味。穿过堂屋，继续往里走，那股气味才渐渐变淡，几间空荡荡的卧室出现在眼前。光线还是很暗，但眼睛似乎已经适应了阴暗的环境，各种东西都可以清晰地分辨出来了。

该从哪里入手呢？宫鸣有点迷茫。在这个荒凉的旧居之中，会留下些什么关于姜轩的线索呢？他四处逛了逛，想找到一些文字资料，但一无所获。不仅没有看到什么笔记本，连书籍杂志也没看到一本。被人收走了吗？宫鸣想。或许是家人来收拾的时候整理好带走了，又或许是姜轩平时就很少看书。

走到最里面一间卧室的时候，宫鸣突然感到有些奇怪。空气里虽然还有沉闷感，但同时也混有一股新鲜的气息。房门正对的窗户虽然关闭着，但窗框上的尘土并不多，像是不久前还有人打开过。窗边是一架老式的大木床，纱帘笼罩，里面隐约有一个长条形的黑影。他注视着那个黑影，慢慢走向床边。靠近一点后，发现那黑影像是一个人，但一动不动，似乎睡着了。宫鸣觉得似乎有一股力量扼住了自己的喉咙，连呼吸也变得困难起来。他很想就此转身离去，但连转身的意志似乎都失去了，于是只好继续向前，直到来到床边。

现在他确信床上躺着的是一个人，虽然有纱帘的阻隔，他看不清这人的面貌，但感觉这人正一直盯着自己。他感到头皮发麻，但还是咬咬牙，抓住帘子，一把掀开。现在，他终于看清了那人的脸。他大吃一惊——那是一张熟悉的面孔——那个记者！他竟然还在这里，他为何还在这里？

惊讶之余，宫鸣再仔细看去，发现记者是被捆绑在床上，双手反缚，一动也不能动。记者似乎忘了这里不能传声，正张开嘴努力说着什么，可惜宫鸣什么也听不见。从表情来看，记者越来越着急，除了说话之外，眼睛还一直瞄着宫鸣的身后。

等到宫鸣反应过来的时候已经太晚了。他还没来得及转身，就被人从身后抱住，用一块毛巾捂住口鼻。一股刺激性气味涌入鼻腔，他努力地转过头，看向对方。随后，意识像潮水般迅速消退。在意识尚存的最后一瞬，他看清了身后之人的脸。肤色黝黑，满脸皱纹，额头上有一道狭长的伤痕。那并非是一张自己熟悉的脸，但又感觉似乎在哪里见过。在那人的头上，还展示着一些断断续续的词句："你……不应该来……宫鸣……"

几乎是在意识恢复的那一刹那，宫鸣就想起了是在哪里看过那张脸。在化肥厂里的那次集会，表哥和别人冲突，那人上去劝阻——就是他把自己迷晕的！

宫鸣睁开眼，发现自己正坐在墙角。还是之前的房间，但不知道时间已经过了多久。记者依然躺在对面那张床上,看上去像是睡着了。他想站起来,但身体迟钝得像一块石头。经过好几分钟的挣扎,他才终于挪到了床边。拍了拍记者,后者在恍惚中睁开眼睛,然后立刻清醒过来,警惕地望了望四周。这次,屋里并无他人,记者这才松了口气。

缓过来之后,宫鸣起身把记者身上的绳子解开。绳子是农村常见的拇指粗的草绳。这种绳子,即便打的是死结,只要找到结口,也不难解开。这期间,记者一直尝试着想向宫鸣说些什么,但他头上并没有戴"发箍",宫鸣也不会读唇语。见宫鸣迟迟无法理解自己的话,记者开始变得焦躁起来,他抓住宫鸣的手,在其手心上一笔一画地写了几个字。宫鸣认真地看着这些字的笔画,在脑海里将它们拼凑成完整的样子。第一个字是"费",第二个字是"勒"。宫鸣有些意外地看了一眼记者,预感到他要写的内容便是一直困扰自己的那个词语,但并没有打断他,而是看着他继续写出了后面两个字。果然是"费勒格森"。可是,在写完这四个字之后,记者并没有停下,又继续写了两个字,这才停下来。

费勒格森峡谷。

记者看向宫鸣,似乎在确认对方是否理解了自己所写的内容。宫鸣愣了片刻,他想起自己曾查询过的"费勒格森"的几个义项,其中一项正是火星上的峡谷。他翻过手,在记者的手臂上写道:"火星?"记者立刻反应过来,用力地点了点头。

虽然得到确认,但宫鸣仍然无法理解这个频繁出现的词。这个封闭贫穷的村庄和火星上的一个峡谷,怎么可能会产生联系呢?

见宫鸣一脸疑惑的样子,记者从床上翻身下来,到了屋角,找出自己的行李包,从中拿出一个笔记本和一支笔,开始在上面快速书写起来。以笔代言,宫鸣得以倾听记者的讲述。记者的字迹很潦草,叙述也极为简略。但从这些简短的文字中,他拼凑出了一个与之前所知截然不同的故事。

大约四年前,一个叫作"大夏科技"的民营航天企业悄然入驻马家夼村,他们声称已经与地方政府达成投资协议,将在马家夼村的山谷里建设一个航天基地。一开始没人相信他们,在这个偏僻的村落里,人们提起县城都感觉是一个遥远之地,更别说什么航天了。大家觉得他们就是一群骗子,有点见识的村民猜测他们可能是一家空壳公司,要么是为了骗国家补贴,要么就是骗人投资。但随后发生的事情却让大家越来越看不懂了。众多建筑机械沿着盘山公路开进来,竟然真的开始轰轰烈烈地搞起建设来。他们建的大楼形状古怪,外观看起来和一般的住房迥然不同,倒真的和电视上看见的那些航天基地有几分相像。村民们开始私下里嘀咕:难不成这些人不是骗子?

很快,又有新的消息传来。这次的消息就更让人震惊了:他们居然要在村民中招募航天员!负责招聘的人向大家仔细解释,随着这些年航天科技的迅速发展,航天员早已经不是之前人们印象中那种需要长期培训的特种职业了。在国外,有很多航天企业已经开始推出面向民众的月球三日游了。所以大家不需要担心自己能不能做航天员,只要体检合格,经过很短时间的培训后,大家都可以顺利完成航天任务——这其中并不涉及什么高深的技能。比开拖拉机容易多了,招聘者这么比喻道。

一开始应者寥寥,但当入职后的工资数额被招聘方公布后,人心开始浮动起来。这个数额远远超过这个贫穷村庄里人们的正常收入。一些人仍然坚持这是一个骗局,但另一些人则开始试着和这些外来者接触了。不久后,有零星的几个村民应聘进入了这家企业,开始接受所谓的"航天员培训"。到了月底,虽然还没有进行航天活动,但工资仍然正常发放了,这让其他村民羡慕不已。据这些被招入的村民透露,公司最终的目标是登陆火星,招募他们的目的是送他们去火星采矿——那里新发现了一种极有价值的稀有矿物,在地球上从未出现过。

宫鸣的表哥姜凯就是这头一批应聘者之一,自从进入这家公司后,他倒是一反常态地老实了一段时间,认真完成了公司安排的各项培训任务。在他入职的第三个月,基地的航天发射台开始运行,他和其他两位村民作为第一批火星矿工,在经历了为期四十天的漫长飞行后，成功登陆火星，降落于费勒格森峡谷——需要他们开采的矿物就在此地。这些矿物大多裸露在峡谷的侧壁上，通过简单的机械震动或者爆破就可以扩大岩壁上的节理裂隙，让矿石自然崩落，开采难度不大。每隔几天就有一辆货运飞船降落，运走开采出来的矿石，有时候也搭载一些新的矿工过来。火星上的生活枯燥乏味，除了工作，也没有其他娱乐活动。矿工们很快就用岩石打磨出一套麻将来，有空便凑在一起玩几把。矿工的工资都很高，麻将自然打得很大。姜凯对麻将尤为痴迷，但运气实在糟糕，不到月底已经把下个月预支的工资都输光了。他找到工头，想再预支一个月的工资。工头不愿意，但跟他说了一个可以快速赚钱的方法：只要鼓动一位村民来这里采矿，公司可以奖励一笔不菲的介绍费。于是他想到了和自己玩得很好的姜轩，每次和地球远程通信的时候都大肆向姜轩吹嘘在这里挣钱有多容易。姜轩受不了这种诱惑，不久后也加入了这家公司，来到了火星。

本来一切都很顺利，村民们赚到了钱，公司也获得了巨额的收益。但没想到，在采矿持续了大半年后，矿厂上开始发生一些怪事。一些工人发现自己偶尔会陷入完全安静的环境之中，像是正在播放的影片被按下了静音键。刚开始，人们以为是舱外工作服的通信系统出了问题。在火星上采矿，人们都穿着全封闭的航天服，彼此之间用无线电通信联络。遇到问题的矿工也并不在意，因为只要过一会儿声音就恢复了。工程师们仔细检查了航天服，始终找不到问题何在。随着时间的推移，问题出现的频率越来越高，到最后，一到矿场，所有人几乎瞬间变成静音状态。工程师们发现，并不是通信系统的问题，因为所有的无线电信号都正常。扬声器也在正常工作，但其发出的声音却无论如何传播不到人们的耳朵里。村民们开始议论纷纷，都说这地方太邪了，还有人因此打了退堂鼓，不愿再去矿场。十几天过去了，问题的原因一直没有搞清楚，矿场的开采还因此大受影响。集团声称会派出专家到火星来开展调查，可是行程却一次又一次推迟。过了不久，更糟糕的事情发生了。在全封闭的火星基地里，静音的现象竟然也悄然出现了。当面交谈的两人，只能看到对方嘴形的变化。这种诡异的现象不断蔓延，像病毒般四处扩散。基地里人心动荡，过了不久，生产就陷入完全停顿的状态。

记者其实写得很简略，上述故事里的很多细节都是宫鸣事后才问出来的。他只是简单地写了外来的企业、航天员招聘、火星矿场的变故几个关键点。写完这些内容后就停了笔，宫鸣盯着他，示意他继续写下去，但后者摇了摇头，写道："我知道的就这些。"

"你不是已经走了吗？"宫鸣抢过笔写道，"你又是怎么查到这些的？"

"我本来已经准备离开了，但出村的时候走岔了路，一直没找到出村的公路，到傍晚的时候就来到了这里。我发现这房子里没有人住，就想着正好在这里住一晚再走。我在这个屋子里随便逛了逛，无意间发现它还有一个地下室。地下室的装修风格和上面完全不同，非常现代，东西也很整洁。照明装置都嵌在半透明的墙壁里，还有很多奇怪的仪器装置。有一个像休眠舱一样的大型装置位于房间中央，但是上了锁，我打不开它。它的旁边放着一个可以手持的电子屏，打开后，我在里面发现了一个像记事本一样的电子文档。刚才那些东西，就是这个文档里记录的内容。我看了之后大为吃惊，也很兴奋，感觉这才是村子背后隐藏的真相。但就在我暗自激动的时候，有人从身后袭击了我——就像刚才对你那样。我随后昏迷了过去，当我醒来的时候，已经被人绑住，扔在这张床上了。"

"你说的那个地下室在哪里？"宫鸣用笔问道。

"就在前门的院子下面。在那些垃圾堆里，有一个像窝棚一样的入口。"

"带我过去看看！"

"还是别去了吧，我觉得那下面的东西有点诡异。况且，绑我们的人到底想干什么，我们也搞不清楚。这里危机四伏，算了，我们还是赶紧逃走吧。"记者似乎被吓得不轻。

"我觉得那人对我们没有恶意。"宫鸣倒是理性地分析，"他除了把我们迷晕之外,并没有真的伤害我们。"

　　记者还是连连摇头,同时起身收拾行李,一副要马上离开的样子。宫鸣没办法,只好压住自己的好奇心,想着以后有机会再去院子里看看。他对记者刚才所说的故事半信半疑,因为这其中实在有太多的疑点和不合常理之处。比如,故事里说这个航天公司在村子里建立了一个航天基地,姑且不论这件事本身是否合理,就宫鸣这几天的走访来看,并没有看到任何航天基地的踪迹,就连最基本的火箭发射架也没有,这又是怎么回事呢?而且,直到现在他还是不能相信,表哥和众多村民都曾经上过火星。这件事实在太过古怪和突兀,就像一个你熟悉的朋友,突然之间变成了另外一个人。之前表哥也没有向自己透露过任何与火星相关的信息——除了"费勒格森"这个意义不明的词语。

5

　　宫鸣和记者一同溜出房间。刚开始很顺利: 房门并没有锁,门外也没有人看守,那个额头有狭长伤痕的男人不知去了哪里。两人一路走到屋前的小院里,都没有遇到外人。天色昏暗,正是黄昏时分,宫鸣估计自己昏睡了一整天。他们正准备推开院门,却从门缝里看见一行人径直朝这边走来。两人连忙退后,仓促之下,也无法再躲入屋内,于是就近钻进了垃圾堆中。宫鸣用手扒出一条缝隙,看到正是那位伤痕男带着一群村民走进了小院。他们留下几个人守在院门,其余的人则一脸肃然地推门进了堂屋。

　　记者颤抖着拍了拍宫鸣的后背,两手比画着,宫鸣知道他在比画一把刀的形状。他也看到了,几个村民的手中都提着厚重的大砍刀——来者不善啊!何至于此啊! 宫鸣想。自己不过是来了一趟姜轩的家,谁曾想却无意中闯入了鬼门关。为什么呢? 这一切和火星上的变故有什么关系吗?

不能在这里干等着，宫鸣想，等他们发现自己不在屋内，一定会仔细搜索这个小院的。这时，记者摇了摇宫鸣，往垃圾堆外挤了挤，看了一眼，转头示意宫鸣跟在他身后。两人在垃圾堆的缝隙里慢慢向后方挪动，一直到靠近一侧院墙的位置。记者扒开一个稻草垛，露出一条斜向下的通道来。这大概就是他说的那个地下室吧，宫鸣想。记者探身钻了进去，宫鸣看了看前方幽深的阶梯，别无选择，只能跟着钻进去。他向下走了两步，又停下来，回身把入口处的草垛重新掩盖起来。

向下的阶梯有些陡，两人在黑暗中扶着一旁的栏杆逐级而下。一开始，脚下是软软的泥土，在某处突然变为坚硬的水泥板。突然，眼前亮起了柔和的光线。光线是从墙壁上发出的，看上去是壁灯开启了。再一看前方，下行的阶梯已经到了尽头，一个如实验室般的房间出现在两人面前。果然如记者所说，房间中央有一个类似休眠舱的大型装置。除此以外，屋子里还有许多闪烁着红色和绿色指示灯的不明仪器。数量众多的电线沿着特定的路径盘绕在屋顶，显得井然有序。一些散热孔分布在仪器外侧，外壳摸上去带着点温热，正轻微地震动。

躲在这里吗？宫鸣四处看了看，这里像是一个小型的超算中心。宫鸣所在的大学也有一个在全国还算不错的超算中心，他曾随师兄参观过，印象中倒是和这个房间长得差不多，只不过比这里大很多。可是在这里也躲不了多久吧，宫鸣想，那些人大概很快就能找过来。他用手势询问记者，后者径直走到中央的休眠舱旁，拿起一块触摸屏，划了几下，递给宫鸣。

屏幕上显示出一幅复杂的地图，一个绿色的光点闪烁着。下方有几句简短的文字说明，宫鸣快速读完，终于明白这个东西原来并不是什么休眠舱，而是一个类似于摆渡车的转移装置。绿色的光点代表舱体现在的位置，按照屏幕上显示的地图，舱体可以带动乘客下行，进入一个更为复杂的地下网络之中。可是那庞大的网络到底意味着什么，又是因何而建的，屏幕上并无解释。

宫鸣有些犹豫，但记者倒像是下定了决心，一翻身就爬进了舱内。宫鸣只好再次无奈地跟在记者身后。他发现自己在这个诡异的泥淖里越陷越深，之后会发

125

生什么，他完全无从判断，更无法掌控。

舱内比看上去更宽敞，有三个并排的卧躺位置，两人随便找了个位置，把身体嵌进去。这东西设计得还不错，一旦躺入，全身顿时接收到均匀的压力，并没有不舒服的感觉，身体暖洋洋的，有浓重的睡意袭来，很想就这样懒懒地睡一觉。宫鸣打起精神，按照那个显示屏中的说明，按下头顶的启动键，舱顶的盖板缓缓闭合。当盖板完全封闭之后，舱体内变得非常阴暗，只有头顶的显示面板发出微弱的光线。

"换气中，目前进度：1%。"面板上显示出这样一行信息。

舱体并没有按照两人的预想，下沉进入那个未知的地下网络，而是开始了所谓的换气进程。为什么要换气？换什么气？这中间会有危险吗？这些问题的答案，宫鸣全然不知，身体也已经在厚重的包裹下无法动弹，只能听天由命般静静躺着，盯着面板，看着进度条一点点延长。刚开始，进度增长得挺快，但越到后面，增速越慢，有一段时间，宫鸣几乎怀疑系统是不是卡住了。在不知不觉中，眼皮闭上，像是睡了一觉，又像是没有。当宫鸣睁开眼睛的时候，进度条已经满格，换气结束了。

这时，头顶的盖板再次打开。包裹全身的压力逐渐退去，宫鸣爬起来，向舱外张望。外面已经不是刚才那个像超算中心一样的房间了，大概在不知不觉中，舱体进行了移动。但移动产生的加速非常微弱，宫鸣几乎没有感觉到。现在的位置是一个篮球场般大小的大厅。这里像是一个交通枢纽，因为地上摆满了十几个类似的移动舱。两人从舱体里翻身而出，发现在舱体下方有弧形的金属导轨。众多导轨在大厅里交错蜿蜒，再各自从大厅周围的不同出口延伸出去。大厅四壁的灯光在众多导轨的光滑镜面上反射，彼此辉映，映照出各种经过多次反射和扭曲后形成的奇特图像来。宫鸣看着镜面中自己的面孔，像是在看一幅奇妙的后现代画作。

"现在去哪儿？"宫鸣下意识地问了一句。接着，两人同时惊讶地看向对方，像是听见了什么了不得的大事。

"听见了……可以听见声音了！"记者像是在确认似的大声叫嚷起来，"厉害，果然有阴谋啊！"宫鸣连忙上前捂住他的嘴，慌乱地看向四周。大厅里空荡荡的，只有导轨上映照出的无数扭曲的光影。

换气了！宫鸣想起刚才在转移舱里发生的事。这里肯定和外界的空气成分不一样，两者之间大概是通过某种方式隔离开的。这也正好说明，外面的空气里确实有一些奇怪的东西阻隔了声音的传播。

"这边走。"记者很快镇静下来，在大厅的角落里找到一个供人出入的通道。通道上方挂着一个绿色的牌子，上面写着"紧急出口"四个字。两人鼓起勇气往里走去。通道里只有绿色的消防指示牌发出的微光，但大致能看清前进的路。不时有阵阵凉风吹过，空气里有一股腥臭的味道。

经过一段几十米长的直道后，通道右拐，前方出现了两个岔路口。两人商量了一下，向右边那条路走去。一进入岔路，路面立刻变得硌脚起来。绿色的消防指示灯也没有了，越往里走越黑。宫鸣拿出手机照了照，发现脚下的水泥路面变成了铺满细碎砾石的土路。"还走吗？"宫鸣有些犹豫地问。黑暗带来的不仅是行路的困难，更是心理上的巨大考验。这时，记者拿出了一台摄像机，对着通道深处照去。竟然连红外摄像机都随身带着，宫鸣对记者倒是佩服起来，虽然他总是神神道道地说"有阴谋"，但该准备的东西倒是一个不少。通过摄像机镜头看去，这通道似乎有点弧度，因为尽头处的墙壁明显向着左侧弯曲了。但弯曲的程度并不明显——看来这通道颇为漫长，不知道究竟通向何处。有了红外摄像机的帮助，两人得以继续前进。在当下，他们并没有更好的选择。

尽管已经有了心理准备，但通道仍然比宫鸣预期的要漫长得多。黑暗之中也没有路标可以参考，只能茫然地向前。不知道走了多远，记者突然停下脚步，发出一声惊呼："这里有扇门！"记者是沿着通道右侧前进的，宫鸣闻声看向右边，果然看见右侧的墙壁上有一扇阴暗的木门。在夜视仪的屏幕里，这木门和墙壁的颜色极为接近,如果不仔细观察是很难注意到的。之前是不是也有这样的大门,但是我们却忽略了呢? 宫鸣突然生出这样的想法。或许有,但谁也不想再回过头去重新检查一遍。

记者推了推门,没有推开。仔细看了一下,发现门框上有一道老式的横条插销。移开插销,门就很容易地被推开了。一走进门后的房间,墙壁上的声控灯立刻开启了,宫鸣被突如其来的光线吓了一跳,眼睛下意识地眯上,过了片刻才适应了新的亮度,重新睁开。

房间并不大,大约有十几平方米,四壁空荡荡的,什么家具也没有,只有靠里的墙角边堆着四五个铁皮箱子。看上去,这里像是一个仓库。记者走到箱子边,小心地用手敲了敲箱盖,铁皮发出一阵沉闷的声响。他试着推了推,箱子只是轻微地晃动了一下。"装了些什么东西啊,这么沉!"记者嘀咕道,"打开看看?"他看向宫鸣,征询对方的意见。宫鸣绕着箱子转了转,说了一声"好"。

两人一起用力掀起箱盖,然后屏住呼吸退后几步,再定睛朝箱内看去。在打开之前,宫鸣也曾预料过其中可能装的东西,比如一些仪器的配件、电池、燃油或者水之类的,但真正看清箱子里的东西后,结果却是大大出乎了他的预料。从记者的反应来看,显然他也同样觉得非常意外。

箱子里全是石头!

灰色的石头,拳头大小,看上去和普通的石头没什么两样。宫鸣试着拿起一块来,发现石头质地比较松软,稍微用力便化为沙粒簌簌掉落。石块内部截面也是灰色的,中间掺杂着大块杏黄色的斑纹。

"看这个!"记者指向箱子的底部,叫宫鸣过去看。他们仔细一看,发现那里印着一行字:"产地: 费勒格森 –3 号采场"。

这就是从火星上开采的珍稀矿物? 宫鸣再次仔细地掂量了一下手上的石头,还是看不出它到底珍贵在何处。"这样看来,那个故事很可能是真的了!"宫鸣感叹道。直到现在,他仍然对那个故事存有疑虑,可是眼前的矿石又毫无疑问地印证了故事的真实性。可惜不知道故事的后续是什么，那场事故和姜轩之死到底有什么关系呢？

"这些箱子里都是。"记者已经把剩下的箱子都打开了。两人看着这一堆矿石面面相觑，不知接下来该作何打算。

就在这时，外面的通道中突然传来一阵低沉的吼叫声，像是某种野兽的嚎叫。"你听到了吗？"宫鸣问记者。记者点了点头，反问道："那是什么在叫？""不知道，"宫鸣想了想，"像是河马，但是更尖锐一些。""这里怎么可能有河马？"记者站在门口，朝着外面张望了一番，"我们还要继续往前走吗？"宫鸣沉默了，记者也不再说话。片刻之后，房间里的声控灯突然熄灭，仓库内外陷入同样的黑暗之中。

"一直待在这里毫无意义，"在良久的沉默之后，记者终于开口说道，"我们至少要看看这条通道到底通往何处。前面说不定有出口。"

确实是这样，宫鸣想，现在除了继续往前，别无他法。

6

在仓库停留了片刻，两人继续朝着通道前方走去。一路上，空气中的腥臭味越来越浓。突然，宫鸣停了下来，他感觉自己踩到了一大块软绵绵的东西。记者也凑过来，借着手机的光照，看了看。那东西像是某种动物的粪便，深褐色，足有脸盆大小。宫鸣费了点劲才把脚重新提起来。"粪便"还没有干透，有点黏。

"我们走了多久了？"宫鸣问道。

"从进入通道算起，至少有两个小时了，也可能超过三个小时。"记者也不太确定，"之前没有注意时间。"

"这么长时间，我们至少也走了八九公里了吧。为什么还没有走到头？"

"是不太对劲，"记者想了想，"之前在电子地图上看到的地下网络也毫无踪影——我们就一直困在这条通道里面,也没有发现别的岔路。"

"我怀疑我们一直在转圈。"宫鸣说,"你有没有注意到这个通道是有弧度的,而且一直向着左侧弯斜?"

"是的,我猜测这个通道确实是一个圈。但你仔细看,它的弧度非常小,我认为我们目前并没有完整地绕行一圈。其实,在刚进入通道时我看了一眼手机上的指南针,那时候通道的方向是东方,而现在我们大致朝着西北方向前进。如果通道真的是一个圈,我们现在绕行的区域还不到半圈。"

"那这个圈可真够大的。"

"还有一个证据显示我们并没有回到原点,那就是这气味。"记者说着,忍不住打了个喷嚏,"太呛人了! 我们刚进入通道的时候,气味并没有这么浓,这说明我们一直在深入,而不是在转圈。"

宫鸣想了想,说道:"如果按照你的推测,这个圈的直径应该有三公里左右——这正好和村子周围山谷的直径差不多啊! 会不会这个通道就是沿着山谷的轮廓挖掘的呢?"

"有这个可能。"

"还记得我们一开始看到的那个电子地图吗? 那个地图上,用绿色光点标注了我们当时所在的姜轩家的位置。在我的印象中,那个绿色光点在地下网络的左下角。而从地面的位置来看,姜轩家大致位于村子的西南角上……"

"我明白了!"记者也恍然道,"那个地下网络和地面的村庄在位置上是重叠的。"

"如果我们猜测得不错,这个通道是沿着山谷而建的话,那个地下网络就应该位于通道内侧的圆圈之中。所以,接下来我们要更加注意通道左侧——那里很可能有通往地下网络的入口!"

两人为新的发现激动了一阵子。既然对通道的位置有了底,前行起来也顿时感觉有了底气。两人一边前行,一边注意查看左侧的墙壁,检查是否有隐藏的入口。果然，不久之后就发现了一个跟之前仓库类似的小门。不过，这个门内仍然只是一个小型仓库，并不是什么入口。继续往前走，或许是因为对目标有了更明确的预期，又陆续发现了五六个类似的仓库。它们有的存有火星矿石，有的空无一物，最特殊的是一间影音资料室。

那间资料室比一般的仓库更小，不过一个普通卧室的面积。房间里有一张桌子，看上去像是从学校里淘汰下来的老旧课桌。桌子外侧放着一把木凳，里侧放着两张椅子，椅子后面靠墙放着一个资料柜，柜顶有一个投影仪。资料柜里存放着大量标有编码的光盘，记者在柜子一侧找到了播放器，那里有光盘的插入口。随便找出一片光盘，插入，开启播放器，投影仪随即启动，在对面的墙上顿时出现了闪动的光影。机器还能正常运转，两人为此惊喜不已，对光盘的内容也充满了期待——它们或许能够解答关于这个村庄的众多谜团。

视频开始是一片黑幕，然后在正中央突兀地出现了一个端坐的青年男子，其间没有用以过渡的片头，也没有任何字幕提示。从画面的背景来看，那人所坐的位置就是这个房间的木凳上。接着，视频里出现了问话的声音，但询问者并没有出现在画面上。

"这人我认识，"宫鸣说，"名叫宫磊，据说跟我们家是远房亲戚，但其实并没有什么来往。他们家就在我老家旁边不远。前几天我还去他家访问过，做问卷调查。"

"对，是这里的村民，我也有印象。"

视频一开始，询问者先问了宫磊一些基本信息，包括他的姓名、年龄、家庭情况等，宫磊一一作答，只不过神态稍显紧张。接着，询问者突然问了一个奇怪的问题："事故发生的时候你就在食堂，那么，你亲眼见过风妖吗？"

宫磊立刻露出恐惧的神情来，回答也没有刚才那么利索了。不过他还是点了点头，说自己确实在现场目睹了风妖。看到这里，宫鸣和记者越发疑惑了，本来指望这视频能解答一些心中的疑问，没想到又引出了更多的怪事。如果不是视频下方有字幕，两人大概都不知道"风妖"这两个发音代表了哪个词。

"那么，它长什么样子呢？"询问者继续提问。

"它……它太可怕了！它本来不大，只有一米多高，长得像一团肉球，但是它一出现就在食堂里刮起大风，见风就长，很快就变成一个五六米高的大怪物，身上长满了短小的触手，密密麻麻的，挤满了整个大厅。它全身都是嘴，长着尖利的牙齿，大口一吸，什么东西都吞进了肚子里。还好我就在食堂门口，一见事情不对，转身就跑，这才保下一条命来。"

"根据其他目击者的描述，风妖的皮肤是黑色的，长了一身像鳄鱼似的鳞甲，这一点你同意吗？"

"这个……大概是黑色的吧。鳞甲嘛，我实在是没有看清。当时我实在太害怕了，转身只看了一眼，没顾得上细看。"

接下来，询问者对风妖的很多细节进行了确认，包括风妖是如何进入基地的，最后又是如何消失的等。宫磊对大部分问题都知之不详，这让询问者有些不满意。视频持续了半个小时，随即结束放映，光盘自动弹出。宫鸣又抽了另一张光盘插入，仍然是对村民的调查录像，询问的问题和刚才相差无几。

就这样，宫鸣和记者连续看了三张录像光盘，获得的信息不多，只知道在火星基地发生消声效应后不久，就有一个名为"风妖"的怪物突然出现在基地中，袭击了众多村民，造成了一死五伤的惨案——死亡的村民便是姜轩。关于"风妖"的外貌特征则是众说纷纭，并没有一个统一的答案。

直到看第四张光盘时，一个叫汪玉霞的中年女子才说出了一些新鲜的东西。询问者问她知不知道风妖从何而来，她的回答让人颇为意外："是姜凯带进来的。"

突然提到表哥，让宫鸣精神一振。只听她继续说道："本来基地里一切都好好的，只是矿场那边听不见声音，大伙儿也没当回事，就待在基地，等着飞船带我们回去。后来，有一天晚上我起夜，看见姜凯一个人偷偷摸摸地出了基地，朝着矿场的方向去了。我觉得很奇怪，晚上心里一直装着这事，就没怎么睡着。过了一个多小时,我听见气闸舱那边有响动,就出去躲在走廊里看了看,果然是姜凯回来了。他脱了外出服,穿着一件汗衫进了大厅,怀里还抱着一个脏兮兮的包裹,不知道装了什么东西。这之后的第二天,基地就开始出现消声现象,再之后就出现了风妖——肯定是那个人带了什么不干净的东西进来!"

询问者问她是否有明确的证据表明那个包裹和风妖有关系,她犹豫了一下,然后承认自己偷偷溜进过姜凯的房间,打开包裹看过。"那里面是个蛋,冬瓜那么大的一个蛋!"她用手比画着大小,"邪门得很,肯定跟风妖有关系!"

询问者问了一些关于蛋的特征,又问她是否有更多证据。她也说不出什么道理来了,只是重复之前的猜测。

接下来的几张光盘仍然没有太有用的信息,倒是有更多的村民反映,风妖和姜凯有关,理由都是听汪玉霞说了那件事。看来这事已经在基地的村民中传遍了,宫鸣想,很多人也因此把姜轩的死算在姜凯头上。他想起前几天在姜轩墓碑前发生的那场冲突,这背后的原因大致是弄清楚了。只是表哥半夜去矿场干什么了,那个包裹里到底有什么东西呢?那里面真的有什么"脏东西"吗?

在接下来的一张光盘中,问题总算得到了解答。这次的询问对象,正是表哥本人。

在这个视频中,询问者的态度显得颇为严厉,大概是因为有不少人将矛头指向了表哥,令调查者也不自觉地将他当作犯罪嫌疑人来问讯。

"说吧,老实交代!那个蛋到底是什么东西?在哪儿找出来的?"在例行的身份确认后,他们直截了当地切入正题。

"我说我说,我一定老实交代。那个东西是我无意间在矿场发现的。有一次,我去清理从山壁上掉落的矿石,发现石堆下面压着一块奇怪的石头。那石头表面很光滑,呈鸡蛋形,有一尺来长。一看就不是普通的石头,摸上去又凉又滑的,有点像玉石。我觉得这东西肯定很值钱,就悄悄把它埋了起来。当天晚上,再回到矿场上把它挖出来,搬回基地,想偷偷带回地球把它卖了。就这么回事,那东西不是什么蛋，跟风妖也没什么关系。"

"那石头呢？现在在哪儿？"

"有一次我不小心把那东西摔到地上，没想到它很脆，一下子裂开了，摔成了碎片。里面是空的，啥也没有。那些碎片我已经上交啦！你们那个科学小组一来，我就主动交上去了。不信你可以问他们。"

谈话暂停了一段时间，大概询问者正在向其他人求证这个情况。过了几分钟，询问者示意姜凯可以走了，看来情况是得到了确认。

这之后，宫鸣并没有取出新的光盘放映，记者也没有催促。两人就坐在桌后的椅子上——和询问者所在的位置一样——凝神沉思了片刻。从这些视频资料中，他们得到了很多新的信息，但对目前两人所处的困境并没有太多帮助。围绕村子的众多谜团不仅没有消解，反而又笼上了一层新的神秘面纱，让人越发看不透了。

突然，不知谁的肚子咕咕叫了一声，两人这才从沉思中回过神来。不知不觉已经进入这个地下通道很久了，饥饿像是突然醒来的寄生虫，开始在身体里翻涌。

"你带什么吃的了吗？"宫鸣问。

记者翻了翻背包，找到一袋面包，撕开包装，掰成两半，递给宫鸣一半，"这是最后一袋了，我没有预计到会在村里待这么久。"

宫鸣有些不好意思地道了谢，接过来，咬了一大口。

"我们得抓紧时间继续往前走。"记者起身走到门口，看了看前方依然深邃的通道，"或许在找到进入内部网络的入口之前，我们能找到储存食物的仓库。"

7

和预料有所不同的是，离开影音资料室没多久，还没有找到食物，就发现了入口。正如预期的那样，入口出现在通道的左侧墙壁——那是一个和普通仓库一样的木门，但打开后出现的是一条走廊。刚开始，走廊比较狭窄，只能容单人前行，但越往里就越开阔。两人都很高兴，虽然不知道前方迎接自己的是什么，但总算不是在外围的通道里打转了。但糟糕的是，空气中那种腥臭味却越发浓郁了，看上去那股味道的源头竟然是在这个入口之内。两人忍着臭味继续走了十几米，记者突然叫住宫鸣，让他停下来。

"不对劲，"记者皱着眉头，侧耳向着走廊前方仔细听着，"有没有听见什么声音？"

宫鸣照着记者的样子，认真倾听了片刻，说道："好像是风声？"

"不是风声，"记者提醒说，"是那里面夹杂着的声音——像不像野兽的嚎叫声？"

宫鸣再听了一次，果然在风声里隐约传来沉闷的嚎叫，而且随着时间的推移，那嚎叫声越来越明显，似乎某个东西正在朝两人迅速接近。

"坏了，快跑！"记者突然拉着宫鸣，转身向外跑去。虽然不知道那声音的源头是什么，但直觉告诉两人，那一定是个极度危险的存在。宫鸣不自觉地想起了风妖，可那东西不是在火星上吗？他让自己停止胡思乱想，竭尽全力摆动双腿。两人很快就回到了之前的通道上，随即右拐，向着来路跑去——比起未知的前方，已经走过的部分无疑安全许多。通道并不平整，这让两人的脚步踉跄，他们连头也顾不得回，只能一心向前。

可是，身后的嚎叫声并没有远去，反而越发清晰。到最后，连那声音里的细微之处也展露无遗，犹如就在耳畔一般。宫鸣感觉毛骨悚然，脚步瞬间瘫软下来，再也无法迈动一步。记者见状，焦急地大喊，可是宫鸣只是停在原地，苦笑着摇了摇头。

就在这时，通道一侧的墙壁上，一个仓库门突然打开。几个人影窜了出来，将记者和宫鸣二人飞快地拽进仓库，然后砰的一声关上了门。仓库里的声控灯并没有自动开启，显然已经被人提前关闭了。

宫鸣和记者，连同陌生的人影，在黑暗中对视着，但谁也没有说话，只是大口而缓慢地喘着粗气。在门外，野兽的嚎叫飞快地靠近，在附近徘徊了一阵，终于渐渐远去了。众人这才松了口气，瘫坐在地上。有人来到墙边，合上电闸。声控灯这才忽闪着亮了起来。

出现在宫鸣眼前的是两张似曾相识的脸，一个是额头有伤痕的男子，之前曾迷晕过自己；另外还有一位中年妇女，穿着样式古怪的麻布长裙，脸上涂着油彩。仔细辨认了好久，宫鸣才认出她来。说起来，不久前自己刚在视频里见过她一次——她就是汪玉霞。

"你们可真是不让人省心啊！"不等宫鸣二人开口，那个伤疤男倒先训斥起他们来，"用了迷药也关不住你们，看样子药量还是少了。"

"还不是怪你胆小，怕药用多了出事。"汪玉霞埋怨道。

记者忍不住大骂道："你们到底在搞什么鬼？！"他冲到伤疤男面前，用手揪起后者的衣领，怒目圆睁地看着对方。

"放风日还敢出来乱跑，你们自找的！"伤疤男也毫不示弱。

"好啦，误会，都是误会！"汪玉霞连忙上前分开两人，"这是我们村长，宫本华。"她又看向宫鸣，"村长说，你小的时候，他还抱过你呢！"说实话，宫鸣对这位所谓的村长并没有什么印象，但他还是点了点头，等着她进一步解释这一切的原委。

"放风日？那是什么意思？"等不及她说下去，记者抢先一步问道。

"是风妖进食的日子。"汪玉霞叹了口气，接着解释道，"每到这一天，山谷里就会狂风大作，风妖的大嘴一张，从各个山坳的豁口里就会刮进大风来，碗口粗的杨树也被吹断过。所以在放风日里，村里人都不敢外出，只能躲在家里避风。"

"这是我们村的神婆，"村长插嘴介绍道，"前些年嫁过来的，宫鸣你可能不认识。"

"风妖不是在火星上吗?"宫鸣脱口问道。话一出口,村长就转头看向宫鸣,露出惊讶的神色。

"看来,你们知道的还真不少啊!"村长叹了口气,挺起腰,清了清喉咙,"事到如今,就都告诉你们吧,也没什么见不得人的!"他挥了挥手,示意宫鸣把仓库的门打开,"我们边走边讲吧。"

几个人出了仓库,沿着来路往回走。一路上,宫鸣和记者静静地听村长讲述事情的来龙去脉,其中一些是他们已经知道的,另外一些则是首次听说。比如,伤人事件发生后,风妖竟然被基地的人抓到了,还被运回了地球。宫鸣问是怎么抓到的,村长也说不清楚,但毫无疑问是抓到了,因为不久之后,马家岙村就像在火星上那样,逐渐听不见声音了,而且每隔一段时间就狂风大作。第一次刮大风的时候把村民吓坏了,这地方不靠海,没有台风,村民们一辈子没见过这么大的风。后来神婆汪玉霞出来安慰大家,说这是从火星运来的风妖在作祟。从那以后,每次刮大风之前,汪玉霞都会提前通知大家,让大家注意躲避。村民问她如何得知风妖活动的时间,她就装神弄鬼地说是通灵得到的感悟,但不少人都猜是公司特意透露给她的。公司把风妖关在村子的地下基地里,肯定是想从它身上研究些什么,但具体的情况谁也不知道。为了堵住村民之口,公司向每个村民定期发放生活补助,还统一了口风,让他们对外就说消声现象是化肥厂的废气造成的。

"所以那个化肥厂是个幌子,其实并不生产化肥?"

"不生产化肥,"村长爽快地承认,"但也不是个空壳,它生产一些别的东西。"

"什么东西?"

村长并不回答,而是拿出钥匙,打开了通道一侧的一扇隐蔽的大门。推门而入,经过一道弯曲的走廊,前面豁然开朗,眼前赫然便是刚开始的那个交通枢纽大厅。众人进入移动舱,沿原路返回。

等宫鸣和记者打开舱盖的时候,村长早已经等在外面了。汪玉霞则不见身影,村长说她有事先走了。三人沿着阶梯向上,头顶终于出现了白日的天光。重新站在姜轩家的小院子里，宫鸣不禁长出一口气。

声音再次消失了。宫鸣试着说了几句话，但什么都听不到。他们又回来了——这个寂静的山谷。眼下天色明亮，一轮红日正在东方升起。不知不觉，两人竟然在地下奔波了整个晚上。大概是因为一直处于紧张状态，之前并不觉得困，现在放松下来，只感到全身酸软，说不出的疲惫。

"既然你们对化肥厂挺感兴趣，不如带你们去看看我们生产的产品吧。"村长动作麻利地戴上了"发箍"，带着两人出门，向着化肥厂的方向走去，"戴着这玩意儿交流起来费劲，我就不多说了。"

一路无话。

三人很快进入厂区，来到了宽敞的厂房里。这里安放着许多看上去很笨重的铁疙瘩，上面有个漏斗式的入口，下面的出口处接着一条传送带。这些机械现在并没有开动，传送带也并不运转，但带子上残留着一些细碎的石块，看上去就像刚才在地下仓库里见到的那些火星矿石。沿着传送带，分布着一系列不同样式的机械装置，有的带着长长的烟囱，有的布满了细长的蒸馏管道，有的像一个大号的罐头，上面分布着各种显示压力和温度的仪表。在厂房的尽头处，出现了一道铁轨，铁轨上停放着几辆小型运输车。看上去，这里生产的东西都通过这些小车输送出去。

沿着铁轨走出厂房，向左拐，在五十米外就是另一间灰扑扑的水泥房。房门上挂着一把大锁，旁边用鲜红的大字写着"禁止烟火"字样。这时，表哥急匆匆地赶过来，看样子是接到了村长的通知。他看见宫鸣和记者，脸上露出讶异的神色。

"火星采矿的事情他们都知道了。"村长看着姜凯，显示屏上出现这样的话。宫鸣也连忙对表哥点头示意。

"你们刚才看到的是萃取车间。火星矿石在那里经过粉碎和蒸馏，其中一些成分被提炼出来，稍微一加压便会凝结成一种浅黄色的液体。这里就是储存这些鬼东西的地方。"村长打开水泥屋子的大门，带着几人走了进去。进入众人眼中的是一大片整齐摆放着的钢罐,灰色的外壳,一米来高,看上去和普通的液化气罐差不多。"这才是厂里真正生产的东西,"村长摆了摆手,"你们可以随便参观。"

记者走到钢罐前,握住手把,轻轻地晃了晃,皱了皱眉。村长让人递给他一个"发箍",记者戴好后立刻问道:"怎么这么轻?这里面不会是空的吧?"

"这玩意儿本来就轻得很。"村长笑着解释道,"还有更邪门的呢,给你们开开眼界。"他让姜凯去库房取了一个碗,放在一个钢制工作台上,然后拧开钢罐的阀门,从里面倒了一些液体到碗里。宫鸣和记者下意识地退了几步,表哥见了,笑着招了招手,让他们凑近观看。"没有危险的,"村长说明道,"这东西虽然有些诡异,但对人无害。"

宫鸣二人这才小心地上前,凑近了碗,凝神细看。碗里的确出现了一些浅黄色液体,小半碗,上面腾起袅袅白雾。宫鸣用手碰了碰碗,触感冰凉,看上去这液体的储存温度比室温要低一些。接着,奇怪的现象发生了。在液面稳定之后,那些黄色液体像是活过来了似的,开始沿着碗的侧壁向上爬升,一会儿就逆流到了碗沿,然后再附着在碗的外侧,向下流去。

"这玩意儿装在碗里还能跑了?"记者有些惊讶。

"对,这东西有点邪门,咱也不懂。不过没关系,咱们只管生产出来,装在罐子里,等他们收走就行了。"

"他们?"

"就是那个大夏集团嘛。"村长解释道,"这些厂房和设备都是他们的,我们就是帮他们打工。风妖也是他们抓回来的,就关在下面!"说着,他用手指了指脚下,"你们哪,不知道天高地厚,就敢往里面钻……"

"当时追我们的东西,就是风妖吗?"

"不好说。好多人都说见过风妖,但没人能确切说出它长什么样。所以啊,以后离那边远点吧。"想了想又补充道,"大夏集团那帮人,也别去惹。一个个都神神秘秘的,我感觉啊,他们也不是什么好东西!"

"困了吧？"表哥不知何时已经戴上了"发箍"，"先别管这些了，回家睡一觉吧。"他见宫鸣哈欠连连，便带着宫鸣，准备往外走去。

"现在可不能出去。"村长立刻拉住他们，"你忘了，今天是放风日！"

"对啊！"表哥一拍脑门，"我怎么忘了这茬儿了。"他回头跟宫鸣解释道，"马上就要刮大风了，安全起见，我们还是等风停了再走吧。"

"这个什么放风日，到底会刮多大的风啊？让你们这么紧张。"记者像是突然又有了新的兴趣点，两眼瞪得溜圆，"能出去拍几张照片吗？"

"不怕死的话，你尽管去拍。"表哥拉下脸，没好气地回道，"我们可不出去。"

于是众人在仓库里找了个位置坐下，村长和表哥姜凯又去仔细地检查了一遍门窗，把所有的卡扣都卡死了。过了片刻，一个黑点从远处急速飞来，砸在仓库窗户上，窗户瞬间出现了一个碗口大的豁口。宫鸣吓了一跳，定睛一看，原来是一块破碎的瓦片。再看窗外，天色变得极为阴沉，阳光被乌云似的东西遮挡了大半。仔细看去，原来那不是乌云，而是被狂风卷到半空的无数细碎之物。它们在半空中狂舞、旋转，汇聚成黑压压的一大片，遮天蔽日。毫无疑问，屋外已经狂风大作，宫鸣甚至看到有成片的石棉瓦屋顶被掀起，然后裹入巨大的黑云之中，迅速地消失不见。可是这么大的风势，耳边却没有一丝风声，众人仿佛在看一场静音之下的巨幕电影，场景固然震撼，却毫无真实感。

记者早已拿出相机拍了起来。他靠着窗户，架好三脚架，聚精会神地抓拍那些狂风中的震撼瞬间。他拍一阵子，再取下相机，快速地翻动一遍，露出满意的微笑，接着又连连皱眉，似乎有所遗憾。"唉，这个镜头，如果在外面找个更好的取景点，效果肯定更好！"他不时抱怨一句，但没人理他。突然，他像是看到了什么古怪的东西，眼中露出疑惑的神色。"这是什么？"他把相机屏幕放到宫鸣面前。

那是一幅狂风中常见的万物横飞之景，镜头对准了半空，角度大约有七十度，近乎垂直。视野里，一个如龙卷风一样的巨大旋涡，裹挟着无数黑色碎片，直冲云霄。但奇怪的是，在这些碎片中，有许多形态规则的球状物。这些球体乘风而上，不一会儿就消失在云海之中。

"那一定是风妖蛋！"不知不觉间，表哥站到了宫鸣身旁，示意村长也过来看看这张照片。村长看过之后，也点头认同他的看法，"看上去很像。"

不知从何时开始，"风妖"这个词取代了"费勒格森"，开始持续不断地出现在宫鸣的视野中。之前，他一直无法对其建立一个想象中的图景，缺乏了必要的感性认知，就算是模糊的样子也无从生发。现在，这个神秘之物终于在他的面前初显狰狞。

可是，拿掉"风妖"这个神怪色彩的名字之后，隐藏在其背后的到底是什么呢？在理智上，宫鸣不相信任何神怪之说，但现在笼罩在心里的那股浓重的恐惧之情，却是宛如实体般地真切。

8

狂风肆虐了近两个小时，才慢慢平息下来。当众人终于打开大门，走出仓库时，呈现在大家眼前的是一幅遍地狼藉的惨烈景象。很多屋顶变成了光秃秃的一片，只剩下木头串联起来的支架，像只留下骨架的动物残骸。而地上则散落着瓦片、砖块、长短不一的木梁、花果蔬菜的碎片、各种各样的塑料垃圾，混合着厚重的污泥与尘土。

"这家伙厉害啊！"记者感叹道，"跟台风差不多了。这得收拾好多天吧？"他看向村长。

"是很麻烦。"村长倒是一脸平静，"每次都这样，我们也习惯了。"

"集团会发一笔损坏补偿的。"表哥在"发箍"上补充道。宫鸣看了一眼，想说难怪你这么淡定。随着近来与表哥的接触，他开始了解这个人了。在很多方面，表哥都很普通，就是一点很特别——容易钻钱眼儿里。每次聊天，说不到几句话就必然会谈到钱。他想起刚来那两天，在吃饭时听表哥聊起前几个月的水电费，几分几毛，竟然记得清清楚楚。

想到这里，宫鸣不禁有些想笑。他转头看向身旁的表哥，突然发现一道巨大的阴影从半空笼罩而来。"快让开！"他脱口喊道，但声音迅速消失在空气里，没有人听到这声呼喊。情急之下，他猛地冲上去，将表哥一把推开。紧接着，一根粗大的木制电线杆倒在了表哥刚才所在的位置。众人这才反应过来，都惊出了一身冷汗。

"大风虽然过了，也不能大意啊！"村长再次叮嘱大家。

"或许不是意外。"记者指着废墟之后一个远去的人影，"我看到那个人刚才一直待在电线杆旁边，这事是不是跟他有关？"

看着那人的身影，宫鸣总觉得在哪里见过，仔细分辨之后，他突然想起那个在姜轩墓碑旁和表哥起过冲突的村民。会是他吗？宫鸣想，那人到底和表哥有什么仇怨呢？

回家之后，宫鸣忍不住询问表哥。

"那人是姜轩的亲兄弟。"表哥叹了口气——虽然没有声音。宫鸣立刻明白了，但他仍然继续问道："说到底，姜轩的死是风妖造成的。现在风妖就在村子的地底下，他要是有骨气，就直接去找集团里面那些人，干吗把气都撒到你身上？"

"算了，怎么说我也是有错。"

"可今天那情况，他是要弄死你啊！"

表哥沉默了半晌，才开口说道："有件事，直到现在我也没对谁说过。可是心里一直堵得慌，最近天天做噩梦，睡也睡不好。我想着，要不和你说说吧，或许我心里会好受点。"接着，又再三叮嘱宫鸣千万不要说出去。宫鸣答应后，他才絮絮叨叨地说起来。

"有时候连我都觉得自己把钱看得太重了，这些年来，也做了很多荒唐的事情。唉,可能是因为那时候太穷了——你也知道,前些年村里面是什么情况。人在没钱的时候啊,真是什么都敢干!前几年,他们招航天员去火星,我是村里第一个报名的。一听到工资那么高,我就忍不住了。我不像你那么会读书,想要赚钱,就只有拿命去拼。我就是这种人,把钱看得太重,把命看得太贱了。"

宫鸣没想到表哥这么唠叨,说了半天一直没进入重点。他几次打断提醒,表哥这才扭转了话题,说出了一件让宫鸣大为吃惊的事情来。

"在火星上欠下一屁股赌债后,我真是后悔得要命。本来想要多赚一点的,没想到手气臭成那样。那些人天天催我还钱,工资早就预支出去了,把姜轩推荐过来的介绍费也远远不够还钱。有一次,我无意中看见几个警卫护送一个铁皮箱子进了一个小房间,后来得知那是集团在火星基地的小金库。那地方很偏,平时没什么人。我经常躲在远处偷偷观察,发现那里只有一个守卫,而且不太负责,经常溜出去和村民打牌。我趁守卫不在的时候去门口仔细看过,那金库的铁门并不厚实,用炸药很容易炸开。我们在矿场的工地里每天都往峡谷的山壁上装填炸药,想要搞到一点炸药并不困难。但是我一直犹豫着,不敢动手,因为这么做毕竟动静太大。再然后,消声事件就发生了。我亲身经历过,在矿场上,一个近在咫尺的炸点炸开,山石崩裂,周围却听不到一点声音。那时候我就想,要是在基地里也能像这样消声就好了。"

"所以你就把那个蛋搬回了基地?"

"唉,说起那个蛋,那可真邪门。消声的事情发生后,我比谁都想知道原因,所以没事就去和事故调查组的人聊天,有时候也帮他们搭把手。他们发现,矿场里的消声区域都是围绕着一个中心点发生的,所以便在这个点上向下挖掘,看看能不能有所发现。说是一个点,但其实也是相当大的一片区域,一共有五台挖掘机在里面工作。那机械操作起来很简单,我跟一个司机混熟了,很快就学会了,之后他就经常让我去操作,自己去一边歇会儿。大概挖到五米深的时候,我从土堆里发现了那个蛋。我没有声张,只是悄悄地把蛋转移到了别的地方。我觉得那个蛋多半和消声的事脱不了干系，而且它看上去油光水滑，应该很值钱，所以那天晚上我就又跑到矿场，把它搬回了基地宿舍。"

"这之后呢？"宫鸣急切地问道。他很想知道这之后发生的事，因为这在他看过的视频资料里并无说明。

"当天晚上，奇妙的事情就发生了。回基地以后，我用包裹把蛋包好，放在我的床下面，就去睡了。大概黎明时分，我起来上厕所，发现周围极其安静。我一下子就想起矿场消声时的场景，再一试，发现果然已经听不见任何声音了。我出了房门，往外走，一直走了几十米，才出了消声区，开始能听到一些微弱的声音。我兴奋起来，立刻回去抱着蛋，把它放在了小金库附近。我在旁边焦急地等着，每过几分钟就发声听一下。声音果然慢慢微弱起来，过了一个小时，便已经完全消声了。这时候，金库门口的警卫正好不在，不知道去了哪里。天已经快亮了，大概很快就会有人发现不对劲，于是我就急匆匆地动了手。炸药是我早就准备好了的，藏在金库旁边的洗手间马桶里。量不多，但我估计应该足够把门炸开了。自动引爆装置我没法偷回来，所以只好用最简单的火雷管来引爆。我把炸药塞进金库大门和墙壁间的缝隙里，就像在矿场里做的那样，然后点燃了导火索。做这一切的时候，我太紧张了，也顾不上回头看看。就在我准备撤离时，突然发现有人站在我背后。我当时吓得魂都快飞了，趔趄着窜了出去，这才看清原来那人是姜轩。天知道他怎么会突然出现在这里！他手里提着那个包裹，嘴巴里还冲我说着什么，但我什么也听不见。他离炸药的距离太近了，我焦急地指着门的方向，示意他赶紧跑开，但他似乎没理解我的意思。接着，炸药就爆炸了。"

"所以，他是被炸死的？"

"我不知道……"表哥露出极为痛苦的表情，"金库的门和墙壁被炸开了，一股白烟无声地腾起，姜轩也倒在了地上。我正准备上前看看他的情况，却没想到发生了更加可怕的事情。那个蛋裂开了！空气像疯了一样地涌入蛋壳之中，走廊上顿时刮起了大风，各种细碎的杂物漫天飞舞。蛋壳上的裂痕越来越大，有什么东西在里面涌动，眼看着就要破壳而出。我突然害怕了，一种前所未有的恐惧感笼罩着我。我头也不回地跑了，一路跑到基地大厅。之后不久，消声区域就弥漫到了整个基地。大风平息后，我偷偷回到过金库附近。姜轩已经不见了，地上还残留着一些血迹，另外还有一些蛋壳的碎片散落在周围，里面的东西——不管它是什么——显然已经破壳离去了。后来不久，风妖就开始在基地里出现了。"

"那之后，姜轩就不见了？"

"对，再也没人看见他，连尸体也找不到了。我们猜他大概是被那东西吸进去了。回地球以后，我们只好找了一些他的旧衣物，用棺材装着埋了，在厂里立了个碑。"

说到这里，两人都沉默了。宫鸣没想到这事的背后还有这么曲折的隐情，一时间不知道该说什么好。从这番话来看，姜轩的死显然与表哥有直接的关系，而并非之前自己以为的那样，只是间接造成。他突然理解了表哥之前面对挑衅时的忍让行为。

接着，宫鸣又想起了在表哥的杂志上看到的那句话："对不起，姜轩，你不该来火星的。"现在看来，这句话似乎还有更深一层的含义。

"事情被那个臭婆娘传开以后，所有人都来质问我。问这问那的，一遍又一遍，我都快崩溃了。我承认是我把蛋带进了基地，但始终没说过爆炸、金库和遇到姜轩的事。"表哥再次嘱咐我，"你可千万要替我保密。"

我默默地点了点头。我突然想起这些天来表哥对记者的无端仇视，那大概不是毫无原因的。

9

第二天午后，宫鸣来到村外的烂马路上，等着那辆熟悉的小车接他回北京。

前天晚上师兄突然联系他，说导师在催他，如果任务完成了，就赶紧回学校。宫鸣有些意外，本来以为导师不会这么早就找他。师兄说导师让他第二天过来接宫鸣回去，宫鸣只好答应。虽然有些不甘心，但也只好依话照做，上午整理好了随身行李，吃过午饭便出了山谷，来到了上次下车的马路尽头处。

回村的这几天，虽然短暂，但发生了一系列古怪惊险之事，感觉似乎经历了漫长的时光。消失的声音、火星的矿石、诡异的大风，还有神秘的风妖，每件事情的背后，都最终指向了那个所谓的航天企业。然而，对于这个神秘集团的内幕，他至今仍然一无所知。如果不是导师催促，他真的想把一切搞清楚再离开。现在，只有希望还留在村里的记者能查出点什么。但那家伙真的能找出真相吗？宫鸣对他并没有太多信心。

临走前，他和表哥聊了很久。表哥说，自从风妖来到村里，集团便拆除了原先所建的大部分地面建筑。曾经高耸的发射架，现在也只剩一堆废铁。基建车队再次进入山谷，这次他们不再建房，而是向地下钻去。谁也不知道他们在地下做了些什么，只看见数十辆小货车从掘进口进进出出，像搬运食物的蚂蚁一样。运出的泥土在山谷中央凭空堆积出一座巍峨的山峰，看上去像是刺入天空的一根尖锥。村民们起初戏谑地称其为"锥子山"，但随着山体被堆积得越来越高，这根锥子便显得越来越锐利，人们逐渐对它产生了莫名的敬畏，再也不敢靠近它的周围。锥子山是这次工程在地面留下的唯一痕迹，它是如此庞大，好多村民都暗自担心村子的地下是不是都被挖空了。好在几个月以后，地下工程终于结束。之前经常在村民们眼前出没的技术员们，则伴随着所有的基建车辆和施工机械一起，通通消失在人们的视野里。

集团并没有撤走，而是整体遁入了地下。本来已经颇为神秘的航天集团，现在又披上了一层更为严密的面纱。为了加强与外界的隔离，他们甚至雇用村民将村外的公路也破坏掉了，一副要与世隔绝的样子。

难怪自己没有在地面上看到几件像样的航天设施，宫鸣暗自想道，难道他们不再进行航天发射了吗？说起来，他们把风妖困住地下，意欲何为呢？

　　漫长的乡村公路上，仍然荒凉得不见一个人影。来得太早了，宫鸣有些后悔，自己应该再推迟一两个小时出发的。现在日近正午，烈日当空，这附近却连一棵遮阴的大树都找不到。他再次向远处望了望，确认还是毫无车辆的影子，便下决心离开公路，向着山谷一侧走去。在出入山谷的攀爬点附近，有一片树林，可以在那边暂时歇歇脚。

　　他快步来到树林边，找到一块横亘在地上的山石，扫了扫泥灰，便坐在上面，准备在林荫下休息片刻。一阵风吹来，树叶哗哗作响，他竟有些不习惯了。这些声音像幻觉一样，具有某种微妙的奇异感，让自己产生一种恍如隔世的感觉。这时，他发现自己的眼睛竟然也开始有了幻觉。在前方几十米的山壁上，有一块石头似乎动了起来。不对！他很快警觉，那不是幻觉——那块石头真的像一扇大门一样，翻转了过来。与此同时，一个熟悉的人影从石门中一跃而出。

　　那人也很快看到了宫鸣，他一边喘着粗气，一边朝着宫鸣招手。

　　"你怎么出来了？"宫鸣大步走上前去，"不是说要留在村里继续调查吗？"

　　突然出现的人便是那位记者。他用手指了指身后的石门，又喘了好几口气，这才缓过来，回答道："我这不就是在调查吗？"

　　宫鸣看了看那扇石门，脑海里并不记得村里有类似的通道，"这是通往哪里的？"

　　"还记得那个环形回廊吗？"记者看上去有些激动，"这是它的另一个入口。"

　　"你又溜进去了？"想起那条幽深的地下通道，宫鸣仍心有余悸，"那里面的怪兽可不是吃素的。"

　　"对，怪兽！"记者像是想起了什么似的，从随身带的背包里掏出了一台摄像机，递给宫鸣，"还记得这台机子吧？"宫鸣一眼就认出这就是上次两人在通道里用过的夜视摄像机。

　　"上次遇到怪兽，我们转身逃跑的时候，其实机子一直都没有关。我也是后来才想起这件事，于是打开机子，调出上次拍摄的视频。"

记者一边说着，一边动手操作摄像机，屏幕上很快就出现了红外摄影视频。开头的部分意义不大，记者把进度条直接拖到最后。屏幕上的画面开始剧烈颠簸起来，看来已经到了两人转身逃走的那一段。画面中的空间背景不断晃动，几乎很难从中看清什么。在某个瞬间，似乎有一个影子从画面中一闪而过。记者立刻按下暂停键，倒回两秒钟，用最慢的速度播放，然后再次按下暂停——视频停得恰到好处，那个影子正好出现在画面之中。

凝神细看，那个影子仍然很模糊。也许是因为速度很快，还在周围拉出了一些残影，让分辨画面更为困难。从大致的轮廓来看，这东西的身型比人稍大，看上去像一个肉团，全身长满了许多触须。有一条粗壮的尾巴模样的器官拖在身后，似乎是其移动时的发力点。

"这是什么鬼东西？"看见这可怖的外形后，宫鸣更加后怕了，"像个大号的蝌蚪。就是这东西在追我们？"

"你注意看，"记者并不回答宫鸣的问题，而是指着那个影子的身体，"有没有看出点什么来？"

宫鸣满脸疑惑地盯着画面看了片刻，摇了摇头。他对画面上的怪兽充满了疑问，但并不知道记者所指的重点在哪里。

"这东西没有眼睛！"记者有些激动地调整视频的画面，从更多角度呈现怪兽的面貌。宫鸣认真分辨着画面，看上去它确实没有类似眼睛的器官。不过这又意味着什么呢？他还是不太明白记者的意思。

"所以我认为，它是通过声音或者气味来追踪猎物的。"记者进一步分析道，"如果我们能让通道里的空气变得和外面一样无法传声，那它就变成了瞎子和聋子，无法发现我们，也无法追踪我们了。"

"可是怎么才能让里面的空气和外面一样呢？"宫鸣总算是猜到了一点记者的意图，"难道你想破坏入口处的换气闸？"

"说实话,刚开始我确实这么想过,不过后来我发现要搞坏换气系统并不容易。于是我只好退而求其次,想试着在不破坏换气系统的情况下,偷偷把外面的空气带进去。这个倒是可以办到,携带一些密封的容器是可以进入通道的,但因为携带的量太少,这样做毫无意义。就在我几乎束手无策的情况下,我突然想到那天我们在化肥厂里看到的那种奇怪的液体。那东西从火星矿石里提炼出来,而孵化风妖的蛋正好就是在火星矿场里挖出来的,这两者之间是否有什么关系呢?再进一步想,如果风妖可以让火星基地快速消声,那这种矿石提取物是不是也可以达到同样的效果呢?"

宫鸣感觉脑子都转不过来了,他从来没有从这个角度去思考过问题。

"我去化肥厂偷了一罐提取液。晚上的化肥厂根本就无人看守,而且仓库的窗户很容易就能撬开。我觉得那些村民根本不知道那东西的价值,只是一味地听从集团的指示,把提取液按时送到地下。然后,我把它带到上次去过的那间影音室做了个实验。先把门关好,然后把提取液洒在地上。液体在眨眼之间就汽化了,地上什么都没留下,但效果很明显——房间里几乎达到了消声的状态,就算我大声喊叫,也只能听到微弱的声音。也许是因为封闭得不太好,消音的效果随着时间推移逐渐减弱,大概一个小时后,房间基本恢复到了正常的状态……"

"等一下,你说那种提取液能够产生消声的效果?!"宫鸣似乎终于从懵懂中醒来,脑海中混乱的线索逐渐展现出某种逻辑性,但暂时还无法理清。

"千真万确!"

现在,关于村庄消声的真相终于在宫鸣面前露出了一丝端倪。集团通过化肥厂大量制备矿石提取液,是不是就是为了维持村庄的消声状态呢?况且,村庄处于这样一个山谷之中,这种地形是否有利于约束谷内异常空气的扩散呢?仔细想来,越来越觉得真相就应该是这样。但谜团并没有完全解开:他们为什么要制造这样一个消声之地呢?也许,和那个所谓的"风妖"有关?宫鸣不禁陷入沉思。但记者并没有停下,而是继续说下去。

"猜测得到证实,让我非常兴奋。我带着剩下的提取液来到之前遇到怪兽的入口,准备让这里也变成消声区域。但是这次运气不佳,还没等我打开罐头阀门,我就感觉那东西盯上了我。我往后一退,那东西就向我冲过来。我吓得转身就跑。不过有了上次的经验,我在通道里一路都贴着墙跑,时刻注意着是否有仓库可以暂时躲避。幸好,没多久就让我找到一个小门。"

"那门后是仓库?"

"不,那门后是一条走廊。走廊尽头处有一间气闸室,在里面换气后,便可以通过一条阶梯上到地面。"

宫鸣看了看记者身后的石门。记者点了点头,"不错,就是这里!"

"这么说,从这里下去,我们很有机会进到那个地下网络的核心区域?"

"把握很大!这次我们吸取教训,在靠近入口时就提前洒上那种液体,相信可以瞒过怪兽,顺利通过。"

现在,一个可以进入神秘集团核心区域的机会突然出现在眼前,这让宫鸣纠结了起来。一方面,他非常想搞清楚村里这种种诡异之事的真相,以及这个幕后集团的目的;可与此同时,来接自己的车已经在路上了,没有时间让自己再探索了。

"你还在犹豫什么呢?"记者催促道,"我们现在就下去,看看这背后到底有什么鬼。我已经预感到,这次一定可以挖一个大新闻!"

"算了,你去吧。"宫鸣摆了摆手,站起身来,往公路的方向走去。记者倒没有再劝,只是自顾自把背包重新收拾好。宫鸣慢吞吞地走到公路边,望向远方。在视野的尽头处,一个小黑点正向着此处慢慢地移动。车来了,他有些意外,到达的时间似乎比预料的要早不少。回头一看,记者已经背着背包,回到了石门旁边,正用力推门。

这时,一股久违的意气突然从心底涌生出来。他用手机快速发了一条道歉的信息给师兄,然后向着树林的方向跑去。

10

　　再次行走在地下廊道，宫鸣和记者都显得熟练了许多。在夜视摄像机的辅助下，两人顺利地接近了上次来过的那个入口。这一次，谨慎的记者提前几十米就停下了脚步，开始向通道的地面上喷洒提取液。

　　"通道的封闭性不好，估计维持不了多久。"记者提醒道，"我们得快速通过。"

　　"你就带了一罐，够用吗？"

　　"省着点，应该够了。上次我在仓库里实验的时候只用了几十毫升，同样的体积，就算封闭状态不一样……"

　　接下来的话宫鸣就听不见了，记者也意识到消声气体已经起效了，便不再说话，挥手向前指了指。两人再无犹豫，沿着消声的区域向前进发。一边走一边发出声音测试，每次听到声音有出现的迹象时，记者便捏住罐口的喷嘴，向前方喷洒液雾。很快就到了上次那个入口，再次确认消声状态后，两人一前一后走了进去。记者手持摄像机走在前面，宫鸣用手搭着记者的背，紧随其后。

　　狭长的入口通道里，没有光，什么声音都听不见，宫鸣感觉自己似乎进入了一个虚无的幻境之中，一切感官都被剥离了身体，只有脚步还在机械地挪动着。在这样的状态下，距离感也随之而去，可能只走了十几米，也可能已经超过数百米，就在宫鸣几乎要迷失在这种空虚之中时，一道刺眼的光突然透入眼帘。他不自觉地闭上眼睛，几秒钟后，才缓缓睁开。

　　这里是一个小型的大厅，顶部的灯管已经亮起。记者的手正放在一个翘板开关上，看来刚才是他开启了这里的照明灯光。可就在下一瞬间，宫鸣几乎惊叫起来。或许他已经尖叫了，但特殊的空气阻止了声音的传播，他并没有听到自己的尖叫声。

就在大厅的门口一侧，一个两米多高的不明生物正伫立在那里。它通体雪白，没有明显的四肢，身体呈下宽上窄的圆台状，像一个用粗劣手法堆出的雪人，而且这个雪人看起来正在融化。最明显的特征是遍布全身的触须，它们像细密的毛发一样，在空中有节奏地摇动着，显示出它是一个活物。

两人在原地僵立了半响，见那东西并无反应，这才稍微放下心来。记者鼓足勇气绕到它后侧，看到它把尾巴绕成一团，堆在身下。尾巴稍微带点灰色，像是雪人堆下方沾染的泥土。

这就是之前拍到的怪兽？心绪平静下来以后，宫鸣仔细观察起它来。不用说，之前从未见过类似的东西，连稍微接近一些的物种也想不出来。要强行找一个类比物的话，它倒是像一大团金针菇，每一个触须就是一根菌柄。或许是金针菇这个意象太过日常，又或是灯光驱散了未知带来的恐惧，宫鸣发现自己对这东西的恐惧感正在逐渐消散。

记者招呼宫鸣赶紧离开。在大厅的一侧，有一道铁栅栏，栅栏后是一条新的通道。宫鸣最后看了一眼像金针菇的怪兽，跟着记者进入了通道。通道里一路都有明晃晃的灯光，与外面黑暗的环形回廊截然不同。一路前行，空气逐渐恢复正常，脚步声重新回响在两人耳边。沿着通道有各种各样的分岔口，每一道路口看上去都相差无几。

"还好我带了这个。"记者点开手机屏幕，调出了之前拍的地下网络地图的照片。地图上用英文标注了很多地点，大部分都是意义不明的缩写。他们本想去一个标注为"Lab"的地方——两人都认为这显然是一个实验室，这也是地图上为数不多的意义较为明确的标注点。可他们很快发现，在通道里有数量众多的密码门，不管转向哪条通道，都很快就被阻挡。无奈之下，两人只好如无头苍蝇一般四处乱撞，希望碰巧找到一个有价值的地方，能够帮助他们了解这个集团的真相。在有的通道里，他们看到了匆匆走过的研究员。两人每次都尽量躲开，大部分时候都成功了，少数几次来不及躲避，倒也没有引起太严重的后果。因为这里的研究员们看上去都非常忙碌，走路的时候几乎都低着头看手中的资料，并没有太注意这两个外来者。

在不知道第几次碰壁之后，两人终于找到了一个没有上锁的门。打开门之后，出现在两人面前的是一个宽敞的大厅。大厅里，错综复杂的轨道相互交织，十几辆箱型轨道车停靠在站台上。宫鸣立刻回想起之前在姜轩家地下曾发现的类似的交通站。这里的构造和之前看到的别无二致，只不过空间更大，轨道更复杂，车辆的数量和类型也更多。

"嘿，你看这是什么？"记者径直走向一台最庞大的车厢。在这个车厢里，有数十个供人躺卧的舱位。

"这么大……看上去像一辆公交车。"宫鸣吐槽道。

"说不定真的是。"记者想了想，"那我们上车吧！"

记者的想法是，既然是公交车，乘坐者大概不会关心别的乘客是谁。因此，他们大可以跟随其他人一起，通过这个轨道系统潜入地下网络的内部区域。宫鸣觉得这样做有些冒险，正在犹豫，突然听见大厅外有人说话。回头一看，记者已经翻身进入了一个卧舱。情急之下，宫鸣也只好找了个角落里的舱位钻进去。

两人只待了片刻，就感觉车厢微微震动，接着便响起近在咫尺的脚步声——显然有其他人上了车。卧舱壁是半透明的材质，无法看清上车之人的数量和面貌，但声音清晰可辨。他们似乎正在讨论着什么，宫鸣竖起耳朵认真听。从交谈的声音分辨，来人至少有三个。

其中一个说："……猴子也死了吧？"前半句宫鸣没有听清。

另一个人说："肯定死啦！我早说过用猴子是不行的，但老板坚持要做。"

第一个人又说："那现在的重点是什么？"

那人回答道："哺乳类的都放弃了。下面准备拿一些昆虫试试。"

这时，第三个人用不屑的语气说："依我看，除了真菌，其他都没戏。"

这句结束后，交谈便终止了。接着，车厢晃动了一下，似乎进入轨道开始滑行。

和之前一样，没有太多加速感。宫鸣不太明白这是怎么做到的，但现在显然并不适合深究此事。因为在不到一分钟后，车厢再次震动，所有的舱盖都缓缓地打开了。那几个人说笑着爬起来，转眼间就出了车厢。等一切安静之后，宫鸣和记者才探出头查看——车厢里已经空无一人了。

车厢停靠在另一个类似的交通站内，看上去和刚才的车站没什么区别。但推开门出去，外面的通道却已经全然不同了。这里似乎是一个更开放的区域，因为路上很少见到需要密码开启的闸门。两人将此处通道的构造与地图比对，发现竟然已经到了距离标注为"Lab"的地点极为接近的位置。这倒是误打误撞之下得来的意外之喜。

两人按照地图的标识，很快就拐到了目的地所在的通道中。这里果然和宫鸣印象中的实验室样子很像，在一条走廊两侧分布着众多的小门，一些铁架子和不知名的仪器堆在门口，铁架子上放着大小各异的纸箱子，空气里充斥着臭氧的味道和电磁线圈发出的嗡嗡声。

"啊……"一声女性的尖叫突兀地在前方拐角处响起，"蛇！蛇！"

接着，一辆载着铁笼的小拖车出现在走廊尽头。铁笼约一米见方，栅格细密。笼里盘绕着一条粗大的蟒蛇，蛇身布满黑黄交织的纹路，它不时摆动着蛇尾。拖车后，一个年轻的研究员正一边用力推车，一边安慰路过的女人："都关在笼子里了，不用怕。"女人缓过神来，骂了一句，才错身走开。

"喂，你们两个！"推车的人看向宫鸣这边，立刻喊道，"还不快来帮忙，这玩意儿太重了！"

宫鸣二人对视一眼，默不作声地走到推车旁，扶着两侧向前推去。在三人的推动下，拖车平稳地滑行，最后进入一间宽敞的实验室。房间里人数众多，大家似乎正在等待着什么。见到拖车进入，立刻便有人过来帮忙，将铁笼子从拖车上搬下来。宫鸣二人借机从拖车边走开，在一侧的墙边驻足。房间里有很多显示屏，每个屏幕上都显示着一个空白的坐标系图像，一些人正在屏幕下方的操作台上调试着什么。房间中央是一个巨大的玻璃缸, 有十几米长, 三米高, 旁边一台发动机正轰隆作响, 通过一根粗大的喷管往缸里灌注沙土。人们把铁笼子搬到一辆铲车的铲斗上, 后者缓缓将其移动至玻璃缸上方, 然后向下放进一个预先准备好的沙坑中。

宫鸣看着眼前忙碌的景象, 有些迷茫, 完全看不出这些人想做什么。看上去他们只是把运来的蛇埋进了一个沙土坑里, 可这又有什么意义呢?

半小时后, 准备工作终于就绪, 人们拍了拍身上的灰尘, 围在玻璃缸前, 屏息注视着。透过玻璃可以清楚地看到铁笼中的蛇——现在它被沙土包裹着, 在其中艰难地蠕动。

头顶"咔嗒"一声, 宫鸣向上看去, 只见房间顶部开了一个圆形的孔, 一个球状物缓缓地降下。看到这东西的那瞬间, 宫鸣立刻就想到了表哥口中的那个"蛋"。但这个蛋并非表哥在火星上发现的那个, 因为它显然是一个人造的球壳, 壳体表面还印着各种意义不明的符号和标志。

球体降落到沙堆上, 静止了片刻。接着, 壳体突然从中间裂开, 一股无色的胶状物从中流出, 迅速渗入下方的沙土中。那东西看着像鸡蛋清, 但比蛋清要滑得多。它接触到沙堆后, 几乎瞬间就消失不见, 像是被沙子吸入了似的。

"物理组袁涛, 准备好了吗?"一个声音喊道。

"好了!"

"那开始吧。"

一声令下, 一阵机械的震动声随之响起。抬头看去, 原来在玻璃缸的一侧埋着数十根粗大的铁棒, 它们通过滚道与一系列偏心轮连接起来。在电机的带动下, 偏心轮开始高速旋转, 带动铁棒以不同的频率振动起来, 在沙土堆里激起一片扬尘, 发出或低沉或尖锐的鸣响。与此同时, 房间里的所有显示屏上都出现了各式的波形图, 用不同颜色标注的数据不时在图像上闪动。

"高频源, 开始报数据!"循着声音, 宫鸣终于看清了发声之人。一个矮胖的中年男子,穿着格子衬衣,头顶微秃。看上去他是这次实验的负责人,因为他不时在房间里四处走动,查看各个显示屏上的图像。

"1000 赫兹,振幅衰减 34%。"

"800 赫兹,振幅衰减 18%。"

……

数据报告声此起彼落,所有人都忙着查看屏幕上的各种数据。宫鸣对这些数据不感兴趣,他倒是一直盯着缸中的那条蛇。实验开始之后,那条蛇的扭动变得更强烈了,似乎意识到了某种危险在临近。

"那些沙子,好像不太对劲!"记者突然小声地说道。

确实是,宫鸣也立刻发现了这一点。随着时间的推移,玻璃缸中沙堆的高度在逐渐降低,似乎沙子正在减少。仔细看去,可以发现沙堆中的部分沙土发生了某种转变,颜色从褐色变为黄色。

"检测到低频损失! 1 赫兹,衰减 3%。"

"1000 赫兹,衰减率 99.8%。"

数据汇报还在持续。但此时,那个矮胖的中年男子却不再关心这些,他在一块较大的显示屏前驻足,皱着眉头。"生物组江燕,现在情况怎么样?"他向一侧高声问道。房间角落里,一位衣着朴素的瘦高个女子从监视仪旁走过来,摇了摇头,答道:"情况不理想。像之前一样,X 光片上阴影变淡,超声多普勒显示血流流速加快了近一倍。"

"不用跟我说这些,你就直接说,能不能撑得住?"

"撑不住。"她的回答简单直接。

女人的判断是对的。随着实验进行,缸中的蛇逐渐失去了活力,慢慢停止了扭动。接着,在某个瞬间,蛇的整个身躯突然软化,向内垮塌了,像被抽掉了房梁的屋子一样。血从崩坏的身体里渗透出来,把周围的沙土染成了暗红色。

眼前这一幕诡异的场景,让宫鸣和记者都看呆了。在他们仍处于讶异之中时,一个工作人员的声音突然响起:"你们是谁?"

整个实验室里,所有人的目光都看向了宫鸣二人。完了,宫鸣想,这下彻底没戏了。

11

半小时后,宫鸣和记者被领到一间审问室——就是当初看视频资料的那种小房间。除了没有那个资料柜,这里的装潢和陈设与之前那间毫无二致。二人再次坐在相似的位置上,四下环顾,恍如隔世。

整个过程并无激烈冲突。总的来说,这里的人对两个不速之客还挺客气的,这和宫鸣之前脑补的"邪恶集团""幕后黑手"之类的形象不太相符。不过也可能是一种伪装,就像在现在的电影里,反派总是长得一脸正气,反倒是正面人物越来越猥琐。宫鸣坐在审问桌后,想着待会儿来人会怎样询问自己,而自己又将如何回答。他并没有趁机和记者统一口径,一是没有必要,二人来此的目的其实相当单纯,就是想调查真相,照实说就行了;二是担心弄巧成拙,因为这房间里很可能有录音装置,两人一商量,对方就全听见了,不仅毫无意义,而且平添麻烦。等了十几分钟,还没有人来,桌上的茶水倒是都喝光了——是的,没错,他们每人面前还放了一杯绿茶。茶的味道很合宫鸣的口味,他恍惚中觉得自己似乎回了北京,到了研究室旁边那家常去的水吧里。

不行,宫鸣暗自警醒自己,这是为了卸下我们的心防,让我们放松下来,便于他们审问。他转眼看了一眼记者,后者倒是优哉游哉地靠着椅背,一点都看不出慌乱的样子。

就在宫鸣略显紧张的等待中,房间的门打开了。来的人是他之前万万没有想到的。

"师兄?!"他简直不敢相信自己的眼睛,"你怎么……"

不等他说完,另一个人也跟着走进了房间。那人看上去四五十岁,身穿一件休闲的浅色毛衣,戴着一副黑框眼镜。一看见宫鸣,他就先叹了口气,说道:"怪我,都是我的错。"这人正是宫鸣的导师——高健。

宫鸣一脸诧异地看着导师,张了张嘴,想说些什么,但高健一挥手,打断了他,"什么都别说了,你们的情况我已经问清楚了。"他拿出两份保密协议,放在桌上,示意宫鸣二人看一看。"我没想到你会深入调查到这种程度,是我的疏忽。其实我早该想到的,你一向是个好奇心很重的人。本来今天想让你师兄把你接回北京去,但还是没来得及。事已至此,只好稍微委屈一下你们了。"高健坐下来,耐心地解释道,"你们擅自闯入一家民营公司,打探机密,说实话已经违法了;但既然这事因我而起,而我也是这家公司的董事,所以我不想为难你们。现在这事有两种解决方法,一是你们就此离开,我就当你们没有来过,但是你们以后别再打探这里发生的事情了,把无谓的执念收起来,忘掉这一切。"

"可是……"宫鸣又想说话。

高健再次打断了他,"我知道,以你们二人的性格,这一点很难做到,所以我也给出了另一个方案。我把你们想知道的和盘托出,其中包括公司的很多核心机密,以解答你们的疑惑,但前提是你们要把这份保密协议签了,承诺绝不通过任何途径透露公司的机密。"他指着宫鸣的师兄说,"他也签了,我们这里所有的员工都签了类似的协议。所以,这并不是针对你们,就是一个常规的做法。这些机密涉及我们目前最前沿的研究领域,不夸张地说,是世界领先水平。可惜我们的项目目前大部分还处于预研状态,很多技术和理论还不成熟,但理念绝对是具有独创性和颠覆性的。所以,在现在的情况下,一旦我们的研究项目被曝光,甚至只是走漏一点风声,就很可能引来大批跟风的研究者,给公司造成严重的损失。"

听了导师的解释,宫鸣心里的好奇心反而更重了。他和记者简单地商量了一下,两人都倾向于第二种方式。于是他们拿起笔,爽快地在协议上签了字。

接着，师兄招呼宫鸣和记者从审问室出来。在高健的带领下，几个人沿着走廊向外走去。期间，记者询问师兄这是去哪儿，师兄只是含糊地回答"到了就知道了"，记者也就不再发问，只是一路跟着前行。几个人在复杂的地下网络中拐来拐去，遇到门禁就由高健刷一下胸口的卡片。看得出他对这里的路线非常熟悉，而且那张卡片和之前在实验室其他研究员身上看到的 ID 卡几乎一样。宫鸣越来越真切地感觉到导师和这个地方的关系非同一般，心里不禁对这次出差的任务有些抱怨。既然你对这里如此熟悉，又何苦让我千里迢迢从北京过来为村民做心理调查呢？或者说，这背后别有深意？

在重重的疑问中，宫鸣亦步亦趋地跟在导师身后。虽然被导师和师兄瞒骗，心里多少有些不爽，但现在还顾不上生气，因为他对这件事的好奇心已经膨胀到了极致。他迫不及待地想知道这背后的真相，就像看一部推理小说到最后几页，侦探要准备揭开凶手的面纱。现在，毫无疑问，面前的导师就是那个侦探。

行走间，几人的脚步突然一顿，拐进了一间储藏室。面积不大的房间里，放满了宫鸣之前在化肥厂里见到的那种钢罐。导师示意师兄打开一瓶钢罐，倒出了一些提取液。

"听说你们之前已经见过这种超聚液了？"高健问。

宫鸣点了点头，不过这是他第一次知道这东西的名字。

"你们也看到了，这东西很特别。"高健用手指搅动液面，"一旦开始旋转，它就永远不会停止。而且你们注意看，它会沿着容器边缘爬升出来，溢流到容器外。对了，这种现象叫什么来着？"

"液膜蠕变。"师兄立刻回答道。宫鸣想起师兄是物理学博士，突然对导师招他做博士后的目的有了一些猜测。

高健示意师兄继续说下去，于是后者便接着解释道："具有这些性质的液体，在物理学上叫作超流体。在这些液体内部完全没有内摩擦力，没有黏滞性，也没有表面张力，所以能在容器分子的吸引力下覆盖整个容器的表面，看上去就是由下而上溢出了容器。一般情况下,我们只能在接近绝对零度的低温环境中看到超流现象,比如 He-4,在 2.17K 以下的温度时才转变为超流体。这一点和超导类似——其实从本质上看,超流和超导具有相似的物理机制。但和超导体不同的是,人们一直没有找到相变温度更高的超流体。到目前为止,我们已经能够在高压下产生接近常温的超导态了,但超流相变温度的提升却一直没什么进展……"

"直到发现了超聚体。"高健插嘴道。

"在火星上?"记者问。

"在火星上。"师兄点头确认,"相变前,它是一种普通的硫化物,普遍存在于各种火星矿石和土壤中。但在某种未知机制的诱发下,它的微观结构会发生变化。周期性的晶格被切断,变为一种以氢键连接的多分子簇。这时,它的物理性质也随之发生了巨大的转变。它变得柔软而呈粉末状,加热后会升华成气态的分子团,再加压冷却后,就变成了我们现在看到的这种液体——这是人类发现的第一种高温超流体。"

"我大概知道你说的是什么了。"宫鸣回忆道,"我在火星矿石里看到有一些黄色的斑纹……"

"就是它!"师兄立刻回复道。

"可这东西为什么能消声呢?"

"这是它另一个神奇的地方!"师兄似乎有动激动,"这种常温下的超流体在蒸发之后,并不会变成普通的气体,而是会维持分子间的无摩擦状态,从而形成另一种新奇的物态——超流气体。这其中的机制我们暂时还没搞清楚,不过可以肯定地说,那一定是一个颠覆性的理论,完全可以重写现在的凝聚态理论……"

高健适时地咳嗽几声,打断了师兄逐渐激昂的话语,"直接说重点。"

师兄有些尴尬地笑了笑,重新整理了一下语言才继续说道:"其实消声的机理倒是很简单。超流气体混入空气中后,当声音传播引发空气振动时,超流成分并不会像正常的空气分子一样振动起来。在超流成分比例较低的时候,声音的传播会被削弱,像是在空气里填充了无数细微的棉球一样。而一旦超流成分超过了临界比例,这些超流气体形成的气膜则会包裹在正常的空气团周围,将其与正常组分隔绝。这个时候,消声的现象就出现了。"

"我已经感觉到了。"记者指着刚才倒在碗里的超聚液——已经蒸发得差不多了,"我现在听到的你的声音,已经比刚才要弱一些了。"

"好吧,我们换个地方说话。"高健招呼大家出了储藏室,继续向前走去。七拐八拐之后,宫鸣突然发现眼前的景象变得很熟悉。这里不就是刚才被发现的实验室吗?跟随导师再次进入,房间里变得冷清了许多。研究员都不在,房间中央的玻璃缸也已经清空,显得空荡荡的。看着玻璃缸,宫鸣眼前又浮现出那条蛇死亡时的诡异场景。他询问导师刚才那次实验的目的是什么,导师没有直接回答,而是反问道:"你们进来的时候有没有看见什么奇怪的动物?"

"看见了,看见了!"记者抢着回答,"一个像雪人一样的怪物。"

"我们叫它菌群兽,是生物实验产生的一个副产品。这个实验室做的研究,其最终目标是探索超流态下生物存在的可能性。"说到这里,高健像是突然反应过来,转身问宫鸣,"对了,风妖的事,你们知道多少?"

宫鸣把自己所知的说了一遍,从视频资料里看到的,从村民口中得知的,还有关于表哥和风妖的传言。当然,他并没有提及表哥盗取金库一事,说好要替表哥保密的,宫鸣并不打算食言。

"看来你了解得还不少,只是,大部分都是道听途说。在你看来,所谓的风妖,到底是什么呢?"

"一种外星生物。"宫鸣想了想,补充道,"在火星上发现的物种,或许是一种卵生生物。"

"不愧是科幻作家!"高健赞许道,"你已经很接近真相了。"

导师提到"科幻作家"一词,让宫鸣有些意外。没错,在研究之余,他还有个业余爱好就是写科幻小说。虽然在《科幻世界》等杂志上陆续发表了一些作品,但总的来说并没有什么名气，自己也从未向导师提及科幻创作之事，没想到导师竟然一清二楚。在稍显羞愧的同时，他也生出一丝莫名的不安来。

"对于风妖，其实我们有一个正式的称呼，在研究报告里使用。那就是几个数字和字母组成的代号，并没有什么实际的意义，所以我们私下还是习惯叫它风妖。若不计较其中夹杂的民俗和神话色彩，其实这个名字是相当贴切的。风妖是一种很特别的生物，正如你所言，是在火星上发现的，但它们很可能并不是火星的原生生物。它们通过一种很特别的机制，在宇宙中四处迁徙。目前看来，它并没有太高级的智慧，所有的行为基本还是在本能的驱使下进行。这大概和它的身体构造有关，这种构造很难形成复杂的神经网络——它的身体是由超流物质组成的。"

高健再次看向宫鸣师兄，"你来详细说一下吧。"

"好。其实我们最开始发现风妖的时候，很难将其和生命联系起来。那时候我们都以为它是一种自然现象，就像深海涌泉或溶洞石笋一样。在整个幼年期，它都被包裹在一个封闭的壳里，埋在火星的浅层土壤之中。它通过壳体吸收外部的热量，让身体的一部分脱离超流态，从而诱发热机效应——超流体自发地从低温区向高温区流动。在这种效应的驱动下，其内部物质实现循环流动，这也是其各项生命活动的能量之源。

"当它发育成熟后，外壳的通透性会发生改变，这使得风妖可以透过壳层浸入土壤和岩石之间。这段时间，它会对周围环境进行改造。这其中的具体机理我们还没有弄明白，不过结果很清楚：土壤和矿石中的一些特定成分，比如硫化物，会产生结构相变，形成一种风妖所需的物质——就是我们刚才提到的超聚体。身为超流体而存在的风妖，在通过这种物质的时候完全没有阻力，所以这种改造过程，相当于扩展了它可以自由活动的区域。借助这些遍布地下的超聚体网络，风妖得以游刃有余地穿行于地下世界中，它就是这个世界的王！在地下巡游时，风妖还会吸收一部分超聚体，将其内化为自身的一部分，就像动物在进食一样。就这样，在不断开拓地盘的过程中，它的体积也越变越大，到了某个临界值时，在其体内会凝结出一个新的固体核心——那就是它的孢子。

"接下来,就进入了它的繁殖期。在这个阶段,它会首先移动到一个精心挑选的山谷的底部,通过一系列的化学反应,让土壤中的超聚体产生电荷极化,并吞噬其带负电的一端——带正电的剩余部分则会被蒸发,进入大气之中。这些带电的超聚体微粒在库仑力的排斥和山谷地形的约束下,会迅速而均匀地散布在谷内的大气中,形成类似固体晶格一般的有序态,从而在当地造成消声现象。之前在火星的矿场里,便是发生了这样的状况。那个时候,在费勒格森峡谷里,正好有一个刚进入繁殖期的风妖。"

"被我表哥发现的那个?"宫鸣插嘴问。

"对,就是它。"师兄点了点头,继续往下说,"在吞噬了大量负电荷之后,风妖会在体内构筑出众多带电的涡旋流。因为其超流体的特性,这些涡旋可以无损耗地持续存在。本质上,它们就是一个个环形电流,或者更直接地说,是电磁铁。数量众多的电磁铁精心地操控着,在山谷上空形成一个宛如倒立漏斗状的磁约束区域。这个无形的电磁屏障将山谷中带电的超聚体微粒牢牢地锁在其中,其出口只有上方的一个细长的管状区。在这种约束之下的超流体系,一旦受到热激发,比如阳光的照射,就极容易在热机效应的驱动下形成超流喷泉。那个时候,大量的超聚体微粒会从四周汇聚到中央细管之下,其导致的高压将足以克服重力的作用,让这些超流粒子沿着管状区域向上喷出,像公园里的喷泉一样。

"这时,风妖将释放出体内的孢子,借助于喷泉的力量,将其射入高空之中。虽然我们并没有真正目睹过这样的景象,也不曾捕捉到它释放的孢子,但通过一些理论计算,我们发现这样喷射出的孢子可以达到很高的速度——如果在一个半径小于一千公里的岩石星球上,它甚至可以超过星球的逃逸速度,直接让孢子进入太空之中。"

"那东西在太空里也可以生存吗?"记者好奇地问。

"完全没有问题。孢子在休眠状态下,对环境几乎没有什么需求,宇宙射线对它也没有影响。它们可以数千年、数万年地漂流在冷寂的宇宙空间中,直到被某个星体的引力所俘获——如果那里的土壤和温度适合,它们就能迅速地成长起来。"

"所以火星上的风妖,也是从别的星球上迁徙而来的?"

"很有可能。但它却无法再离开火星了——那里的逃逸速度对它来说太高了。"

"但它还是离开了——你们把它带到了地球! 你们到底拿它搞了些什么名堂啊?"

"百闻不如一见,我带你们去看看就知道了。"导师高健适时地接过了话头。

12

几个人从实验室出来,向着地下网络的中心处走去。一路上,高健简单地向宫鸣二人介绍了对风妖各方面的研究情况。原来,围绕风妖进行的各种研究已经形成了一个门类众多的复杂体系,其中最核心的有三个小组: 物理组、化学组和生物组。高健掰着手指,逐一说起了这三个小组的研究方向。

化学组负责分析超聚体与风妖体内物质的化学组成,并试图从理论角度阐释它的超流机理。这其中涉及的东西太过专业,高健也不太清楚,所以并没有多说。对于生物组,他了解得更多一些。这个组重点关注的是风妖本身,最初制定的目标是: 明确其生理活动的机制。简单来说,就是搞清楚它是如何在一个超流系统中完成各项错综复杂的生理活动的。后来,发现风妖可以将环境中的某些物质变成超流体后,有人突发奇想,将一些动物放在风妖改造的地下环境里,看看能不能人为制造出新的超流动物。毫不意外,这些尝试全都以失败告终。动物骨骼和细胞膜上的一些物质确实可以转换为超流态,但并不能和其他的正常态物质协调运作，导致动物骨架很快崩解——就像宫鸣看到过的那条蛇一样。

不过，这项实验倒是产生了一个副产品，算是多少有些收获。在一次实验后，作为样本的动物虽然死亡，但其皮肤上感染的一种叫"偏侧蛇虫草菌"的真菌却表现出异常旺盛的繁殖力。它们在动物尸体上疯狂地增殖，很快就遍布全身，像是在身体上长了一层厚实的白毛。接着，更离奇的事情发生了：本已死亡的样本动物竟然又重新动了起来，像是复活了一样。后来的研究发现，这种真菌会渗透到动物躯体内的每个位置，包裹住每一块肌肉，然后通过释放特定的化学物质，直接控制这些肌肉收缩和舒张，从而操控尸体做出各种动作。这种现象并非首次发现，很早以前就有科学家在圭亚那丛林中的蚂蚁身上发现过，但这次的结果更为特别：在操控动物的过程中，这些寄生真菌群落竟表现出明显的群体智慧的迹象。它们可以通过体表的"白毛"感知外界的声音，发现猎物，从而操纵傀儡动物捕食。此外，这些傀儡还会定时排泄，但排泄物的成分发生了明显的改变，质地非常细腻和松软，量也增加了不少。这些生理活动涉及极端精细和复杂的菌群间的协调和信号传导的过程，让研究人员大为惊叹。他们目前正在研究，在超流化的过程中，这些真菌的内部构造到底发生了何种改变，竟然可以产生如此惊人的效果。

"就是我们看到的雪人？"宫鸣回想起那个怪兽的样子，猜测它在被真菌寄生之前是一个什么动物。大猩猩、狗熊、河马……不管是什么，它现在都已经面目全非，完全无法辨认了。

"不错！听说你们上次还差点遇险，还好没有出事。"高健再次拿出 ID 卡，刷开眼前的大门，"不过，虽然化学组和生物组的研究都是些具有开创性的重要方向，但比起物理组来，他们又相形见绌了。"说完，他推开大门，大步迈入。宫鸣等人跟着走进去，立刻便被眼前的景象震住了。

这是一个广阔得几乎看不到尽头的圆形大厅。它有着数百米高的巨型穹顶，其间没有任何支撑。穹顶上全都镶嵌着黑色的玻璃面板，一些面板闪耀着光芒，另一些则显得较为暗淡,明暗交织,错落有致。在宽阔的地面上,以环形结构分布着上千个动态线圈。每个线圈的直径都超过十米,下方是承托着它们的精密而厚重的基底。这些线圈绕着大厅中央,以两两对称的方式维持着各不相同的姿态。迈步进入大厅,就像是进入了一个巨型的倒置沙漏之中,每个人都比沙漏中的一粒细沙还要渺小。在大厅的穹顶中央,沿着鹅颈状的顶部一路向上,有一个露天的圆孔。从孔隙中可以看到湛蓝的天空和浅淡的白云。

宫鸣突然领悟到自己所在的位置——这里是锥子山下!换句话说,整个锥子山的山体实际上是空的。这间恢宏的大厅,铺就于地面之下,贯穿于奇峰之中,最终从山顶处破土而出,其构造之雄奇令人惊叹。

"看看这大厅,你们想到了什么?"高健笑着问。

"像一个教堂!"宫鸣感叹道,"但这里比任何教堂都要宏大。它让我觉得神圣,也让我心生畏惧。"

"你呢?"高健看向记者。

"我说不好。"记者挠了挠头,"不过,这里的构造让我觉得有些熟悉,好像在哪里听说过。"

"你的感觉很敏锐。"高健挥手指向大厅中央,"你们刚听过了风妖孢子的喷射方式——这里进行的实验就是对这个过程的一种仿生学模拟。你们看这些线圈,它们每一个都由超导材料制成,冷却系统就位于下方的基底之中。这些超导线圈可以模拟风妖体内由带电超流体涡旋产生的电磁约束网络。"他指向大厅四周,那里分布着众多的通风口。"这些通道连接着山体外部,也就是村子所在的山谷之中。在村子里,我们通过化肥厂提炼了大量超聚液,收集之后,将其蒸发于山谷之内,这就模拟了风妖在繁殖期所做的准备工作。在大厅中央的地下,有一个由智能系统控制的弹射器。当实验启动后,大厅里将被灌注和山谷内一样的消声空气,超导线圈随即启动,产生磁约束区域。接着,穹顶上的发光板将上方的超流气体加热,通风口开启,外界气流涌入,在大厅里制造出巨型的超流喷泉。智能系统通过接收到的传感器数据判断是否达到合适的发射时机。一旦时机成熟, 弹射器便将运输舱弹入超流喷泉之中, 让它可以通过上方的闸口喷射出去。说真的, 那场景可是相当壮观, 一点也不逊于传统的火箭发射。可惜今天并不是放风日, 要不然你们真应该亲眼看一看。"

"其实我们看过一次。"宫鸣回忆着在放风日那天看到的景象。现在想来, 那天在半空中看到的发光的球状物, 大概就是发射升空的飞船吧。

"和火箭相比, 这是不是可以叫'风箭'啊?"记者打趣道, "不过我还是很怀疑, 只靠风, 真的能把飞船发射到太空去?"

"有几个因素需要强调一下。"宫鸣的师兄插嘴道, "其一, 因为磁约束的存在, 超流气体在大气层中形成了相当长的一个长尾区域, 这使舱体在喷射过程中避免了很大一部分的摩擦损耗; 其二, 舱体本身其实也可以与地面的电磁场相互作用, 也就是说, 它相当于一个弱化的电磁炮弹。所以, 它其实是在风和磁的双重助力之下发射升空的。"

"你们实验成功了吗?"

"暂时……还没有。"师兄露出一丝羞惭之色, "理论上没问题, 不过目前还有很多技术细节需要调整。上次实验我们已经摸到了八十万米的高度, 只要再改进一下……"

"好啦, 好啦, 参观到此结束!"高健似乎觉得宫鸣的师兄说得太多了, 插嘴打断了后者的话, "你们还有什么疑问吗?"

宫鸣想了想, 总觉得还有很多问题横亘在心里, 但一时又说不出来。在这短短的几个小时里, 有太多令人震撼的内容灌入脑中, 这让宫鸣陷入了暂时的迷乱, 一时间竟分不清哪些是现实, 哪些是妄想了。

消声事件、费勒格森、火星矿石、姜轩之死、风妖、雪人……所有的一切都得到了解答。宫鸣生出了一种谜题解开后的虚脱感。

但在很长一段时间里, 他都只能把这一切藏于心里了。也许在十几年甚至几十年以后，通过超流喷泉发射的航天飞行器可以取代昂贵的化学推进火箭，让人类真正进入太空时代；变异真菌控制肌体的生理机制可以彻底查清，进而制造出人类可控的生物傀儡，那将是纯粹由有机体组成的"生物机器人"。但这些惊人的研究目前还被一层厚厚的消声气体笼罩着，不为人知。

有谁会想到呢，宫鸣感叹道，在这个偏僻的小山村里，正酝酿着足以改变世界的科技革命。

外　篇

其一

惊心动魄的一天结束了。见天色已晚,高健便安排众人在基地里休息一夜,第二天再由宫鸣的师兄送回去。住宿的房间虽然在地下,但通风系统做得很好,一点也不憋闷。宫鸣到了房间,倒头就睡,一直到凌晨时分才醒过来。醒来是因为有人敲门,声音不大,但敲击方式很规则,像是发电报似的。

宫鸣起身开门,门外空无一人。低头一看,地上放着一块石头,下面压着一张纸条。纸条上只写了短短的一句话:

> 转告姜凯,我很好,不用自责。
>
> 姜轩

纸条上的内容让宫鸣睡意顿消,他立刻跑到屋外的走廊里,来回搜查了几遍,还是没有看到送信人的影踪。他皱着眉头,反复查看纸条:从左看到右,又从右看到左，翻来覆去地看，放到灯下透过纸页看，始终就只有这一句话。可是这句话令他完全无法理解。

姜轩已死，所有人都这么说，从普通村民到自己的表哥，自己还看过他的墓碑。可是现在这个死人突然跳出来，一笔一画地给自己写了一张纸条，一下子在宫鸣刚平静下来的心里又掀起了巨浪。他在走廊里徘徊着，思索着。这是一个恶作剧，还是有谁想假借姜轩的名义向自己传递什么信息呢？

又或者，姜轩的死是一个假象，这背后隐藏着某种阴谋？

宫鸣想起了那个动辄把阴谋论挂在嘴边的记者，犹豫了一下，还是走到记者的房门前，敲了敲门。下一秒钟，门就打开了，让宫鸣有些吃惊。

"这么晚还没睡？"宫鸣看记者穿戴齐整，屋内的灯也亮着。

"哪儿睡得着啊！"记者把宫鸣让进屋内，"正愁着怎么交差呢。"

原来，记者在为自己要写的深度报道而发愁。既然签过了保密协议，自然不能把这里的真相诉诸笔端，但来调查了这么久，如果不写一篇报道交上去，也实在是说不过去。

"你就写化肥厂排出废气，导致空气消声的那一套不就行了。"

"不行啊。"记者摇了摇头，"前几天主编问我进展如何，我说一切顺利，还把当时已经发现的诸多线索都告诉了他。如果我再写一篇敷衍的报道，肯定是过不了他那一关的。"

"连风妖和雪人的事也告诉他了？"

记者沉默地点了点头。宫鸣哭笑不得地叹了口气，一时也不知该说什么了。

"我们设想一下啊，"记者拿起笔，在一个笔记本上写写画画，"假如我们今天没有潜入地下基地，也没有听你导师的那些解释，而是直接离开了村子，那么我会怎么写这个报道？有没有一种可能性，能够串联起我们之前发现的所有线索，却并不违反我们今天签署的保密协议呢？"

"也就是说，不提超聚体，不提变异真菌，也不提超流喷泉发射系统，还要对之前所有的奇遇编出一套合理的解释？"

"对，"记者点了点头，"你有什么建议吗？"

宫鸣的第一个感觉是根本不可能。他看到记者在本子上写下一系列关键词，看来那都是他对主编汇报过的线索。铅笔在线索间来回勾勒，描出一团团混乱的线条。在"姜轩"这个关键词上，也有众多线条交织于此。看到这里，宫鸣突然心里一动，脱口说道："如果姜轩没死呢？"

"什么？"记者一脸不解。

"你仔细想想啊，"宫鸣整理了一下自己的思路，"其实姜轩在火星上被风妖吞噬后，并没有留下尸体。姜轩的墓中，也只是埋了一些平时的衣物。那他有没有可能并没有死呢？"

"你这个假设毫无意义啊！所有人都知道姜轩死了。而且，就算他活着，又能怎么样呢？"

"不，你没有理解我的意思。"宫鸣解释道，"你看，笔记本上所有的线索都交织在一起，相互关联，形成了一个紧密复杂的网络。你想找出一种不同于真相的解释，又要完整地包含所有的线索，那几乎是不可能的。但是，如果这些线索中，有一个出现了反转，那么它就会带动其他线索在原来的基础上产生偏差，最终让整个故事面目全非。这样，你不就可以写出一篇漂亮的报道了吗？"

"厉害啊，"记者认真地想了想，"你还真有一套！"

其实我是个科幻作家，宫鸣想，编故事是我的长项。

记者拿起笔记本，看了看，在姜轩这一条线索后面加上了"假死"二字，"那我们就假设姜轩没死吧，看看会怎样？"

"如果是这样，那他应该是在风妖的吞噬下幸存下来。有可能是及时躲开了，又或者是风妖并不想吞噬他——毕竟风妖想要吞入的是空气中的超聚体微粒，如果把他裹入其中，对孢子的发射应该不利吧？"

"好，那我们假设在关键时刻，风妖把他弹开了。"记者用笔记录下这个结论，

"既然如此,火星基地的工作人员事后应该会发现他吧,为什么又对外声称他遇害了呢? 这样做对他们有什么好处呢? "

两人沉思了片刻,推演似乎刚开始就卡壳了。"我们换个角度来看,"良久之后,宫鸣提出一个思路,"发布姜轩的死讯,对谁的影响最大? 对于一般村民并没有什么实质性的影响。对他的亲人来说,当然是万分悲痛,甚至会痛恨这家公司,这对他们并非什么好事。只有对一个人,这件事会产生巨大的心灵震撼,影响他的一生——那就是表哥姜凯。"

"所以,他们这么做就是为了让你表哥产生愧疚感? "

"不单是愧疚感,他们实际上是捏住了表哥的一个把柄,让他以为自己失手杀人的事被对方掌握了。"

"可是,这又是为了什么呢? "

"有很多可能。"宫鸣感觉自己的思路被打开了,"比如,为了防止表哥闹事。你对我表哥可能不太了解,他从小就是个刺头,看热闹不嫌事大,还很喜欢替人出头。高中的时候,学校安排暑假补课,他就带头抗议,到处发传单,组织学生在社交媒体上写文章。后来我才知道,是他上课玩游戏被没收了手机,为了报复学校才这么做的——他就是这么个人。你设想一下,有没有这种可能: 在被大夏集团招聘后,因为某种原因——比如因赌博欠下巨额债务,他向集团借钱,但后者不答应,于是他威胁对方要曝光集团的某个机密。集团虽然被迫答应了他的要求,但总觉得他是个隐患,于是借着姜轩这事,彻底拿住他的软肋,让他再也不敢和集团作对。"

"倒是说得通,不过有个关键的问题: 他用来威胁集团的机密是什么呢? "

两人讨论了一阵,提出了许多选项,但仔细推敲,又觉得都不太合理。一时间,推演又陷入了僵局。

突然,记者像是想起了什么似的,翻开折叠电脑搜索了起来。"我想起了一则很早之前的新闻,跟我们刚才讨论的这种情况很像。那时候我刚进报社,只是一个实习记者,跟着一个前辈跑去做采访。那是一家游戏公司,叫什么来着?啊,找到了!就是这篇,你看看。"记者把电脑放到宫鸣面前。

这是一则简短的新闻稿,发表在国内新闻版面的一个小角落里。

以举报之名要挟公司　竟牵出非法代练集团

本报讯(记者 闫岩,武海林),大学生刘某因校园贷还款压力,竟以举报对方开展非法业务为由,向自己兼职的游戏代练公司索要钱款。在与公司谈判过程中,为了给对方施加压力,刘某在视频网站上传了部分代练视频。近日,警方依据相关视频线索,顺利破获了一个大型非法代练集团,一举抓获了相关犯罪嫌疑人五十六名。

据了解,刘某在公司兼职时无意中发现公司开展有沉浸式游戏代练业务。与普通游戏不同,近年来兴起的沉浸式网游,需要玩家在全封闭的感应舱中玩游戏,营造出极强的真实感。有研究指出,长期沉迷于这类游戏将对玩家的大脑产生不可逆的影响,对现实与虚拟环境的认知造成混乱,诱发分裂型人格障碍、自闭症等多种精神类疾病。去年3月生效的《沉浸类游戏管理条例》对玩家的上线时间进行了严格的约束,并严禁在这类游戏中开展任何形式的代练业务。

警方提醒广大玩家,在享受沉浸式游戏的同时,不要在虚荣心的驱使下寻找代练,也不要为了眼前的利益去承接代练业务,在损害健康的同时,也违反了国家的法律。

"游戏代练,"宫鸣对这个领域不太熟悉,"这是什么工作?"

"一看你就不怎么玩游戏。"记者解释道,"现在那些网游基本都要练级,有些人怕麻烦,或者耽误时间,就把自己的游戏账号暂时交给别人,让别人帮自己练级。像这种沉浸式网游,除了以上原因之外,很多人还有健康方面的担心,所以代练需求尤为突出。据说这背后隐藏着一个上百亿的市场,已经形成了一个完整的地下产业链。国家每年都要重点整治几次,但还是禁绝不了。"

"那你平时玩这种游戏吗?"宫鸣把电脑还给记者。

"哪有时间啊!"记者吐槽道,"你没做过媒体,可能不太清楚。干我们这行的,经常忙得连饭都没空吃。像这篇稿子,主编已经催了我好几次了,让我明天必须交稿。这不,今晚又得加班赶工。游戏?我有十几年没碰过了。"

"这新闻上说,长期玩这种沉浸式网游会对大脑造成不可逆的损伤。既然这样,那些帮玩家练级的人,岂不是冒着极大的风险?干什么不能挣钱啊,非得干这行?"

"你们这些搞学问的,在象牙塔里待久了,太不了解社会了。"记者一脸无奈地摇了摇头,"不是所有人都可以像你们那样,舒舒服服地待在办公室里,查查文献,写写论文,就万事大吉了。很多人是要拼上自己的命,才能勉强活下去的。"

"写论文可不像你讲的这么轻松……"宫鸣正想反驳,突然觉得记者刚才说的话很耳熟,又一想,好像表哥前几天就说过这样的话。

"人在没钱的时候啊,真是什么都敢干!"表哥说话的神情又浮现在宫鸣眼前,"我不像你那么会读书,想要赚钱,就只有拿命去拼。我就是这种人,把钱看得太重,把命看得太贱了。"

"说起来,我表哥好像挺喜欢玩游戏的。"一想到表哥,宫鸣又顺带着想到了在书柜里看到的那些写满笔记的游戏杂志,"也不知道他找过代练没有——啊,不对,以他的经济状况,肯定是找不起代练的,给别人做代练倒是很可能。以他那种性格,不管代练有什么风险,只要钱给够了,一定肯干!"

听到这话,记者突然眼前一亮,"对啊!我们能不能移花接木,把这个新闻嫁接到我的报道里面呢?"

"什么意思?"

"我们就写,大夏集团在经营航天业务的同时,还涉足多种行业,其中就包括沉浸式游戏代练。你表哥就是他们雇用的一个代练员。后来你表哥缺钱了,就拿这事来要挟公司。"

嫁接得真是生硬啊,宫鸣想,完全是把那个新闻照搬过来了。不过这样倒确实是解决了推演的障碍,而且也有一定的合理性。

"可是……这样写真的没问题吗? 一件毫无根据的事,你这样东拉西扯编一篇报道出来,不怕集团告你诽谤啊?"

"有什么关系,我们又不是什么正经的大报。"记者满不在乎地回答道,"现在这个时代,像我们这样的小报,如果不搞些耸动点的新闻,哪儿还有人看啊。现在传媒圈就是这种风气,大家都这么干。大夏要告我们诽谤,我们求之不得——那相当于给我们报纸打广告啊! 说实在的,现在这些读者,基本都是把我们的报道当故事来看,谁也不会太较真。真真假假,像那么回事就行了。"

宫鸣听得一愣一愣的,"那这不就和我写小说是一样的了?"

记者一听连忙握住宫鸣的手,"原来是同行啊! 幸会幸会!"

宫鸣有些不好意思地缩回了手,想了想又说:"既然是编故事,那我觉得你这个故事的冲击性还不够。如果是我来写,大概会换一种写法。"

"哦?"记者显得很有兴趣,"请指教!"

"前面基本一样,但在涉及大夏集团的时候,你的故事反转力度不够。我会慢慢向读者揭示,其实大夏集团根本就不是一家航天企业,而是一家彻头彻尾的游戏代练公司。近些年因为国家加强了治理力度,那些非法代练公司在城里待不下去了,于是就干脆整体转移到这样的偏僻山村里。为了阻止外来人员进入,他们甚至连村外的公路都破坏掉了。那些被他们招募的村民,其实都是在帮人玩游戏练级。"

"这个说不通吧——他们不是说去火星采矿了吗?"

"那大概是游戏的一部分吧! 不是有很多这样的游戏吗? 去外星采矿,然后建立基地什么的。你想啊，这是一个沉浸式游戏，在长期的游戏过程中，村民们很可能已经分不清哪些场景是现实，哪些场景是游戏了。所谓的火星，不过是虚拟游戏的背景罢了。这也解释了为什么我们在村子里没有看到任何航天发射装置。"

"可是地下有啊！我们看到的那个宏伟的超流发射装置……"

"那都是假的。"宫鸣解释道，"我们在地下经历的所有事情，都只是一场游戏。地下基地、雪人怪兽、超流发射场，都是游戏的背景设定而已。你想想，我们进入地下，在仓库中发现了火星矿石，接着又意识到矿石提取液可以让空气消声，恰好我们遇到的怪兽就是通过听觉来进行捕猎的，于是我们就使用提取液阻隔声音，通过了怪兽守卫的路段。老实说，这太像游戏的桥段了——从某个角落里捡到道具，使用道具战胜 boss。虽然我不怎么玩时髦的沉浸类游戏，但我以前玩过很多冒险或者逃脱类的游戏，现在想来，那不过是把老旧的套路换上一个新鲜的壳子罢了。"

"我们碰到的那些研究人员，难道都是游戏里的 NPC？"

"当然！"

"难道你的导师和师兄也是 NPC？"

"那倒不是，他们应该确实是这里的研究员。"宫鸣回忆了一下，"师兄很早以前就跟我说过，导师在校外的一家企业兼职。顺便提一句，我的导师是一位心理学家。他的研究方向很杂，如果我没记错，其中一个方向就是'高度沉浸式游戏对人类心理的影响及干预措施'。我猜，他大概是在这里做心理治疗师。"

"那他干吗要派你来这里做什么心理调查呢？"

"这个问题，我一开始也不明白，但现在我想通了——他们是为了排除隐患。在他们的刻意经营下，所有的村民都相信大夏是一家航天企业，而对自己实际上是在做游戏代练的事实一无所知。为了防止有人发现真相，他们会以各种名义定期对村民进行心理调查，来检查其中是否有人对此产生怀疑。"

"或许你表哥就曾经怀疑过。"

"是的,但他现在显然已经打消了这种怀疑。在游戏中,通过制造某些强烈的刺激,可以加强人类对虚拟场景的信任度。这是我导师以前在一篇论文里提出的观点。"

"所以,这才是姜轩之死的真相?"

宫鸣点了点头,停顿片刻,又给出了致命一击,"你不觉得我们每次进入地下所用的换气舱,很像是那些沉浸式游戏的感应装置吗?"

记者的嘴巴越张越大,几乎快合不上了。过了半晌,他突然长吸一口气,然后大笑起来,"哈哈哈,你太厉害了!故事编得一套一套的,跟真的似的,我差点儿都相信了!别的不说,村里的消声现象,你怎么解释?"

"或许真的就是化肥厂的废气导致的。"宫鸣打趣道。

"得,绕了一圈又回来了。"

"其实这一点并不影响大局。消声气体可能真的存在,或许就是我师兄博士期间的研究成果。导师觉得这东西很有用,就把我师兄招来做博士后,顺便给他提供实验经费,让他可以用整个山谷做实验,研究气体的各种宏观物理效应。于是,整个村子都陷入无声的状态,给他们的违法行为又加了一层盖子。"

"有趣!如果把胁迫你表哥保密叫作心理消声,那么这个就可以叫作物理消声了。种种消声措施,加上妖异的神话传说,足以把真相掩盖得密不透风了。不过说到底,这都是你的臆测罢了,你有什么确切的证据吗?"

宫鸣犹豫了一下,将刚才发现的那张纸条拿了出来。记者皱着眉,翻来覆去地看了半天。

"这什么也证明不了。"记者说,"谁都可以写这样的纸条,你并没有亲眼见到姜轩,对吧?"

宫鸣点了点头,"所以我刚才说的只是一种假设罢了。"

"那我为什么要相信你的游戏阴谋论,而不相信白天你的导师说的那些呢?如果要用阴谋论解释这一切,我还有另外一种解释,或许更接近真相。"

"哦？那你说说看。"

"这张纸条是你的导师伪造出来，故意放在你门口的。"

"为什么呢？"

"为了混淆你的认知。你想啊，这些研究如此惊人，集团里的人想尽各种办法封锁消息。虽然我们签署了保密协议，但他们真的能够完全放心吗？我看未必。导师知道你是个好奇心重的人，而且想象力特别丰富，就故意留一张纸条给你，让你对之前的所有解释产生怀疑。这样就轻而易举地为集团的秘密又笼上了一层面纱。只有当一切笼罩在迷雾之中时，真相才不会轻易被泄露，因为谁也不知道真相到底是什么。"

记者说的一点没错。本来宫鸣以为自己知道了所有秘密，但现在却又重新陷入混乱之中。这是特地为他们定制的"消声方案"，就像通过威胁让姜凯"消声"一样。

"看这墙，"记者摸了摸用条石砌成的冰冷墙壁，"这种冰凉的触感、粗糙的纹理，太真实了！如果地下迷宫只是游戏的场景，那我们现在应该还在虚拟世界之中。现在的虚拟感应技术已经到了如此先进的地步了吗？"

"谁知道呢？"宫鸣耸了耸肩，"在如今这个技术爆炸的时代，再先进的技术都不会让我感到惊讶。不过，有时候，真真假假其实并不重要。身处其中，能触碰到它的质理，感知到它的温度，这样的世界，对身处其中的人来说，自然就是真实的存在。别的先不说，你觉得我编的故事怎么样，写报道的时候能用上吗？"

"不行不行，"记者连连摇头，"你的故事虽然很好，但未免太过离奇了，远远超过了一般读者的接受范畴，写成新闻报道是万万不可能的。虽然我们是花边报纸，但刊登这样夸张的报道也太过分了。我觉得倒挺适合写成小说的，要不，你写一个，我帮你在副刊找个位置？"

"好啊，一言为定。"宫鸣干脆地答应了。

"这个小说可不好写啊！千头万绪，错综复杂。你打算从哪里写起呢？"

确实不好写，宫鸣认真地思考着，要不，就从"马家岙"的名字由来开始吧。

其二

等宫鸣和记者回屋休息以后，高健立刻来到地面，推开了村长的家门。那个额头上带着一道狭长伤疤的村长，一脸谄笑地出现在高健面前。

"怎么样？他们没有起疑吧？"还没等高健发问，村长的显示屏上率先出现了文字。

高健摇了摇头，迈步进了小院。村长把院门关上，回头一看，高健已经进了屋，坐在一把木椅上，头上的问话显得颇为严厉："你到底在搞些什么?！"高健详细地了解了村长这几天的所作所为，在他看来，一切麻烦都是这个家伙造成的。如果不是他，事情根本不会变成今天这个样子。

村长的表情有些尴尬，额头上的伤疤扭曲成一个"S"形，"这……都是那个记者带来的麻烦。我已经在入村公路那一片布置了多条警戒线，防止外人进入，但是那家伙是从一条野沟子里钻进来的。其实那边我们也安排了人，但是……这次确实是我们大意了。"

"把他赶走就行了，为什么惹出这么多事？"

"一发现他，我就让村民赶他走，而且按照预案的指示，把化肥厂废气那一套说辞拿出来。但谁也没想到，他表面上说要走了，结果趁我们不注意，杀了个回马枪。等我再次发现他的时候，已经晚了。"

"怎么？"

"他已经发现了地下的游戏舱。"

"那又怎样，我们改造得那么彻底，他不会发现那是虚拟现实装置的。"

"但是他还阅读了旁边放着的背景设定。你知道，这些东西都是我们编出来骗那些村民的，让他们以为自己是在火星上采矿。但这些设定骗骗村民还可以，要让他相信，就很难了。就这么把他放走，我怕迟早会出事。所以我只好先把他迷晕了，暂时绑在姜轩的废屋子里。但是这个节点上，又出了意外。不知为何，宫鸣突然闯了进来，我只好把他也……"

"行啊，你真行！"高健气得笑了起来，"你在外面打工那几年真没白待，学了些真本事啊！"

"我这都是为了集团啊！"村长露出一副委屈的样子，"要是被他们发现，我们表面上是一个航天集团，背地里其实是搞游戏代练的，那不也麻烦吗？"

高健静静地看着他，等着他接下来的解释。村长顿了顿，见高健没有反应，只好接着讲下去。

"后来我想到了'地宫探秘'这个游戏。在我们目前代练的这些游戏里面，它的沉浸感是最强的。上次你带我体验的时候，我几乎感觉不出来这是虚拟环境。所以我就产生了一个大胆的想法，顺势逼着他们藏进地下室。我把游戏里的地图拿出来，提前做成一份文档，放在游戏舱上，让他们误以为这是进入地下的移动舱，他们果然上当。一等他们进入游戏舱，我就开启了虚拟装置，让他们以为自己真的进行了一趟地下探险之旅。之后，我还带他们去了化肥厂，让他们对这一切更加深信不疑。"

"你呀你，"高健有些哭笑不得，"做事情之前能不能先通知我一声，或者问问我的意见？"

"这次实在是情况紧急，"村长习惯性地摸了摸额头，"下次不会了。"

高健抬起头，看了看村长额头上的伤疤，长长地叹了口气。

其三

彭青，也就是宫鸣的师兄，在第三天傍晚才重新回到地下实验室里。他泡了一杯浓浓的黑咖啡, 灌入自己疲惫的身体里, 就像刚才往长途行驶的汽车里加满汽油一样。歇了不过几分钟, 导师的电话就打过来了。他叹了一口气, 打起精神来, 换了一身衣服, 去了导师的办公室。

"辛苦你了," 导师高健拍了拍他的肩, "送回北京了?"

"师弟回到了宿舍。那个记者在县城下车, 自己走了。"

"一路上反应如何?"

"还行。"彭青回忆了一下, "我试了五六次, 引导他们说出'风妖''超聚体'等关键词, 但都没有成功。看样子疫苗起效了。"

保密协议只是一个幌子, 没有人相信依靠一纸文书就能让人闭嘴。禁言疫苗才是真正的撒手锏。疫苗是在他们熟睡的时候注射的, 其实这才是让宫鸣回村的真正目的。所有与村里有联系, 而又在外地居住的人, 都是潜在的泄密隐患。宫鸣本科期间一直待在国外, 读研后才回国。他是这批人里最后一个注射禁言疫苗的。

生物组对变异真菌的研究远不止宫鸣看到的那些。它既然能够让动物的运动系统协调运作起来, 自然也可以接管更多的机能, 甚至人为地、标靶式地对动物的肌体进行操控——这就是所谓的疫苗。注入了由变异真菌制成的疫苗之后, 从根本上断绝了受体泄密的可能。不管是在语言, 还是文字上。每当涉及某些关键词时, 受体的神经系统和肌肉系统便会不自觉地被真菌控制, 从而绕过这些关键词, 而本人并不会察觉这其中的异样。

"那村长是怎么回事?"彭青看上去很气愤, "如果不是他有意把外人引入我们的地下网络中, 事情哪会弄得这么复杂!"

"是啊, 那家伙太不让人省心了。"高健苦笑一声, "我问过他了。说起来, 也算是我们弄巧成拙了。之前为了让他组织和联络村民, 同时为集团的动向保密, 我们骗他说大夏集团是一个游戏代练机构。虽然多少有些违法, 但绝对能挣大钱。他确实相信了, 也组织了很多人去山谷出入口警戒, 防止外人进入。但这人有个大毛病，就是太自作主张了！像这次，为了掩盖他以为的秘密，竟然把人引到交通舱里，差点儿坏了大事。不过我做了一些补救措施，你来看。"他打开一个监控视频，显示的正是宫鸣和记者深夜讨论的那一段。

"那纸条是你放的？"

"虚则实之，实则虚之。对付聪明人，就要用聪明的办法。虽然禁言疫苗很可靠，但能不触发就尽量不触发。让他们产生自我怀疑，是消解真相的最好办法。"

"这样也好。"彭青回忆了一下，"说起村长，之前的'1号疫苗事件'也是发生在他身上的吧？"

1号疫苗，在集团内部又被称为消声疫苗。这种疫苗是在火星消声事件后，被生物组发现的。这是他们发现的第一种疫苗，后面的变异真菌实验，正是在这种疫苗的启发下发展出来的。

繁殖期的风妖，在向空气中散布超聚体颗粒的同时，还会分化出大量的单细胞子体。这些子体在接触到动物之后，会侵入并寄生在其耳内。它们会收集空气中的超聚体颗粒，在耳膜外织成一张由超聚体组成的双分子薄膜，吸收外界传入的空气震荡的能量，从而导致宿主丧失听觉。这才是消声的真实原因。研究人员曾推测，风妖的原生星球上很可能存在一种听觉灵敏的天敌，风妖的这种行为是为了躲避天敌而进化出的本能，就像小龙虾在繁殖期会拼命打洞一样。但是，这种薄膜的结构并不稳定，在吸收声波的同时，部分超聚体分子会发生结构相变，从薄膜上脱落下来，因此需要不断从空气中补充新的超聚体分子，以维持动态平衡。简单来说，要达到消声的效果，风妖子体只能在富含超聚体的空气中才能实现。

但有一次，事情出现了意外。在整个村子都被子体感染，丧失了听觉的情况下，村长竟然暂时性地恢复了听觉。询问之下，他坦白自己不久前曾不小心掉进了河沟里。研究人员立刻对河沟的水取样调查，发现其中含有浓度较高的过氧化物，大概是化肥厂在提炼火星矿石的过程中排出的污染物。研究员们这才知道，超聚体薄膜在这种水体中会被侵蚀。很快化肥厂就引入了净化除污装置，从那以后,再也没有发生类似的情况。

他头上的疤痕就是那次掉进河沟时留下的。

"还有,村长这人口风不严。之前姜凯借着游戏代练的事来威胁集团,这事你还记得吧?这肯定也是从他那边流出去的消息。"高健又补充了一件村长的罪状。

"那现在怎么处理这事呢?"彭青问道。

"我会向董事会说明情况,申请更换联络人。"高健毫不犹豫地说道,"这人太不可控,以后不能再用了。"

彭青沉吟了片刻,突然说道:"你觉得集团会怎么处置他?会注入新的疫苗,还是让他莫名消失?"

高健也沉默了。良久之后,他才悠悠说道:"有些事,不是我们能够左右的。"

"老师,你有没有觉得集团最近做事的风格变了呢?特别是那个神秘的董事长,很多事情,都做得越来越肆无忌惮了。"

"这是难免的。毕竟这些项目关系重大,一点也不能大意啊!"高健倒是为对方开脱起来,"好啦,你别想太多,认真做事吧。等项目完成,产品上市,我们的好日子就来啦!"看上去他对项目的前景充满信心。

彭青张了张嘴,似乎想说些什么,但终究没有说出口。他只是漠然地点了点头,眼中闪过一道异样的光芒。

其四

整个地下网络的最中心,是一个极其幽暗的房间。房间大而空旷,几乎没有任何家具和摆设。房间中央有一个石砌的大平台,像一个磨盘。磨盘上有一团形状变幻不定的胶质体,时而透明澄澈,时而浑浊不清。

彭青输入密码进入屋子后,那团胶质像是从空气里感应到了他的气息,从流质躯体中很快凝聚出一个可以共鸣发声的口器。"怎么样了？"那东西说道。

"都处理好了。"彭青把近日的情况做了汇报。汇报时，他尽量低着头不去看那东西——虽然早已见惯那副模样，但每次看见时还是会觉得不舒服。他似乎感觉到自己体内的子体在活跃地蠕动，或许是感应到了母体的气息，变得欢快起来了吧。

他常常为自己感到悲哀，自己只不过是子体的奴隶，但更多的时候是为其他人感到悲哀。那些实验室里的研究员们，整天忙个不停，却完全不知道自己在忙些什么，这一切的最终目的又是什么。他们虽然不是子体的奴隶，但也可以称得上是科研项目的奴隶了。人们都以为风妖被关在生物组的监禁室里——一开始确实是这样，但不知从何时起，在所有人毫无察觉的情况下，事情已经发生了翻天覆地的改变。

彭青知道，现在关在监禁室里的不过是个分身，一个幌子。集团的董事长已经很久没有露面了，大家也并不起疑，因为他不时会召开电话会议。模拟口器发出的声音和董事长的声音完全一样——这东西在对声音的控制上真是具有惊人的天赋。

"对村长，你怎么看？"风妖问道。

"他是装的，"彭青毫不犹豫地说，"之前那次也是。我早就说过，他是有意往耳朵里灌注硫化物溶液的，或许之前还试过很多别的试剂。他在县里的化纤厂里当过很久的化验员，对化学物质很熟悉。"

"你有什么证据？"

"没有证据。但是我看他额头上的伤口不像是自然刮伤，更像是自己划破的。为了自圆其说，麻痹我们。这次把外人引入地下网络，我怀疑他也是故意的。或许他对这一切早有怀疑，但又不确定，所以借此机会来刺探一些情况。"

"好吧，这事我会处理的。"风妖活动了一下身体，把凝聚出的口器消融了，重新回到胶质的状态。长久地处于凝聚状态让它觉得不舒服，它喜欢流动，毫无滞涩地流动。流动让它感觉到自由。

它集中精神,感应了一下子体的分布状况。它们密密麻麻地分布在这颗星球的表面上,像是无数发着微光的萤火虫。它可以感觉到它们的存在,因为它们从本质上是合而为一的。

还不够,远远不够!它扭动着身躯,重新凝聚出一个口器来。

"子体的发射要继续抓紧了。"新的口器发出的声音也变了。这次不是董事长的声音,而是姜轩的声音。

每隔一段时间,成千上万个子体就会被包裹在球状的壳体中,通过超流喷泉进入平流层,再随着大气环流散播到世界各地。彭青博士论文的课题就是研究超流喷泉。这大概是它选中彭青的原因。

彭青咬着牙,答应了一声。他知道这样做不对。这是一场对地球、对人类的隐秘入侵,而自己正是帮凶之一。

他的右手放在裤子口袋里,手心里握着一个遥控起爆器。只要按下上面的按钮,这个房间的顶部就会被炸药炸开。随后,积聚在屋顶的数十吨过氧化物溶液会瞬间灌入,把这外星怪物淹没。他不知道这能不能杀死它。虽然他怂恿村长做了一些实验,证明这种溶液对超聚体具有显著的侵蚀作用,但用它来对付母体,心里却一点把握也没有。而且,他可以明确地感觉到,一旦按下按钮,体内的子体就会瞬间要了自己的命。

"你先出去吧。"姜轩的声音说道。

他暗暗地在裤子上擦了擦手。手上滑溜溜的,全是汗水。

(责任编辑: 陈 曜)

【星云会客厅】

在惊奇感之下——刘洋专访

汪旭：刘洋老师，您好！很高兴可以邀请您来我们"星云会客厅"做客。首先请您跟大家打个招呼。

刘洋：大家好，我是刘洋。

汪旭：本辑收录了您的最新中篇作品《寂静之谷》。我当时读完正篇感受到强烈的冲击，没有声音的村庄已经很离奇了，但生活在其中的人却习以为常，这更让我毛骨悚然。看了外篇之后，原本已经接受正篇结局的我被一次次反转推向不可知的结局，或许外篇才是这篇小说的灵魂？这个设计很用心，也很巧妙，您可以稍稍说说吗？

刘洋：奥森·卡德在《如何创作科幻小说与奇幻小说》一书中，曾经总结了在美国科幻黄金时代的小说中常出现的三种套路：一、科学家有了重大成果，官僚横加干涉，但科学家最后获得胜利，教训了官僚们；二、发生了奇怪的事件，科学家前往探查，在无数次推理失败后，最终揭开了谜底；三、新的机器设备在测试时出了问题，很多人（甚至整个地球或宇宙）都处于危险之中，最后，在角色英勇的努力之后，大家都活了下来或都死了。《寂静之谷》的正篇其实就是一个使用了类似这些套路的以科学家为中心的故事, 背后充溢着技术乐观主义的情绪。我早期的很多故事都采用了这样的模式。但是我最近越来越感觉到, 这样的故事模式会不会太老派、太古典了? 所以这次我在正篇之外又引入了一些新的元素, 比如赛博朋克式的游戏代练公司、新怪谈式的外星入侵生命等, 而且让外篇的故事在每一节里都呈现出一次反转, 把故事的节奏一下子提升上去, 也让故事情节变得更丰富了。

汪旭: 原来小小的叙事手段背后, 隐藏着作者求新求变的自我要求。我发现您很擅长在作品中写看似日常的生活中出现的不平常事情, 由此来展开一段完全陌生的经历, 比如《单孔衍射》, 还有这次的《寂静之谷》。这种故事更容易让读者进入其中, 同时又迅速感受到反差, 形成巨大的故事张力, 您对这样的设计有没有什么独特的经验呢?

刘洋: 众所周知, 科幻小说的核心魅力在于能给读者带来惊奇感, 挑战和颠覆他们既有的认知。构造这种惊奇感的方式有很多, 比如设计一种新奇的技术、描写一种奇特的生物等。但是, 构建这些惊奇之物固然重要, 而它们在叙事中所处的不同环境背景, 同样会极大地影响读者所产生的惊奇的程度。比如, 在一个奇幻背景的故事里, 某个情节出现了一条龙, 读者并不会觉得有多惊奇; 但如果是在一个极为写实的故事背景下, 突然出现了一条龙, 它给读者带来的惊奇感绝对是远超前者的。所以, 我比较倾向于把奇特的科幻设定嵌入日常的生活里, 通过对比来放大它的惊奇效应。

汪旭: 我读完的感受确实也是这样的。对读者来讲, 一篇科幻小说的科幻设定既要新颖、又要圆融自洽。您的物理学专业背景知识提供了有力帮助, 在《火星孤儿》里用过凝聚态设定, 在《寂静之谷》里同样用到。这篇故事的灵感来自哪里呢? 又是怎么跟凝聚态融合在一起的?

刘洋: 最早的灵感就是想写一个声音无法传导的村庄, 觉得这个场景应该很有趣。然后就想了一些可能会导致消声的机制, 其中就用到了凝聚态物理里的一些概念,比如超流、磁约束等。物理学专业的训练给我的好处就是,当我想到一些或瑰丽或怪诞的场景时,总是可以找到合适的科学路径去实现它,而不会因为担心它"不科学"而放弃掉这个点子。我最近在给一些游戏公司做世界建构的工作,他们往往会给我提一些极为玄幻的要求,第一眼看上去就很让人头疼,但一般我认真思考以后,还是可以通过各种冷僻或前沿的科学概念和科学理论来解决或逼近这些要求。我感觉现有的科学体系真是太复杂、太庞大了,几乎没人能够对其有一个全局性的了解,研究者们都专注在其中一个狭小的领域。科幻作家可不能像科学家一样工作,我们需要从大量的研究领域里寻找灵感,而且不能局限在那些高水平的研究工作上。我个人有一个感觉,在 Science、Nature 这样的高水平期刊上寻找创意灵感,效率还不如 arXiv 这样的预印本网站。越冷门、越不正统的研究,可能还越适合科幻创作的需求。

汪旭: 您讲到的角度,是我从前没有思考过的。科学研究确实是一个广阔的领域,它能容下高水平的研究,也包含那些不正统的研究——无论哪一种,都可能为科幻作家的设定提供实现路径。条条大路通罗马,也许走"小路"同样可以到达!

从您的作品中能感受到您是一个相当严谨的人,不管是描写技术细节,还是遣词造句,都透露出您一丝不苟的创作态度,我这个强迫症编辑十分欣赏这种干净爽利的文本。这是您性格使然吗? 我揣摩过,是不是因为您做科研是持着治学严谨的态度,然后创作时也是如此?

刘洋: 这个大概是受到论文写作的影响吧。除了写科幻,我平时也要写各种论文、学术著作、科研报告等,所以在写科幻的时候,特别是一些涉及技术细节的地方,可能不自觉地就转换成了"论文模式"。当然,有时候专业名词太多了也不好,我也在尽量寻找"软化"一些的描写方式。

汪旭: 专业名词太多也不一定不好,只要条分缕析地讲清楚,再把设定和情节紧密融合,读起来也没有任何问题。正因如此,我认为您的创作风格非常独特,作品中科幻核心的能量很强，科幻设定完全能够推动情节和故事节奏，连小说结构，比如反转设计，其本身也依赖技术细节。这算是您创造的个人风格吧？以后也会沿着这样的个人风格继续写科幻故事吗？

刘洋：是的。我习惯在写作之前先做好完整的设定，然后基于设定寻找故事的生发路径。这种方式的好处就是设定的自洽性很好，也能够在故事中担当核心的作用。以后我应该还是会沿用这样的写作方式，不过我会在故事性和人物塑造上加强。

我觉得一个科幻作品可以分为三个层面，首先是设定，其次是故事，最后是情绪。设定做得很好，但是故事性不强，那只能算一个科普小说。故事好看，比如能通过悬念、反转等方式持续吸引读者看完，而且也和设定相辅相成，那基本可以算一篇合格的科幻小说了。但真正优秀的科幻小说，还要有情绪，有一种能够打动读者的东西。这是我以后要努力的方向。

汪旭：我发现您回答问题的逻辑性也非常好，层层递进，没有模棱两可的说法，我都没有补充想问的了，哈哈。

以往您说大刘是对您影响最深的科幻作家，那您有偏爱的外国作家和作品吗？

刘洋：国外作家我读的不多，特德·姜和J.G.巴拉德的作品是我比较喜欢的风格。另外，东野圭吾的一些作品也勉强可以算是科幻，比如《拉普拉斯的魔女》《布鲁特斯的心脏》等，虽然设定一般，但故事构造得不错。

汪旭：您最希望创作出什么样的科幻小说？或者换句话说，您认为最好的科幻作品应该是什么样的？

刘洋：上上个问题里其实已经做出了回答。

汪旭：啊确实是，那个回答竟然预见了这个问题……这么多年的创作经历中，您有没有什么特别的收获呢？

刘洋：最大的收获就是在写作上更自信了。最初写作的时候，总觉得以自己理科生的文笔写出的小说，大概很难发表，也很难想象会有人喜欢，但现在几乎已经没有这样的想法了。

汪旭：大家都知道，您最初的很多科幻点子都源于自己的研究，那现在可以问问您，最近又有什么新的研究方向可以写成科幻小说吗？

刘洋：这个保密。我手机上有一个记事本，每次看到有意思的论文或者科技新闻，觉得有希望可以写成科幻小说的，我就立刻记下来，现在已经有三十几条了。现在的问题是时间不够，也不知道什么时候能把这些点子全部写出来。总之，等我写出来了，你们就知道了。

汪旭：好的好的，那先保密吧！这样以后读者读到的时候，才会第一时间感受到惊奇和意外。

访谈结束之后，我对刘洋老师的了解又增加了一些，他比我想象中还要认真严谨，逻辑清晰，对科幻创作有自己独特的想法和构思方式，期待他以后创作出更优秀的科幻小说。《寂静之谷》也许就是最新一篇完美展现这些个人特质的作品，是直抵刘洋老师的最佳捷径，希望所有读到它的人，都能感受到这个寂静之谷带来的震撼。

塔

他们将不再拥有作为一只蜜蜂或者齿轮的舒适，不再拥有虚拟的天堂和整齐漠然的眼神。
他们将被生活的洪流裹挟，在痛苦与欢欣中沉浮。

杨晚晴

1983年生人，科幻作者，中国科普作家协会会员。科幻创作深受刘宇昆和罗杰·泽拉兹尼的影响。在《科幻世界》杂志上发表过多篇作品，曾获中国科幻银河奖、华语科幻星云奖等多个奖项，作品数次入选《中国最佳科幻作品》，已出版科幻作品集《归来之人》《双螺旋》。

那些世间存在天堂的承诺只会令我们深陷地狱。

——[英]卡尔·波普

101110001110001

梅，我已在这里度过了无数个日日夜夜，陪伴我的，只有呜咽不已的风声和一只高山兀鹫。

此刻，那只大鸟又来了。在血色夕阳中，它渺远的身影如风中滑翔的十字架。它慢慢地盘旋，带着令人战栗的残忍与优雅，盘旋的圆心，是这块挺立在孤峰之上的冰冷巨石，和巨石之上这一摊正在朽坏的血肉。

是的，这血肉就是我。

近了。你应该可以看到它头部稀疏的绒羽、墨色的翅膀和淡色的下体。那个暴怒的人存在于虚拟与现实的边界，他把我看作盗火的普罗米修斯，而作为被忤逆的对象，他也因此完成了从人到神的升格。这个神话里当然还需要一只高山兀鹫，需要它不知餍足地、日复一日地享用同一个人的内脏——这位天神不知道的是，他大错特错了。

然而事到如今，这已不再重要。

大鸟降落在我身旁。和之前的无数次轮回一样，它会蹒跚着跳向我，歪着头打量我——它在寻找我身上最薄弱之处，那连接着我最深邃的恐惧和疼痛、神经密集的中枢。一旦它锁定目标，便会张开它的利爪，从锁骨下方开始，挖掘我的身体，扯出我的心、肺、肝、脾、胃、肾，扯出填充我的一切，撕咬、咀嚼、践踏。而我会目睹这一切发生，会在山顶凛冽的风中扭动、哭叫、诅咒。在我被啃食成一个空空如也的人形皮囊之后，兀鹫会心满意足地振翅飞去。黑夜终将降临，而我会在深紫色的星空下重新长出五脏六腑，我的伤口会慢慢愈合。

当太阳再次升起时，会有一具崭新的身体，等待一场崭新的酷刑。

梅，你知道吗？我曾无数次想象自己痛哭着，向那个长着翅膀的畜生求饶。这个世界是假的，而这具被缚在山顶的古典肉体也只是几串代码。但我们的大脑总是心甘情愿地被欺骗。那个天神擅长用虚假的神经信号模拟痛苦（你的父亲可以作证，如果他还能再次开口说话的话）——或者毋宁说，他和痛苦订立了某种契约。欣赏痛苦在别人身上如花朵般怒放是他为数不多的乐趣之一。是的，在这个虚拟世界的无尽轮回中，我想象着求饶和之后的宽恕，想象着那位暴怒的神祇用一根小指把我从痛苦的汪洋中挑出，轻吹一口气，吹灭我的灵魂之火，也许这样我们就能再次相见——我想象着。

……但那只是想象。我不会允许自己输掉这场战争——为了你，梅，为了不辜负你的牺牲。

开始了。弯曲的鹰爪切入我的皮肤。锐痛。神经元爆炸的幻象。我的肌肉绷紧，我的牙齿碾出火花。撕裂的声音，拍打羽翼的声音。汩汩涌出的鲜血和汪洋恣肆的疼痛。我咒骂，祖先和生殖器在空中激烈碰撞。咒骂。喘息。咒骂……一个停顿。一个在此前的轮回中从未出现的停顿。这个停顿足以令我从痛苦中探出头去，与刽子手对视——

我看到，它长着和我一样的琥珀色眼珠。

梅，这一刻终于到来了。

"父亲。"我说。

它扯出我的心脏，我听见主动脉在瞬间释压时的呼哨声，我的眼前腾起粉色的薄雾。

"父——亲。我知道你会来，我知道你会用自己的爪子和牙齿向我复仇，而不是靠一个代理程序隔靴搔痒。"

肝脏。脾脏。某个连接着迷走神经的不知名器官。

"一个故事。"我讨价还价，嘴角飞溅着血沫，"请你——噬——听完这个故事。"

兀鹫终于从它的屠宰场里抬起头。它沾满血污与人体组织的尖喙上下开合，吐出人的声音："忏悔并不能带来宽恕。"

"这不是忏悔。"我说。

它用那双和我一样的眼珠看我。

"我不需要你的故事。这么多年来，我一直在看着你。"

"嘿嘿。"我冷笑一声，"是的，父亲，你只是'看'。你不知道我的所思所想，不知道构成我的世界的那些气息和触感。如果没有我亲口告诉你，你永远找不到这个故事中丢失的那几块拼图，不是吗？"

它犹豫了，"这对你又会有什么好处？"

"只是为了纪念……这个理由还不够吗？"

它想了一会儿。

"讲吧。"

我使劲吸了一口气，任由疼痛弥散在身体的每一个角落。梅，我是讲故事的山鲁佐德，我只有一个机会让眼前的暴君把他的耐心保持到最后——这是我们唯一的机会。

我必须把这个故事讲完。

"梅，"我开口说道，"这个故事从我认识梅那天开始。"

110100010000101

"过来。"

那个女孩儿说。她身前坚硬的土地上，是一道用树枝画出的小小沟槽。

我没有动。

"过来呀！"女孩儿漆黑如夜的眼珠转了转，"你——怕我？"

我摇了摇头，身体却不由自主地向后退了一步。在我的印象中，这个女孩儿的身前永远横着一条线。她像一个打擂台的拳师或者卫冕的君王，等待着，甚至可以说是期待着敌人来犯，以宣示自己守卫主权的勇气和决心。我看到过胆敢跨过这条"国境线"的人是什么下场——被一个矮自己半头的瘦小女孩儿追打可不是什么值得骄傲的事情。

女孩儿宽厚地笑了笑，左边的嘴角上出现一个黄豆大小的酒窝，"你把'狗熊'打得很惨——据说进了诊疗机，对吗？"

她在用激将法。痛殴那个诨号"狗熊"的小恶霸只是因为我想活下去。当然有那么一会儿，我完全被复仇的快感所俘获。我把他想象成一块会移动、会说话的牛排，哪里多汁，哪里肥嫩，哪里开满雪花——我的拳头和脚是老饕的利齿，用"狗熊"的血肉祭祀灵魂深处的食欲。

"我不想那样。"我说。

女孩儿沉默了一会儿。我鼓起勇气抬头看她——黑头发，马尾辫，棕色皮肤，线条清晰的下颌，深陷的眼窝和高且直的鼻梁。她长得挺好看，只是有一点强硬，并不全然符合我的审美。

"他们，"女孩儿努努嘴，"他们为什么欺负你？"

"因为——"

因为我是个来自"中心区"的孩子。在这些孩子的眼里,我是被贬谪的神祇。然而我偏偏长了一张不属于神祇的丑脸。我破坏了"外围区"孩子对美和秩序的想象,所以他们决定通过自己的方式来填补巨大的心理落差——直到我把他们当中最强悍的那个打得不省人事,尽管在四五个人的围攻中,我本人也并没有好到哪儿去。

"因为你是从那儿来的。"女孩儿打断了我的心理活动。她扬手,手指戳向十几公里外那接入云层的、反射着银光的庞然巨物。

中心区行政大楼。或者你也可以认为它就是中心区本身。大楼里的人喜欢用一个字来指代它。

塔。

我的喉管里发出含混的"嗯嗯"声。

"他们就是群势利眼,"女孩儿翻了个白眼,"我是说,这里,外围区的所有人。"她似乎想到了什么,稍稍顿了一下,然后轻轻甩了甩头,"打得好。"

就在那一刻我陷入巨大的疑惑之中。依照"中心区"的评价标准,我的行为即使不算犯罪,至少也是行为不端。然而在恶行之后,我面对的却是众人一致的缄口不言,好像这一切并没有发生过,好像那个至今仍躺在诊疗机里的小胖子并不存在。

最为荒谬的是,我竟然被眼前这个女孩儿赞赏。

"我不想——"我用指肚摩挲着额角的血痂。

女孩儿忽然从线的那头跨过来,攥住我的手腕。"来,给你看样东西。"她拽着我,向公园深处走去,似乎并不担心我会挣脱她的邀请——事实上我也没有挣脱。我用手腕感受着她:细腻,一点点的潮湿,一点点的不容分说。这是第一次有女孩儿牵我的手,我晕乎乎地,被这细腻潮湿和不容分说牵引着,走过涂着红色汉字的残垣,走过被古人掘开从此伤口外翻的大地,走过带着咸味儿的空气。在两百多年前,这里是一处石油基地的废墟,人称"铁人基地"。现在,这里是萨尔图城邦里唯一的荒凉。这片方圆一平方公里,被原样保留下来的荒凉,是为了提醒人们,城邦的开拓者们曾经在怎样的一片土地上创造了奇迹。

他们叫它铁人公园。

女孩儿松开了手,我们停在两排摇摇欲坠的土墙之间。除了我俩,没有别人。这荒凉的腹地甚至连园艺机器人和无人巡逻机都不屑光顾。

"你、你想干吗?"我颤抖着,半是恐惧,半是兴奋。

"喏。"她从裤兜里掏出了什么,把手递到我眼前,打开。

红色。柱状。大小相当于成人的拇指。有一根细细的线头。

"这是……"

"鞭炮!"她黑色的眸子闪闪发光,"这是鞭炮!"

我不由自主地后退一步。"鞭炮"这个古老得几乎绝迹的词汇在我心中激起了关于毁灭和暴力的联想,而最令我惊恐的,是我对这一联想的半推半就,和由此产生的,嗯,一种暧昧的快感。

"这玩意儿很危险。"我说,"你是怎么——"

"我从增强视域的犄角旮旯里挖出了制作方法。炮身和引线不难做,火药有点儿麻烦。"女孩儿挤挤眼睛,"你知道,'大妈妈',你们中心区的人叫她——"

"赫拉。"

"赫拉禁止我们接触危险的东西,但'危险'是由谁来定义的呢?"她用两根手指漫不经心地搓磨那枚凝固的强烈声波,我的手心渗出汗液,"我猜你肯定不知道,城邦有一个地下网络,你可以在增强视域里下订单,然后无人机会把工厂和实验室里那些没人要的边角料送到秘密交易地点,就比如硝酸钾、硫黄、炭粉什么的……"

我目瞪口呆。我面前的女孩儿简直是一个微缩的宇宙,你永远无法知道这个宇宙的边界在哪儿,其中又隐藏着什么。

"……喂,准备好了吗?"

"啊?"我如梦初醒。我看到她一手捏着鞭炮,一手拈着一根纤细的木棒,她的嘴角上挑,晃了晃手中的木棒,"白磷火柴也是我自己做的,现在我只要……"她手腕一抖,然后,变魔术一般,一簇火苗从她的掌心中升起,分别握着鞭炮和火苗的两只手慢慢对接到一起——

鞭炮曳着白烟飞向墙角。女孩儿转身跑向我,把身体半掩在我身后。我能感觉到,她的鼻尖刚刚高过我的肩膀,她香甜的、温热的呼吸借地势之利,如焚风般掠过我的脖颈,在我的脸颊附近打旋,一时间令我头皮发麻,忘记了即将发生的事情……

巨响。黄色尘雾腾起。她的笑声从耳膜的蜂鸣中漫了出来。

"太刺激啦!"她转向我,使劲摇我的右臂,"是不是、是不是?!"

僵硬片刻,我咽了口唾沫,抬起另一只手,指向低垂的天空,"那个……"

一个黑点。女孩儿仰头,随着黑点迅速接近,她脸颊上的酒窝消失了。"靠!"她骂了一声,再次钳住我的手腕。

"快跑呀!"

"——跑呀!"

我们逃离了"犯罪现场"。我不想把逃跑过程说得轻描淡写,但有时候人就是这样:越是重大的时刻,你的记忆就越是漫不经心。时至今日,我只记得隐隐作痛的手腕、在奔跑中剧烈颠簸的世界、无人机巡逻机悻悻的嗡嗡声,余下的一切就只有女孩儿的笑:咯咯咯咯,咯咯咯咯。这笑声一叠叠地扑向我,又被我远远地抛到身后。在我的想象里,这笑声呈降调,似乎带有多普勒效应。多年以后我终于明白,危险的事物总是让人着迷,令人眩晕。比如那枚暴躁的鞭炮,比如那次惊心动魄的逃脱。

比如,那个咯咯笑的女孩儿。

直到无人机完全从视野中彻底消失,女孩儿才停下脚步。公园里游人稀少,而且几乎所有人都沉浸在自己的增强视域中。在他们眼中,这个荒凉的公园是幽深的海底、茂密的雨林或者难以用言语形容的遥远异星，是除了铁人公园之外的任何地方。没人注意两个气喘吁吁的半大孩子，他们稀薄的影子像两个孤零零的日晷，戳在一地没有被代码包裹的碎石之上。在我们的左侧，一截残墙上依稀可见"萨尔图油矿"这四个褪了色的汉字。

她撒开我的手，弯腰，双手拄膝，大口喘气。过了好一会儿，她才直起身，转向我。

"喂，你那是什么表情？"

我急忙垂下眼睑，"抱歉，我——"

"你叫什么来着，夏、夏——"

我使劲清了清嗓子，"夏瑞。"

"我叫梅，后面是一长串你永远也记不住的姓氏，所以你就叫我'梅'好啦。"女孩儿的右手在脏兮兮的牛仔裤上蹭了蹭，伸了过来，"夏瑞，很高兴认识你。"

我捏住她的手（手掌对手掌，手指对手指，而不是木讷的手腕对强硬的邀请），"很高兴认识你——梅。"

101110001110001

"鞭炮。"兀鹫说。

"鞭炮。"我重复道。

"你爱上了一位迦梨女神①。"

"我猜，"我的嘴角上翘，"我们的灵魂中都埋着毁灭的种子。"

"关于这一点，"兀鹫耸了耸肩（双翅外展，脖颈上提，一个鸟类的耸肩），"我持保留意见。"

---

① 印度神话中的毁灭女神。

我以同样的耸肩回应这只大鸟。我又听到血肉撕裂的声音。

101011111001110

七点五十分，我在灰蒙蒙的晨光中睁开眼睛。信息壁纸将正对床脚的一整面墙变成一扇巨大的落地窗，窗外，外围区的楼群仿佛雾海中抛锚的幽灵舰队，而这支舰队中的数百万水兵正从黑夜和梦境中夺回自己的实体——我沉湎于自己的想象，一个十四岁孩子的想象。然而对于从雾海中穿出又接入云层的银色巨塔，我找不到比喻，它对我来说太过重要，它超脱于整个画卷之外，是另外一种实在。

在这幅画卷的另一边，那个叫作"门"的巨大建筑与塔遥遥相望。比起塔，这个形似字母"Ω"的人造物抽象而丑陋，是美学向实用性妥协的"绝佳典范"。据说外围区的丰沛水汽就是拜它所赐，水汽——我气呼呼地转开目光。

十五分钟后我坐在餐桌边，全麦面包、合成果汁、煎鸡蛋和人造肉已经在老地方等我，房子的智能人格单元叉手立在一旁，用纯正的萨尔图方言（主体为汉语）播报早间新闻，讲新学来的笑话，它蛋壳白聚酯头颅上那双蓝眼睛在努力传达某种善意和渴望，准备随时为人类主人提供服务。时间是八点零五分，父母都已离开。我想他们也和我一样，还无法完全适应外围区的节奏——他们没法像这里的人一样整日优哉游哉，他们带着中心区的惯性，如同上足发条的人偶，必须用行动释放储存在身体中的动能。我的父母申请了工作，尽管外围区的工作每天不超过四小时，并且简单得可怕（这是他们亲口对我说的）。

中心区的人笃信，工作是他们生活的意义所在，而在假期中无所事事的我，也在努力寻找属于自己的意义。

八点四十五分，我走出家门。外围区的空气迎面扑来，蹿入我的鼻腔，引起轻微的不适。持续了几百年的环境改造，让曾经的干旱之地终日氤氲着似雾似雨的水汽。这里的一切都是湿漉漉的——光、声响、气味，都是。这一点曾令刚刚走出塔的我极不适应，直到此时，我的肺部仍然要调遣更多的血红蛋白去汲取沉甸甸的氧气……我向着和梅约定的地点走去，外围区的庞大和喧嚣冲破水雾朝我碾压过来，还有那灰色的、错落的、爬满水渍的包豪斯式高层建筑群，如飞蝗般啸叫着掠过头顶的载人交通单元，自动步道上银色白色米色外壳的、不厌其烦地对每个人鞠躬打招呼的万向轮机器人，以及裹着斥水分子膜外衣、低头走路的行人。

有很长一段时间，无论我身处外围区何处，我总喜欢仰起头，用目光去寻找那似乎永远遥不可及的银色巨塔，那放逐了我的地方。如果说"塔"是一根巨大的脊骨，那么外围区就是围绕这根脊骨发育出来的神经、血管、肌肉和皮毛，而"门"则是这只巨兽的口（或者肛门，我恶趣味般地想）。我知道这些血肉和皮毛终将消逝，唯有骨骼能够在时间中幸存。在确认了自己属于这座伟大城邦速朽的那一部分之后，我对时间的流逝有了异常的敏感——直到梅出现在我的生命中。和这个新朋友在一起时，那些对父母的怨怼、被另一个世界抛弃的挫折很少来烦扰我。时间开始变得既丰沛又贫瘠。我一面近乎奢侈地把它虚掷在无意义的探索中，一面又在暗暗惊叹它的短暂易逝，就像一个孩子攥着大把的信用点，却很快两手空空，不知花在了何处。我和梅，我们出没于废弃的住宅、人迹罕至的机器人"坟场"、相同模板的公园、管线密布的工业区。我们像一对幽魂在城市里游荡，没完没了地窃窃私语，偶尔引爆一颗鞭炮，躲在隐蔽处观察莫名其妙的治安机器人，因为憨笑而满地打滚——就这样虚度一天又一天。

7月27日九点零七分，她坐在某个功能未知的、锈迹斑斑的巨大金属部件上，两脚交叠，上下摇晃。在她的两脚之下，是蓬勃生长的杂草和怯生生的野花，还有仰视她、而非巨塔的我。

梅说，她身体里流淌着苏族印第安人的血。

"那是个能征善战的民族，"她小小的脸被先祖的荣光照亮，"他们骑着殖民者引入美洲大陆的骏马，操着工业时代的火器，在大草原上飞驰，播撒恐惧与毁灭——苏族人是当时世界上最优秀的骑兵。"

"哦。"我笨拙地回应道。几天前我们才正式认识（在那之前我们是一个班的同学，但还隔着座椅和走道，隔着手指与鞭炮），现在我们俨然是一对老朋友。

"你呢？"梅问道。

"我？"

"你的祖先从哪里来？"

"我……我没想过这个问题，"我的脸颊发烫，"也从来没有人和我说过……"

她打量了我一眼，"我猜你的祖先应该是中国人。"

"嗯。"

"中心区里有很多中国人。"

"嗯。"

"他们是最先到萨尔图的科学家，所以你才住在中心区里——我是说，"她的脸上掠过一丝尴尬，"以前。"

我咽下一口唾沫，"应该是吧。"

女孩儿双手一撑，从金属部件上跳了下来，"给我讲讲中心区呗。"

我舔了舔嘴唇，"中心区……"

中心区。或者说，塔。那是一个完全不同的世界。那里封闭，安全，恬静。那里有大片大片的纯白色，有一尘不染的步道和居室、永不熄灭的柔和暖光、恒定在二十三摄氏度的宜人气温。数千个身穿橙色、蓝色、灰色、白色纳米自清洁制服的男男女女在其中穿梭。他们美丽优雅，面无表情，步履匆匆，像是正怀揣某种训诫，奔赴某个伟大的使命。

她若有所思，"那他们到底在做什么呢？"

创造。维系。管理。这是赫拉对中心区的孩子们说的，但我还无法充分理解这几个词汇。在我的印象中，成年人与我们似乎是两个物种。他们的世界对我来说过于抽象，我唯一能够接触到的具体，就是我的父母：我的父亲夏然是个园艺师，而我的母亲艾米莉则是纳米虫管理员——换言之，他们是塔里最底层的技术人员，是可以被随时替换掉的"标准件"。

这一点，我是不会对梅说的。

"这个……"我挠了挠下巴，"他们是科学家、工程师、算法架构师或者技术人员，我也不清楚他们具体在做什么……"

"科学家、工程师……"她喃喃自语，"工作是一种权利……"

我舔了舔嘴唇，"工作？权利？"

她摆了摆手。在我看来，她的动作更像是"甩"，仿佛是想摆脱某种粘在手上的不洁之物。

"我们走吧。"她说。

我们每天都把探索的边界拓展一点点，像是在进行某种仪式。对于外围区的开阔与"荒蛮"，母亲曾极度焦虑，仿佛一不留神我就会被呼啸而过的单人运载单元刮倒，或者在人潮涌动的大街上走失，或者被随便什么狂风暴雨裹挟而去。如果没有父亲的游说（"你想让儿子适应这个地方，就要让他去探索——再说，有赫拉在，他能有什么事儿？"），她断然不会让我一个人（我没有让她知晓梅的存在）在这个危险的世界里乱逛。

萨尔图城邦有太多导航无法触及的末梢和枝节，那里混乱、难以预知，又令人充满期待。我们曾在第三生活区、第四生活区和一条散发着淡淡腥气的不知名水渠围成的三角区里发现了一个小小的黑市。在它脏污泥泞的通道上，残疾的、满口黑牙或者老得看不出年龄的男男女女贩售被水汽泡胀的古董纸质书、卷了刃的大马士革刀、豁了口的蓝色珐琅花瓶、功能不明的前灾变时代机器；黑市的另一端，梅称之为美食区，印度飞饼、肉质可疑的烤串、滋滋冒油的香肠、跟狗没有一点儿关系的"热狗"争先恐后地向空中喷吐气息，那是在萨尔图城邦被不成文的规矩禁止的，热辣香料的古老气息。在这里，你只能看到一小片被高层建筑啃食过的天空，就像置身天坑或墓穴——这让我有了一种，嗯，脏兮兮的安全感。

我们爱死这里了。

"你说，"梅一边用筷子笨拙地把越南小卷粉送入口中，一边说，"大妈妈为什么不喜欢这些东西呢？"

"大概，哈——是觉得不健康吧？"辣椒在我口中蹿燃，我拼命哈气，"他们是，哈——在哪儿种出这些东西的呢？"

"据传言是在，嗯，地下农场。"

"地下农场？"

她耸了耸肩，"有时候，人要学会自己满足自己的需求嘛。中心区的人不会这样吗？"

我含混地摇了摇头，不知是出于骄傲还是羞愧。

下午七点二十五分。不知不觉中，天色暗了下来，夜晚的喧嚣慢慢升腾。和塔不同，外围区是一片开放的区域。尽管入夜的外围区灯火辉煌，车流如织，但在这个近两万平方公里的城邦里，还是有很多黑暗未被光芒填满。这时我才突然想起，今天自己还一直没有登录增强视域——每个萨尔图市民的大脑皮层里都植入了一枚生物芯片，它把每个人和这个城邦的主脑、无微不至的赫拉联系在一起。这个架构在人工神经网络上的超级智能为人们提供他们需要的一切：知识与数据、浸入式感官娱乐、包裹着代码的增强现实……这就是所谓的增强视域。毫无疑问，这项技术让生活变得更轻松也更美好。但几个月的外围区生活令我产生了些许疑惑：中心区的居民视增强视域为单纯的工具，譬如此刻，母亲就是通过它来掌握我的行踪，确保我的安全；那外围区的人呢，简直是依附在其上的寄生虫——对于一个增强"器官"，人们为什么会有如此迥然不同的态度？

认证虹膜，上线。不出所料，母亲的留言如雪崩般涌入我的视野，眼前的道路被短暂覆盖，我打了一个趔趄。

"怎么了？"梅问道。

"没什么。"我移动视点，全选留言，清空。一个小小的导航地图悬在我视野的左上方，为我规划好了回家的路线。我忽然注意到，在地图的另一个方向，有个如水波般闪烁、扩大、消散，然后周而复始的红色标记。

"你看到了吗？"我问。

"看到什么？"

"增强视域里。"

梅撇了撇嘴，而后眼神空白一秒，"突发事件。"

"什么是突——"

"走这边。"这是她第三次抓起我的手腕，而我已经习惯，甚至乐在其中了。就在那一刻，我忘记了母亲随时可能爆发的焦虑症——在我们的前方有一种未知的、玫瑰色的危险，我们如同飞蛾，被暧昧的灯火吸引。

我和梅，我们两个，奔向了灯火中的命运。

101110001110001

"我们看到了一具尸体，"我说，"在一条污水横流的小巷里——一个连赫拉和巡逻机器人都不会光顾的地方。"

"在这座有几百万人的城市里，死亡随时随地都在发生，"兀鹫评论道，"我想我就亲眼看见过不下——"

"这寻常里应该不包括被人活活打死吧，我猜。"我打断道，"而死的人又恰巧是一个 W 分子。"

兀鹫翻着眼珠看我，"你在暗示什么？"

我摇头。梅，我想这世上的每一位暴君都是技艺高超的骗子，他们欺骗的对象甚至包括自己的良心——如果他们有这种东西的话。囚禁、折磨、谋杀，为了维护自己心目中的理想国，我的父亲对那群无害之人犯下了令人发指的罪行。也许正是因为这罪行罄竹难书，连他自己也难以一一细数，他才会在我面前显出无辜的模样？

一定是这样。

1000100001010111

那个人半躺在墙角，身下是一汪黏稠的血。在他的斜上方，酒吧紫色的霓虹灯在闪烁，由于灯管部分损毁，"BAR"成了"PΛP"：一张噘着嘴的哭脸。

"他死了。"梅说。我的手被她紧紧地攥住。这一次我不再头皮发麻，因为她的手又硬又冷，像冬天。

我点头，腿肚在无法抑制地颤抖。这是我第一次直面死亡。在我以往的想象中，死亡应该是喧闹的，是某种实在的轰然坍塌。然而，十几米开外那个死去的人却异常安静。他那张满是血污、双眼半睁的脸上没有狰狞和痛苦，只有一种近乎肃穆的缄默。

是的，他死了。原来死亡就在我身边。我忍不住去看梅的侧脸——危险与美丽也在我身边。

"是W分子。"有人说。

梅的侧脸骤然绷紧。

"W分子都该死。"另一个人说。

她的腮部鼓起成条的肌肉。

我们走吧。增强视域里进来一条文字信息，是梅独有的、呈火焰燃烧效果的橙色字体。没有再说什么，我们默默转身，从治安机器人的电子合成声、人与人相互挤压的摩擦声、叹息声、窃窃私语声中穿过，把攒动的人头、刺眼的警灯留在身后。当我们终于走出那个死亡舞台，梅停下脚步，回头，"夏瑞，你家不是这条路。"

我垂下眼睑，"我——咳，我送你。"

有什么在梅的眼中一闪而过。此后的许多年，我都沉溺在那一刻，试图弄清她眼里的到底是什么：感激？惶惑？脆弱？或者混合了上述所有？那一刻，那个女孩儿的眼睛如同微型白洞，喷吐出了太多的东西，也许我永远无法把这些东西分门别类、一一厘清。我唯一能够确定的是，不管她眼里的是什么，它都击中了我。它使我的心肌紧缩，一丝蚊虫叮咬般的疼痛在我的灵魂深处绽开。

"谢谢。"她低声说。

我摇了摇头。我不敢开口，我怕一开口，心头的疼痛与欢悦会从口中喷薄而出，而我的余生便只能怀念这奇妙的滋味。

有很长一段时间，我们只是默然行路。我走在梅的斜后方，我没法不去看她被雾气打湿、从而有了重量感的头发随着她的步伐轻轻跳荡，不去看她尚且无法撑起牛仔裤的小小臀部左右轻摆，不去看她支出裤管的纤细脚踝在光与暗的交替中跋涉。有什么东西在我身体中觉醒了，这体悟令我羞愧难耐。我逼迫自己拧开目光，把它投向我们在另一个维度里的投影：两个少年的瘦长身影交错着，掠过一个又一个被街灯染成橙色的小水洼，掠过一个又一个形态各异的机器人。在水迹斑斑的灯光下，这些孜孜不倦的造物用仿生腕足、万向轮或者履带将自己固定在机器人专用步道，它们僵硬地向我们致意，电子合成声了无生气："晚上好，先生。晚上好，女士。"

当梅的家、一个外围区随处可见的制式住宅小区挤进我的视野时，我才终于下定决心打破沉默。

"梅，那个……"

女孩儿侧过脸。

我的喉咙焦渴，"W分子是什么意思？增强视域里查不到。"

她的脸又转向前方。沉默再次降临。我的脸颊滚烫，心中无比懊恼。我们走上被各式鞋底和机器人履带摩擦得有些光滑的人行小道，黑黢黢的梧桐和冬青、星星点点的灯火、孩子的哭闹声和若有似无的饭菜香气渐次围拢过来。

"我到了。"她转身,看我。

"哦,好的。"我把手插在衣兜里,想让自己看起来没那么失落,"再见。"

她向楼道大门走去,在虚拟楼宇管家的投影前立住,但并没有回头。"We need work." 她低声说。

"啊?"

她将脸凑近虹膜识别的悬浮窗,嘴里说着什么,但声音被反射稀释,"W 分子……认为工作……权利的人。"

"哦。"我懵懵懂懂地应道。

大门滑开。她跨了进去。

"再见。"

在门关闭前的一刹那,我碰上了她的眼神——那里面依然有许多无法解读的东西,但毫无疑问,要比之前的那一个,更加黑暗。

"请简述萨尔图城邦的历史。还有,关闭你的增强视域。不准耍滑头哦。"她脸上有一抹笑,笑中有小小的贝齿、小小的酒窝。

此时偌大的教室里只有我们两个人。在这个采光充足的房间里,白色聚酯桌椅凌乱如同战场;米色全息壁纸上的虚拟教师正笑盈盈地看着我们,随时准备回答任何问题;教室一角里的人形机器管家垂手而立,待所有人离去后便会开始打扫卫生。限制人身自由的四个小时一过,那些视我们为怪胎的同学们便作鸟兽散,我想他们中的大多数此刻一定沉浸在自己的增强视域里,在经历异星的冒险或者公主的爱情。

"公元 2038 年,萨尔图地区出现异常能量反应,科学家们奔赴此地,调查原因。"我眉头紧蹙,"异象来自一处时空奇点,科学家们使用电磁场将其捕获,并加以研究。而正是这一研究,使基础物理学前进了一大步,同时为萨尔图城邦的诞生埋下了伏笔……"

"很好，"梅煞有介事地点头，"继续。"

我吐了吐舌头。我想很多人和我一样，认为在这样一个时代，学习已无必要：在增强视域中，知识唾手可得，你只要认字，只要会使用"心语"、会移动视点，就可以与世界的核心相连，也就因此具有了无远弗届的认知能力。学习毕竟是痛苦的，而赫拉能够帮助我们避免这种痛苦。有时候我会朦胧地意识到，在萨尔图城邦之所以还有家庭，还有社团组织，还有把孩子们聚集到一起的学校，只是赫拉为了让社会能够正常运转所设置的一种虚拟秩序，或者建构。赫拉并不在意我们能从这种建构中得到什么，她只是想让我们保持一种有别于野生动物的生存状态——当然那时我并没有能力把自己的认识用语言表达出来。

"怎么啦？"她用指节轻敲我的额头，"在发什么呆？"

"这些东西在增强视域里随时查得到，"我苦着脸，"我们费这大劲儿——"

"喂喂喂，别忘了我们是要通过'测试'的啊。继续！"

我叹了口气。

"科学家们发现，这个奇点其实是一个种子虫洞。所谓种子虫洞，就是包含在空间的初始结构里的微型虫洞。科学家们如获至宝，他们以种子虫洞为中心，在萨尔图地区建造了一个巨型试验场，这就是'门'的雏形。整整五十年，以种子虫洞为观察和试验对象，人类获得了许多对时空本性的深刻洞悉，物理学因此有了极大的发展。而'门'也由于这样那样的试验需要，被堆砌成一个巨型建筑物。2068 年，借助最新技术，科学家们将种子虫洞扩大，使之发育为小型'球对称可穿越虫洞'，并将其固着在'门'内。基于某种考虑，虫洞的另一端被设置在东经七十五度、北纬五度、海拔三百二十二米的一点——也就是印度洋上空的某处……梅，我不明白这有什么意义……"

她的脸绷了起来，"你什么意思？"

"你知道的，"我嗫嚅道，"'测试'并不是用一问一答来确认我们的资格。那是一种叫作侵入式、侵入式——"

"侵入式连接组构型扫描。"梅用指节叩了叩桌面，一叠叠迷人的分形图案从她的叩击处扩散开去，很快就填满了整个桌面，那是她使用的人机交互主题，"夏瑞，历史、微积分、电学光学或者元素周期表，学习这些东西并不是为了答题。你知道侵入式扫描的原理是什么吗？"

我摇了摇头。

"就是——"她皱了皱秀挺的鼻子，"总之就是通过某种技术手段，直接评价你大脑中神经元的联结强度与模式，以此来认定你是否足够聪明……夏瑞，如果只满足于那些随时可以从增强视域里获取的知识和娱乐——和这所学校里的其他人一样——你的大脑是无法通过'测试'的。这才是我们学习这些东西的意义。你想回到塔里，不是吗？"

点头。

"那就废话少说。"女孩儿的目光坚定，"从球对称可穿越虫洞开始。"

我舔了舔嘴唇。

"……由于潮汐力的存在，球对称可穿越虫洞无法传送宏观结构，但印度洋上空饱含水分的空气却可以从'门'中通过，科学家们就此开展了另一项试验：把一个不适宜人类居住的地方改造成一个乐园。在两百多年前，萨尔图地区还是一片苦寒之地。虫洞开启了一种新的可能，甘霖持续不断地降临在这片土地上，配合以具有自我增殖功能的纳米虫改造土壤，科学家们用二十年时间把萨尔图地区变成了鱼米之乡，这里更成为人类征服自然的又一个里程碑。当时的自然环境已显出全面崩溃的前兆，而开展这项试验的一个重要目的，就是开拓新的居住地——包括太阳系里的其他行星——大规模改造环境的技术和实践必不可少，而萨尔图地区满足了科学家们的全部需要。随着世界各地的科研人员蜂拥而来，另一座象征人类野心的巴比伦塔——中心区行政大楼拔地而起。紧随这些先驱之后的，是农业人员、技术人员、建筑工人、商人、城市管理者、机会主义者……他们散布在中心区的周围，为塔中人提供支持与服务，而他们生活的地方，就是如今外围区的雏形。当时谁也没想到，这些深入内陆的拓荒人竟提前登上了诺亚方舟。"

我呼吸的节奏微微紊乱。接下来就到了最惊心动魄的部分，我看到梅摆在桌上的拳头攥了起来，她的指节发白。

"具有讽刺意味的是，人类对自然的征服并没有将他们带入一个更光明的未来。2105年，地球的气候系统终于滑向深渊。海平面急速上涨，降水暴增，极端天气被盖娅女神一股脑儿扔了出来。城市毁灭，人口大量死亡，原有的政治体系在巨变中迅速消弭，人类开始大规模地逃难，又在这个过程中为所余不多的资源和土地大打出手，从而造成了第二轮的灾难——这两轮灾难叠加在一起，致使人类社会快速'去文明化'，在历史上被合称为'大灾变'。由于萨尔图地区地处内陆腹地，远离了自然和人为的灾祸，加之拥有顶尖的科学家和技术人员、完善的城市管理体系以及高效的农业，幸运地挨过了这一场灾变……

"人们意识到，在世界各地迅速堕入蛮荒的当时，这座城市也许就是人类文明的唯一火种，是人类文明的标高以及浴火重生的希望，它不再是某个政治体系的附庸，它是独立的，因此需要一个全新的名字……

"仿效古希腊传统，它被命名为'萨尔图城邦'。"

"呼——"我和梅同时长出一口气，这口气里有喟叹和庆幸。无数人死去，而我们活了下来，在这潮湿的城市，在这窗明几净的教室……

"今天到此为止。"梅宣布道。

我兴奋地搓手。

她粲然一笑，"明天我要考你'十二先贤'哦。"

我将双手拍向头顶。

101110001110001

"'十二先贤'……"兀鹫阴沉地嗤了一声。

"其实很公平,"我说,"他们得到了声名,而你得到了不朽。"

"嗬,不朽……"兀鹫背过身去,在我的视野里留下一对高高弓起的翅膀,"不朽是可悲的。在悠长的时间里,你会经历太多的背叛。"

我笑了笑,"纵然如此,你也不会放弃神的身份。"

它扭过脖子看我,眼里有冷冽的光。"我与萨尔图城邦是一体的,"它说,"为了延续文明,我们不允许自己在时光里朽坏。"

他在说"文明"。文明……梅,如果你听到这样的话,会不会捧腹大笑呢?

111001000110110

公元 2299 年 11 月 12 日,我第一次见到了梅的父亲,死硬 W 分子吉米·斯特里克曼。那时我和梅相识已近三年。

那是一个很普通的早上,和平常一样,我独自步行上学。三年来我保持着提前半个小时到校的习惯,那是我和梅的默契:外围区的人太过懒散,为了不堕入同样的懒散,我们必须想办法压迫自己。于是我们早出晚归,互相督促着去记忆、去学习、去让自己变得更聪明。距离"测试"还有三年,那是"擢升"的唯一机会,我们必须孤注一掷。

我们向往塔——对她来说是"去",对我来说,是"回"。

初冬的萨尔图天还未全亮,沉郁的灰蓝色包裹着寥寥无几的行人和结满冰霜的楼宇街道。我向前疾走，脚下不时打滑。寒冷已然降临，尽管分子膜外衣的保暖性能极佳，我的牙齿还是会下意识地打战。

咔咔。咔咔。嗒嗒。咔咔。咔咔。嗒嗒。

不，还有另外一种声音。脚步声，已经粘在我身后许久。我循声源转头，才转过一半，肩膀被一只大手搭上。

"别害怕。我是梅的爸爸。"男人的声音，低沉，喑哑，如夹沙带石。

在余光里，我看到一张被兜帽遮住、晦暗不清的脸。我想停步，可却被那只手揉着，不由自主地向前走。

"你就是梅的那个朋友？"

那个。唯一的那个。我点头，同时移动视点，悄悄激活增强视域。登录中……登录失败。登录中……登录失败。

"别想着逃跑或者登录增强视域。"男人说，然后忽然用手推我的腰部。我被迫转向，进入另一条街道，人迹更为稀少的街道。"我只想和你谈谈。"

他一定带了干扰器——传说 W 分子有这种东西，它能阻止你登录增强视域。或许他还藏了把匕首，可以随时终止我求救或者逃跑的企图。

我咽了口唾沫，背后生出毛茸茸的刺痒感。

"梅一定和你说起过我吧？"男人问。

我点头。

"她是怎么说的？"

"她……"我使劲清了清嗓子，但声音依然干燥纤弱，"她说得不多，她只说你是个……嗯……"

"W 分子？"我从他的话音中听到了一丝笑意，"挺客观的。"

W 分子是一群懦夫。他们一天到晚只知道抗议，抗议，抗议。他们从不寻求自身的提升，而是希望大妈妈有一天能大发慈悲，赋予每个人相同的权利。但夏瑞你也看到了，这些人——这些仗势欺人、懒惰愚笨的人，他们配拥有权利吗？在这座城市,如果你不愿自甘堕落,那么你的唯一出路,就是独善其身——而那群懦夫不懂。

诸如此类的、不那么客观的评价已经被我略去了。

"到了。"我听到他说。抬头,铁人公园的大门赫然出现在眼前。"这地方幽静,挺适合谈心的。"

"叔叔,我……"

"别叫我叔叔。我叫吉米·斯特里克曼,叫我老吉米就好。"

"老吉米,我……认识你很高兴,但我真的得去上学了。"

"不急。"男人使劲了捏我的肩膀。我们走入公园,巡逻机器人懒洋洋地向我们致敬,随即让出通路。我想赫拉此刻一定没有在线,否则她不会注意不到这两个晨起的人是多么别扭:他们的身子贴在一起,由于暗暗较劲而略显僵硬。他们向公园深处走去,像两个以彼此为支点的醉汉——尽管"醉汉"这个词汇只存在于萨尔图城邦的非官方记忆中。

男人停下脚步,我也随着他停了下来。是个十字路口。我们的四周是几栋几近倾塌的二层砖房,在半明半暗的天色中显得影影绰绰。远处无人巡逻机的信号灯明明灭灭,我想即使我此刻跳起来挥手,它也不一定会注意到我。我捏紧拳头。男人比我高半个头,而身体宽度至少是我的两倍,就算像对"狗熊"那样舍命相搏,我想住进诊疗机的那个人也很可能是我。

"你怕我。"他转到我身前,魁梧的身躯遮住了我的大部分视野,"你把我当成什么了,恐怖分子?"

"不是……"

"那就是一个担心自己的女儿被臭小子拐跑的父亲喽?"

我的脸颊烧了起来。

他咯咯笑了一声,然后拍了拍我的肩膀。毫无预兆地,他把兜帽撩开,将整张脸袒露出来:茂盛的髯须、颇似梅的鼻子和下颌、一双醒目的黑眼睛……不知为何，我突然对他有了好感，而直到我第二次见到他，痛心于他的巨大变化时，我才明白他脸上吸引我的是什么——是那双眼睛。在他之前，我从未见过那样的眼睛，它们是那么深邃、那么美丽，仿佛不只是这个人灵魂的窗口，而这个人的灵魂本身。

那双眼睛眨了眨，"你是从中心区来的，嗯哼？"

我不敢与他对视，于是垂下眼睑，点头。

"七年一次的擢升与淘汰，嗯哼？为什么？达不到大妈妈的要求？"

"我，嗯，我也不知道。"我嗫嚅着。

"一切自有安排，只不过安排一切的不是命运，而是大妈妈。"他挤了挤眼睛，一个拙劣的安慰，"大妈妈为中心区的每个人都安排了意义，甚至还用淘汰机制来督促他们实现自己的意义。但我想你已经见识过了我们的世界，除了装腔作势的工作，就是醉生梦死的娱乐。人们停止追逐、思索、经历匮乏与痛苦，因此也就丢失了生活的意义。夏瑞——你是叫夏瑞吧？——你能理解我的话吗？"

我点头，接着轻轻摇头，想了一下之后，又点了点头。

他叹了口气，然后将手插入上衣，从中摸索出了一样物什——直到他拧开瓶盖，将瓶嘴塞入口中，我才认出那是个金属酒壶，那本该和酒精一起消失的东西。咕嘟。咕嘟。他的五官紧了一下，随即舒展开来。他抹了抹嘴唇，将酒壶递过来。

"自酿的威士忌，挺有劲儿。你知道以前的人叫它什么吗？生命之水。但显然大妈妈不是这么理解生命的。尝一点儿？"

我吞下一口唾沫，摇头。

"可惜。也许等你再长大一点儿，或者……"他又呷了一口酒，"夏瑞，你知道我们——我们这群人见人恨的 W 分子追求的是什么吗？……你知道，但又不知道。没错，我们需要工作，更能发挥人类能力的工作，以此来创造生活的意义。但这只是最表层的、也是大妈妈唯一允许我们说出口的东西……"

老吉米的眼神黯淡下去，在他的眼中这种明暗的对比是如此触目惊心，我的心被揪紧。

"嘻,我说这干吗?"

他甩了甩头,将酒壶拧紧,塞进上衣内袋,然后用双手捏住我的双肩。

"以下是男人与男人之间的谈话。"他郑重其事,"夏瑞,你喜欢梅,嗯哼?"

我的耳畔嗡的一声。接下来的动作是下意识的,我根本记不清自己是点头还是摇头,或者只是像个木头人似的杵在那儿——也许我克服了青春期巨大的羞涩,点了头,因为我看到老吉米的脸上绽出笑容。笑容过后,他的表情近乎肃穆。

"很好。我把梅托付给你,你要保护她,如同保护你自己的生命。你能做到吗?"

这一次应该是点头。他重重地搌我的肩,我的身体随之摇晃。

"梅是个挺难搞的女孩儿,"他咧着嘴角,"摊上她,算你倒霉。"

我傻乎乎地笑。

"回去上学吧。哦,对了,这个给你。"他从上衣口袋中掏出一样东西:一个扁平的塑料盒,盒上有一只金色的蝎子(同样是在增强视域里才能见到的生物)。

我接了过来,"这是?"

"蝎子乐队!摇滚!"他用大拇指将中指和无名指卷入掌心,伸出食指和小指,他的黑眼睛熠熠放光,"另一个大妈妈不喜欢的东西!"

101110001110001

"吉米·斯特里克曼。"兀鹫说,"我记得这个人。"

"另一个被你毁灭的人。"

"夏瑞,我希望你知道,"兀鹫的眼神阴鸷,"我的用意是惩戒,而非毁灭——对你也是如此。"

我决定不再挑衅，"是的，我明白。"

它的面部表情缓和下来，"说起来，吉米·斯特里克曼没说完的那半句话……被赫拉禁止说出的话，你现在知道那是什么了吗？"

"一种传统。"我回答道，"要求工作只是表象，W 分子真正的追求，是复活一种传统，一种在一个社会中人人生而平等，人人都有权利去经历痛苦与失望，去追寻自己生活意义的传统。"

兀鹫哼了一声，"孱弱的传统。"

"也是历史悠久的传统，它深植于人们的心中，也许几滴春雨就能将它唤醒。我想正因如此，你才会如此忌惮 W 分子，才会想要除之而后快。"

"我不允许任何危险因素存在。"兀鹫坦承道，它琥珀色的眼珠里有不屑，又有同情——智者对愚人的同情，成年人对孩子的同情，"社会的最终目的是生存，若无法在时间中存活下来，那么其他的一切，理想啊、道义啊、追求啊，都是空谈。人类历史上有过太多假理想之名作下的恶，有太多怀抱善意造就的惨祸……正如你无法在一个系统内部论证其自身，人类同样不可能在人性的框架内解决自己的问题——如果你经历过大灾变，就会明白我说的是什么。"

梅，尽管我不愿承认，但它是对的。萨尔图城邦之所以在大灾变中幸存下来，很大程度上得益于先贤们对社会形态的刻意设计……很多时候我会想，也许我们并没有那么高尚，我们的反抗只是出于个人情感甚至审美偏好。是的，我们为这座城邦里的绝大多数人盗取了火种，但我们真的可以被称为普罗米修斯吗？

……至少我不是。我做这一切只是为了你，我的迦梨女神。

111010110010001

"我说，你在捣鼓什么呀？"

梅黑色的目光夯在我的脸上。比起三年前初识的时候，她的目光多了几分曲折与幽深——三年，她有了女人的神态和目光。她有了小麦色的皮肤，有了弧度优美的指甲和萦绕在身边的、淡淡的香水味。她身上的衣物不再脏兮兮、皱巴巴，在一千多个日夜的奇妙旅程中，梅把她自己，还有她身上的衣服变得一样饱满、熨帖。

而我呢，身高蹿了不少，也长出了胡须、粉刺和喉结，我觉得自己没有变得好看——如果不是变得更丑的话。

我把那个方方正正的金属盒子码在一块稍平的地面上，接上外接电池组。盒子的单色液晶屏亮了起来，我按下其中一个按钮，黑色的托盘弹了出来。

"这是，"梅眯起眼睛，"CD 机？"

我给了她一个神秘莫测的笑容，然后从外衣口袋中掏出 CD 盒，打开，抠出满是划痕的塑料片，放入托盘。

机器吱吱嘎嘎地呻吟几声，两个喇叭忽而有了动静。怪异的弹拨乐器，怪异的分解和弦，和我们常听的莫扎特或者勃拉姆斯全然不同。前奏过后，一个略显尖细的男声开始歌唱，用的是英语（萨尔图方言的另一大构成要素）：

I saw the morning

It was shattered by a gun

Heard a scream saw him fall

No one cried

I saw a mother

She was praying for her son

Bring him back,let him live

Don't let him die...

她默然谛听了一会儿，忽然从我手中抢过 CD 盒，翻来覆去地看了几眼，又把它扔回我手中，"哪儿搞来的？"

"还能从哪儿，黑市啊。"我若无其事地扯谎。

"你知道自己听的是什么吗？"

一时间我很想学一学老吉米那个很酷的动作，但我压住了这种欲望——我不想让梅发现那场"男人谈话"的蛛丝马迹。

"摇滚啊！"我说，"怎么样，带劲儿吧？"

梅把双手交叉在胸前，定定地盯了我几秒钟，"夏瑞，你在玩火。"

"我不明白……"

"这是大妈妈的数据库里没有的东西。"

"没有并不代表禁止，这只是音乐啊。"

她摇了摇头，没有再说什么。沉默骤然降临，在萨尔图城邦外围区冬日的午后，在铁人公园这片小小的废墟之中，只有乐声飘荡：

Cause we all live under the same sun

We all walk under the same moon

Then why,why can't we live as one ？[①]

...

什么时候，梅开始变得畏首畏尾，惧怕危险？也许是在她决定通过"擢升"来脱离外围区的时候？那么她是在何时决定离开外围区的？是在目睹了 W 分子横死街头的那个夜晚吗？

那时的我并没有认真思索过这个问题。人的改变是个潜移默化的过程——我唯一能够清醒认识到的，是梅对我产生了越来越强的吸引力，女人对男人的吸引力。我耽于对这个女孩儿（我唯一的朋友！）的羞耻的幻想，依循模糊的本能，

[①] 出自蝎子乐队（Scorpions）的歌曲 Under the Same Sun。

我想象着她的身体,想象着借由身体我们能够达到的某种神秘之境……我甚至都忘了,梅和夏瑞,这两个曾经追逐危险的孩子,已经许久没有放鞭炮取乐了。

"梅。"

"嗯?"

"你见过这么美的夕阳吗?"

她摇了摇头。依旧是铁人公园。我们坐在一截残墙上,夕阳将一切都镀上了一层橙红。橙色的天际线,橙色的楼群,橙色的云,橙色的塔。这画面是真实存在的,而非实时演算的增强现实。为了今晚的庆典,"门"被提前关闭,以保证空气足够干燥,不会影响烟火秀的观赏效果。

在我的记忆里,这是我第一次见到这样的萨尔图。我悄悄转头,看到梅的侧脸被撒上一层金粉——这也是我第一次见到这样的梅。如果这世上存在女神,我愿意相信她就在我身边,性格强硬,头发毛糙,带着几分猫儿般的神秘与疏离。我的女神不是赫拉,不是那个在虚拟世界中的、高高在上、全知全能、完美无瑕的统治者。

她只能是我身边这个人。只能。

她察觉到我的目光,把头转了过来,"怎么了?"

我垂下头,"没什么,只不过——"

"快说!"她命令道。

"只是有点疑惑。"我说,"你记得'十二先贤'吧。"

"当然。"

"我认为这个叫法有问题:应该是'十三先贤'。"

她从墙上跳下,面向我,一只手撑住墙沿,另一只手插进裤兜,漆黑的眼眸向上翻。

"你什么意思?"

我的嘴唇发干,"赫拉的设计者,一个叫弗朗西斯·陈的人工神经网络科学家,一开始也在城邦管理委员会中——和'十二先贤'一道。"

"有什么问题吗?"

我舔了舔嘴唇,"梅,你不觉得奇怪吗?同样在城邦管理委员会中,那十二个人以城邦缔造者的身份被永远铭记,而创造赫拉的人却湮没在历史之中?你猜我是怎么知道'弗朗西斯·陈'这个名字的吗?是在黑市淘的一本纸质书上看来的!这个人创造了赫拉,进入第一届城邦管理委员会,他的成就和贡献不在'十二先贤'任何一人之下,为什么却没有位列先贤之一,甚至在增强视域里找不到一星半点关于他的记录?"

梅的眼神空白两秒,我猜她是在增强视域中搜索我说的名字。接着她猛然钳住我的手腕,把我从墙上拽下来。

"下线。"她说。

"我就一直没登录。"我说。

她盯着我,目光里带着几分茫然,几分凶狠,"你的意思是,这个陈——弗朗西斯·陈,被人有意从历史中抹去了?"

我点了点头。

"为什么?"

我耸了耸肩。

"好,换个问题。"她的眼珠里,夕阳正在燃烧,"是谁干的?"

"这个……"我想了一会儿,"那十二个人是在'事故'后五十年才被追认为先贤的……也就是说,那时候的决策者早就不是'十二先贤'了……"

她蹙起眉头,"赫拉?"

我沉痛地点头。尽管这是我最不愿得出的结论,但显然这也是最有可能的结论。在远离塔的三年里,我不再是那个盲信的孩子。在这个城邦看似完美的外表之下有太多裂缝与暗疮——自行其是的黑市、横死街头的人、被禁止的摇滚——它们使我怀疑,那个统御整个城邦的神明也许和我想象的不太一样。

讽刺的是,我正在努力重回她的怀抱——这是一个悖论。

沉默。橙色在消退,靛青沉了下来,半牙冷月露出了头。萨尔图城邦即将入夜,我在空气中嗅到了狂欢的气味。

"那本书……"梅开口说话,"有可能在撒谎。"

"是的。"我说。

"赫拉不可能欺骗我们,不是吗?"她的眼神,几乎是在向我求救了。

我努了努嘴。一个暧昧的赞同。

她将右手按在胸口,长长地吐了口气。然后,她笑了,左侧嘴角卷起一个黑色的、浅浅的酒窝。"不准再胡思乱想了。还有——"她用食指刮了刮我的鼻子,"今晚,不见不散。"

她的笑容里有巨大的承诺和诱惑。一时间郁结在我胸口的怀疑被一股热流冲开,我颤抖着,用力地点了点头。

101110001110001

"原来你早就有所怀疑……"兀鹫赞许地看着我,"看来把你扔到外围区是正确的。"

我咧嘴,"我还以为你更钟情那些无条件信任你的人。"

"那是种自我驯化。"它昂着脖子,来回踱步,"也许被驯化者足够乖巧聪明,但是他们缺少,嗯——某种斗争的本能。"

"因不得不超越自我之故,人类终极的选择,是创造或者毁灭,爱或者恨。"[1]

"很恰当。"它的眼睛亮了起来,像两枚淡黄色的灯泡,"很久以前我就意识到,

---

[1] 张冉的《太阳坠落之时》曾引用过的德裔犹太精神分析学家艾瑞克·弗洛姆的名言,本文中系二次引用。

塔，或者更准确地说，赫拉，正陷入某种高水平的停滞状态。为了继续引领文明前进，就必须在她的核心意识中引入怀疑、斗争，甚至毁灭。"

"一着险棋。"我评论道。

"没错。"

"结果满盘皆输。"

"我倒更倾向于认为，这是置之死地而后生。"兀鹫晃了晃它肉色的、褶皱丛生的长脖子，咧开它弯曲的喙——

我想，它是在对着我笑。

梅，它并没有自己想象的那么全知全能。

它对我们的计划一无所知。

10110100011100

公元 2299 年 12 月 31 日，晚上十一点五十五分，距离我和老吉米的"男人谈话"一个月余，萨尔图城邦将进入新世纪。

在人头攒动的街头，我和梅手牵着手。尽管如此，我们还是有好几次险些被冲散。狂欢的气氛正逐渐接近高潮，夜空被赫拉的巨型投影和躁动的 LIFI 光幕点亮，《查拉图斯特拉如是说》的雄壮旋律响彻云霄，人的气息和咸涩空气混合的奇妙气味（我想那类似于沸腾的费洛蒙）充盈在我们周围……所有人都在等待那终极的烟火秀，这个禁绝武器之地的"军事演习"。

"这只是个前奏！"梅在怒涛般的乐声中向我吼道。我俩在人群的挤压下前所未有地靠近，近到我已经可以通过身体感受她的轮廓。我的头皮发麻。

"前奏？"我大声回应。

"四年后！萨尔图建城两百周年！"她小小的贝齿反射着五彩的光，"到时候我们在那里庆祝！"

她指向远方的塔。在这迷醉而狂乱的时刻，那根倨傲的脊骨安静地伫立着，通体幽蓝，像一束烧到天际的冷火。

我按住她的肩膀，喊出破音的词句，"那我们，约——定——"

"约定！"她的眼睛扑闪扑闪。

乐声戛然而止。赫拉的脸幻化成巨大的数字：

10！

9！

8！

梅用双手捧起我的脸。她的手好凉。

……6！

5！

她把我拽向她。她微闭的双眼，她闪着光的鼻尖，她聚成圆形的嘴唇……坠向我的另一个世界。

……3！

2！

1！

我们的嘴唇贴在一起——多年以后我仍会战栗着回忆起这一刻，人类进入新世纪的这一刻。这一刻，那刺透我眼皮的烟火、那麻痹我耳膜的巨响不过是洞穴里的投影，而嘴唇才是我的真实宇宙，在这个宇宙中有截然不同的定律：带着重量的温度、藕荷色的柔软、等腰三角形的湿润……这宇宙无法言说。

穿过宇宙无数次的生生灭灭，我们分开嘴唇，我们张大眼睛瞪视彼此。我在梅漆黑的眸子中看到怒放的烟花，紫色的、红色的、绿色的，看到那个错愕、木讷、意犹未尽的男孩儿；我看到她脸颊上的红霞，她凝着一颗唇珠的上唇，她被牙齿咬住、散着白印的下唇，我想象着在她表情丰富的嘴唇中藏着一点骄傲、一点满足，还有一点秘密被洞悉后的小小恼怒。

"哎！"她的话音像叹息。

"嗯？"

"你笑得像个傻子。"

"嘿嘿。"

她的嘴唇又探了过来，"嗨，傻子。"

嗨，傻子。

我闭上眼睛，期待着再次进入那个宇宙。

红点在此时闪烁起来。排山倒海的喧嚣声骤然退潮，梅的气息从我脸上拂过，消散在我们之间凝滞的空气中。我们同时僵住了。

——前所未有的巨大红点，前所未有的突发事件。我睁开眼睛，我看到广场上所有人的脑袋都扭向塔的方向。我看到黑色的夜空向下接入明黄、橙金和血红。有什么在塔的脚下熊熊燃烧，在那新世纪的火焰面前，所有的烟火都如昙花般美丽易逝。

"是失火了吗？"有人问。

"不，不——"有人在增强视域里掘得更深，"是——冲突。"

是冲突。有人死亡。有几座建筑被点燃。几十、上百万人的同时查询造成网络梗阻，我们从赫拉那里只得到分辨率极低的、破碎的画面：那飞舞着火星和灰烬的街巷有如炼狱，人群在谩骂和推搡，有人挥舞拳头，有人倒地哭号，有人投掷石子和燃烧弹，试图分割人群和实施救援的机器人被推倒、被踩踏、被扯出头颅和胳膊，黏稠如血液的机油（或许就是血液）遍地流淌。尚未停止的《查拉图斯特拉如是说》伴着赫拉的语音播报，为破碎的画面充当背景音，于是这一幕显得极为滑稽与荒谬，又因滑稽与荒谬而显得愈加恐怖。

梅的全身绷紧。忽然她的手从我的手中挣脱出来，她转身钻入人群。

"你去哪儿？"我跌跌撞撞地跟在她身后，我用肩膀、手肘和膝盖分开呆立在原地的人们，我听见抱怨、呵斥与脏话。在人海中，梅是一条游得飞快的鱼，我眼看着她如鱼鳍般摆动的马尾没入深邃的黑暗中，那由人的阴影层层堆砌而成，比夜更黑的黑暗。

"梅！"我大声呼喊，徒劳挣扎。增强视域在此时彻底崩溃，人们的脸上是相同的空茫——一张脸接一张脸，满世界的空茫。

我陷在空茫之中艰于行路，鱼鳍消失，它的反向延长线指向那片燃烧的天空。

现在，我可以试着想象在新世纪的头几个小时里都发生了什么：那个女孩儿溯流游向冲突的发生地，其时，所有的交通单元都被封锁，她需要步行七八公里。当她走到一半时，天色陡变。"门"不知何时开启了，那蓄积已久的雨意终于找到了出口，起风，接着落雨。落下来的不是那种世界末日般的如注暴雨，不是。打在这座城市、打在梅身上的每一滴雨都带着自己的意志，它们坚硬、饱满、冰凉、训练有素，如同以命相搏的敢死队，撞毁在她的脸上和身上，撞毁在干渴的楼宇和街道上，搅起一阵阵水草般的腥气。梅一定是疼痛的，她因为这雨而疼痛，因为担忧自己的父亲而疼痛，更因为还有这样的担忧而疼痛——她不是鄙视和憎恶那个男人吗？她不是下定决心要远离这个光鲜亮丽的贫民窟，远离那个男人吗？

又向前蹚过几步，她看到火熄了。浓烟冲向天空，构成背景，将那一片区域从黑夜中凸显出来。有人向她走来，与她错身而过，他们的脸上挂满连雨水也冲不掉的黑乎乎的东西。是血、烟尘或者机油？她咬紧牙关，继续向前，直到被机器人巡警拦住。

"女士，前方禁止通行。"

她试图扒开那个有陶瓷外骨骼的大家伙，却被捉住手腕，带有硅胶内衬的仿生手掌没有弄疼她，只是让她寸步难行。

"让开！"她不停地眨着双眼，以维持视野清晰。

"前方禁止通行。"机器人礼貌而冷漠地重复道。

这时她终于意识到,面前这个得到命令的铁疙瘩绝对不会让她通过。于是她转向别的道路——可是她发现,每一条通往塔的道路都被封锁了。无法登录增强视域,联系不到她的父亲。她心中的不祥预感愈加浓重。她有一种感觉,那个人不会在家里好整以暇地等她,不会一边讥笑她像个落汤鸡,一边扔来毛巾,端来热茶。

不会。

当她失魂落魄地回到家时,雨已歇,天已破晓。这间小小的公寓房中除了那个被命名为"艾玛"的人格单元,没有别人。她的预感是对的。

她扑在床上,任由绝望将自己吞没。

101110001110001

"那件事啊⋯⋯"兀鹫打了个呵欠。

"对。"我点了点头,"在那个跨世纪之夜,W分子在塔的附近组织了一场游行。当然,和此前的无数次游行一样,他们的诉求无非是争取平等的工作权利。一开始一切正常,几百人的队伍在街道上缓慢前行,举着乏善可陈的标语,机器人治安官们秉持一贯的'不阻止、不介入、不伤害'原则,伴行在游行队伍左右。在这个队伍的外层,是人数更多的萨尔图市民——W分子欢迎围观,无人知晓的示威毫无意义,只是他们没有注意到,或者看不清围观人的表情,那种肃杀的、仇恨的、亡命的表情⋯⋯"

"他们的表情?"兀鹫说,"这只是你的想象。"

"对,是我的想象。"我承认道,"让我们继续。队伍沉默前行,直到跨世纪的烟花炸响——像是得到了一声号令,外围的人群骚动起来,空气中顿时飞舞着不堪入耳的咒骂、不怀好意的鸡蛋和饮料瓶。那些一心一意追求人类平等的人一开始还保持着克制，直到外围层层叠叠的'打死他们'汇成一声，直到手持铁棍的精壮汉子开始冲击治安机器人围成的屏障。场面瞬间失控，人潮对上人潮，大浪卷向小浪。冲突爆发。惨叫声、飞溅的鲜血、自制燃烧弹……这是一场战争——不，这是一场屠杀。四散奔逃的W分子被追逐、围堵，被毫不留情地殴打，治安机器人像母鸡保护幼仔一样保护那些手无寸铁的人，然而它们旋即被燃烧弹击中，在熊熊烈火中不断重复'请住手'，直到被烧成灰烬。更多的燃烧弹爆炸开来，尽管在一场力量悬殊的战斗中已无此必要。附近的几幢大楼被点燃，在消防队终于挤入战场之前，大楼中许多期待烟火表演的人成为新世纪第一场火祭的牺牲品……"

"场面是有点失控。"兀鹫轻描淡写地说。

"W分子成了替罪羔羊。"

它盯了我一会儿。"他们并不是全然无辜的。"它说，"他们企图颠覆一个运转良好的社会体系。我想，就算是你也会认同，当这个体系真正崩溃时，死亡的人数可不会是区区三百零二个。"

"所以你承认这场惨剧是你策划的了？"

兀鹫卷了卷瞬膜①，"谈不上策划，一点点煽动而已。真正的暴力是人类自动完成的，不比播下一颗种子等待收获更难。我观察人类数百年，得到的经验是，强化已有的偏见永远胜过试图扭转思想——很可惜，吉米·斯特里克曼不知道。"

我埋下头。我仿佛看到了老吉米的眼睛，那双美丽、多情的眼睛，想起他和我的约定（对于即将发生的事，他是不是早有预感？），想起他的摇滚手势——这自始至终都是一场以卵击石的战争。

梅，你的父亲，他真的知道自己的对手是谁吗？

---

① 无尾两栖类、爬行类和鸟类用来保护眼球的部位。

110000001110110

我们依旧一起学习，依旧在放学路上结伴而行。我会走同样的一条折线回家：把梅送到她家楼下，然后告别。没有什么多余的话，甚至没有多余的眼神。那一个吻仿佛没有发生过。我们从未谈起过那一夜，那一夜的烟火、雨、死亡和吻，还有她的父亲。我想某些变化已然发生，而这些变化太过深邃与宏大，超出了我们语言表达的阈值。

但有一种变化我们是察觉得到的。在萨尔图第四学校八年级三班，我和梅一直被孤立。我们像一个围绕彼此旋转的双星系统，无视甚至享受这种孤立。然而在那个死亡之夜后，同学们的眼神不再从我们的身上弹开，而是长久地驻留在我们（或者更准确地说，是梅）的身上；他们走过我们身边时，不再是撇撇嘴表示自己的不屑与不快，而是面目绷紧，在稚嫩苍白的脸蛋上努力凝聚出一种老于世故的、仿佛亲历过悲痛和死亡的神态；我听到他们压低嗓子却故意保证我们能够抓住其主旨的耳语："W……该死……臭崽子。"我想空气中一定飞舞着更不堪入耳的话语，它们被调制成电磁波，往来于将我们排斥在外的局域增强视域网络。

每当这些话语刺向梅，她的肩膀便会一紧，接着把头埋下，用手指翻动信息桌面上的几何题，尽管以那种速度她连题干都不可能看得清楚。而我会猛然起身，向空气、向无处不在的敌意挥舞拳头，牙齿铮铮作响。梅轻轻扯我的袖子，"算了。"我站着不动，她便加大手中力道，"夏瑞！算了。"

我茫然地收起拳头。这样的梅让我感到陌生。

那件事发生时，世纪之夜已经过去了一个月。那天我们结伴而行，空气清冷，灰色的天空里有鸟飞过。

"他们把他放出来了。"她忽然说。

我的脚步一滞。我当然清楚"他们"和"他"指的是谁。从别的消息渠道,我已得知老吉米没有死。他被这座城邦的执法机构抓了起来,正等待一场审判。

"前几天回来的。"她继续说。

"那很好啊。"我回应道。梅微微侧过脸,那上面并没有欣喜的线条——这并不奇怪,我想,她一直不喜欢自己的爸爸。

她停下脚步,把脸转向我。"他们对他做了——"深深地看了我几秒钟后,她摇了摇头。

"做了什么?"我追问道。

她摇了摇头。她的眼神陷入一片阴霾,或者毋宁说她的眼神就是阴霾本身。

忽然我听到一声响亮的口哨,循声音望去,几个庞然的身影立在小巷的一头。

"啧啧,"吹口哨的人走了过来,"一对小情人。"

是"狗熊",被我打得半死的那个狗熊。和所有外围区少年一样,他的身材高大虚浮,由于长期沉溺增强视域,眼神有些虚焦,惨白的脸上挂着一抹永恒的微笑(我一直不愿承认那是他与我打斗留下的后遗症),还有隐隐的络腮胡。在他身后,是班里的另外几个男生。

我捏紧拳头,将梅半掩在身后。

"很不错呀,男子汉。"在离我几步远的地方,他停下,"还想和我打一架,啊?"

我摇了摇头。余光里,小巷的另一头也站了几个人。我的心提了起来,这不是偶遇,而是陷阱。这条我们常走的小巷罕有人至,他们一定早早就踩好了点。

赫拉的无人机在哪里?巡逻机器人在哪儿?

"不要想着登录视域。"狗熊说,"W 分子有的东西,我们也有。"

"你想干什么?"梅问道。

他的目光越过我的肩膀,"听说你爸爸回来了,臭崽子?"

"你说什——"我扬起的胳膊被一双手挽住。我扭过脸,梅在摇头,缓慢地,从左到右，从右到左。

狗熊似乎很满意，永恒的笑脸上又叠了一分笑意。他围着我们踱步。"很多无辜的人死去了。"成年男子的声音从身后传来。"可他却没有死。"左侧。"没有死，也没有被法律惩罚。"右侧。"我很遗憾，"他又踱回到我们面前，这个人正努力在微笑中榨取悲伤，这让他的脸既滑稽又狰狞，"我们都很遗憾。"

"我爸爸也是受害者。"梅说。她使劲攥着我的手腕，她的手冰冷潮湿。

狗熊挑了挑眉毛，"哈。"他踏前一步，电光火石间，他的拳头击中了我的腹部，剧痛在迷走神经中炸开，在我眼前掀起一道烟幕。我想这一拳的力道他一定积攒了很多年，他把仇恨这种硬通货一枚一枚地压入储蓄罐，在这一刻砸碎储蓄罐把它们一股脑儿挥霍掉……待视野重新清晰，世界正以一种奇怪的姿势回望着我：没有灰色的天空和残破的天际线，只有皲裂的地面和肮脏的运动鞋。一只褐蚁好奇地支起触角，努力识别我身上散发出的、名为"恐惧"的信息素。我无处可逃——有什么顶在我的后背和腰部，把我死死钉在地上。

"你想干什么?! "

我听见梅的声音。我奋力扬起脖子，眼珠上翻，然后我看到了她——两个高壮的男生反剪住她的双臂，她徒劳地挣扎，满面通红，额角青筋暴起。

"你想干什么？"

狗熊低头看了看我，又看了一眼梅。"替天行道啊。"他说。

他从我身边走过，运动鞋碾过那只好奇的褐蚁。他走到梅面前，俯视她良久。从我的角度，我看不清他的表情，我只能发出困兽般的嘶吼，仿佛这样就能阻止他的行动。下一秒钟，我看到狗熊的身影微微晃了晃，有什么东西画出一条抛物线，砸在梅的脸上。世界在此刻陷入静寂，在泥泞的时间中我看到梅瞪着眼睛嘴唇微张，那一口浓痰从她的眉心蜿蜒滑向右侧鼻梁。人们走了过来——男孩儿、女孩儿，大概有二十几个，这些人是什么时候冒出来的？——他们秩序井然地排着队，一个接一个朝梅吐出第二口、第三口、第四口……我们，我和梅，彻底呆住了。没有挣扎，甚至没有发出一丝声响。人与人之间的恶意颠覆了我们的想象，在这样的颠覆面前，我们全身僵硬，只能干瞪着眼任由它发生。最后连施暴者们也意识到这一点，他们安心地放开我们，这样打手们也能轮流啐在梅的脸上——这啐下来的雨把梅的脸冲刷得晶亮迷离，她也许流泪了，但人的分泌物、人的恶意、人的悲伤混合在一起，我无法分离出属于她的东西，我甚至无法把自己从这坍塌的世界中分离出来……

人影消散，最后只剩下狗熊。他蹲在我面前，喉结蠕动，嘴唇嗫起，我等待着甚至期待着他也啐一口在我脸上，这样我就能为梅分担哪怕一点点的疼痛——但他没有。他吞咽，喉管发出咕嘟一声。他轻轻拍了拍我的脸，带着他永恒的微笑，起身扬长而去。

那天是我第一次去梅的家里。从小巷回家的路途，她一直走在前面。她的步伐一如平常，她的背影依然属于我熟悉的梅，但我不知道在那前面是什么。到了她家楼下，她既没有邀请也没有拒绝，于是我随着她走入楼道。这是我第一次深入梅的世界，那幽暗的楼道、卡顿的电梯、淡淡的霉味和在楼道里纠缠回旋的脚步声从此萦回在我的记忆之中。

虹膜认证，房门滑开。她头也不回，"进来吧。"

一进屋，她便撇下我径自走进卫生间。我想此时在她心中我不是客人，而是一个和她分享黑暗秘密的人，不需要戒备或者客气。我站在玄关绞着手指打量梅的家。彩色布料沙发，占满整面墙的书架，书架上插满了纸质书和彩色的 CD盒——都是古董。沙发、茶几、书架，不怎么明亮的灯光，这几样东西填满了小小的起居室。哗——哗——水声。如果换作以前，这声音一定会让我对水流下梅的身体浮想联翩，可现在我没有。我向前走了几步，看到被玄关掩住的另一半沙发上坐着一个人，他身边的米黄色智能人格单元闪着蓝色的状态指示灯。

我下意识地吞口水，可我发现这个动作对我来说无比艰难，也许在我的余生中将一直如此。

"你好，"我说，"老吉米。"

男人没有任何反应。

我向前走了几步，俯身，"老吉米？"

他抬眼看我，而我的心脏在这一刻骤然紧缩。那是一双完全不同的眼睛，如果说它们曾经装满了什么，那么现在已经被倒空，连瓶底都干干净净。我这才想起梅说了一半的话："他们对他做了——"

他们对他做了不好的事。他们杀死了他。

我猜这是梅欲言又止的话。

男人失去灵魂的目光从我脸上扫过。他发出一声急促的哼哼，把手搭在智能人格单元的聚酯外壳手臂上。艾玛心领神会，从茶几上捞起一只瓷碗。男人小幅度地快速点头，如同颤抖一般。他张开嘴巴，机器人将一勺面糊状的食物塞进他的嘴里。

一勺一勺地喂饭，一勺一勺地吞咽。吉米·斯特里克曼是一个髯须满面的婴孩。

我难过地扭开头。

梅走了过来。她的头发散开，还滴着水，她修长的脖颈隐入白色的纯棉 T 恤，T 恤则连着一条蓝格子家居裤。她的身上散发着淡淡的芬芳，她的皮肤细腻光洁，有浅浅的晕光——此刻我的梅洁净宛如婴儿，我想，但有些东西，她是永远都洗不去的了。

"这就是赫拉的惩罚，"她说，"让他生不如死。"

梅的手指拂过老吉米的乱发，后者抬头看了看她，露出天真无邪的微笑，嘴角凝着一抹褐色的水果羹。她忽然想起了什么，转身走向书架，在一叠叠的 CD 盒中翻找，时而踮起脚尖，露出一截小麦色的腰肢——梅是如此美丽圣洁，如今她被玷污，我想，而我是如此无能为力，我是个废物，我真该死，我……

她抽出书架中的一个塑料盒，然后跑到起居室的另一头，跪在那里捣鼓一台功能不明的机器。我走到她身边，蹲下，凝视她的侧脸。察觉我的目光之后，她微微顿了一下，又继续动作起来。有水珠从她的发尖滴落，打在地板上嗒嗒作响。我在她脸上看不到什么东西，我想，人必须把一些情绪包裹起来，否则它会如病毒或炸药，带来毁灭，区别只在于方式。

"好啦。"她轻声说。CD被塞入机器，音乐响了起来——这个黑家伙是CD机。

It's early morning

The sun comes out

Last night was shaking

And pretty loud...

是蝎子。蝎子。

"他喜欢听这个。"她站起身说道。我看到沙发里老吉米正在咀嚼的脸忽然僵住。

...My cat is purring

And scratches my skin

So what is wrong with another sin...

"以前，我认为自己可以忍耐。"梅说。

"嗯。"

"但是我不能。"

"嗯。"

"我记住了他们每个人的脸。"

我看进梅的眼睛，那里面有黑色的火焰。

...More days to come

New places to go

I've got to leave

It's time for a show...

"我绝不原谅。"梅说。

"不原谅。"我鹦鹉学舌。

她抓住我的手。她的手滚烫。

Here I am, rock you like a hurricane!!

Here I am, rock you like a hurricane![1]

我听见老吉米正用哼哼声轻轻唱和。

101110001110001

"所以……"兀鹫低头沉思良久,"就是在那个时候,你们……"

我点了点头。

"但你们仇恨的是那些孩子。"它说。

"他们是很可恨,但更可悲。"

它哼了一声,"你们当时可不是这么想的。"

"对。"我承认道,"那时我们心中只有黑色的仇恨。只有在做下那件无可挽回的事之后,我们才深刻地反思,才会去追寻这一切发生的真正原因。"

"你们认为那个原因就是我。"

有很长一段时间,兀鹫没有再开口,它绕着我踱步,它的姿态让我想起了狗熊。那个孩子在羞辱梅之前也曾这样装模作样地思索,而世界则以潦草的真相回报他的装模作样。他自以为用一种比暴力更加高级的手段实施了复仇和正义,我想他或许还为此洋洋得意、沾沾自喜。

他不曾想到,我们选择了回击。

---

[1] 出自蝎子乐队的歌曲 *Rock You Like A Hurricane*。

——以一种更加纯粹、更加接近真实世界的方式。

101011000101101

我们为报复计划筹备了很久。我们像一对逍遥法外的雌雄大盗，细心、缜密、精益求精、充满默契。每一个环节我们都斟酌再三，反复论证可行性，计算行动在敌我之间生成的复杂的反应函数。有一点我们心照不宣地避过不谈，那就是我们可能面对的责罚。这是一件我们，我和梅，必须要做的事。这关乎自我的完整，或者说，我们需要这场报复行动来重新搭建已经坍塌的自我，而在自我的完满面前，任何惩罚都不值一提。

至少我是这么想的。

我们在铁人公园杳无人迹之处搞了几次小型试验，根据试验结果慢慢打磨手中的复仇之剑。当我们满心欣喜地看着这把剑愈加锋利之时，有那么一两个瞬间，我会产生一丝犹豫和迷茫，就像我在提出复仇计划时梅的反应一样——

"你确定？"梅问道。

我庄重地点头。我想，那时我比梅更憎恨狗熊，憎恨班里的每一个孩子——他们全部参与了此事——因为他们只对梅施以恶行而放过了我，从而切断了我和梅之间的紧密联系。

一两秒的踟蹰，然后梅捏了捏我的手，她的眼睛漆黑慑人。

现在犹豫的人变成了我，而梅，她被沉睡已久的本能唤醒，正轰隆隆地驶向命运深处。我明白我们不能停止，也无法回头，我们成为彼此的飞轮，在一个接一个的复仇冲程中为力量殆尽的对方提供动能。

那一天终于到了。

临近上课时，我们故意在楼梯间磨蹭，和之前的十几天一样。那些施暴者鄙薄而又得意地从我们身边走过，进入教室。在他们眼中，我们是两只匍匐在地的蝼蚁，失去了自尊，可以任人宰割，却又没有了宰割的必要。他们不知道我们是在默默清点人数：一个、两个、三个……

狗熊在我面前停下，清了清嗓子，咳——咳——

我皱起眉头，向后退了一步。我想他很满意我的反应，他双手插兜，拧着肩膀摇进了教室。

"二十一个。"梅说。

我点了点头，向教室门口走去。走到一半我停了下来，转身看梅，我看到她眼神空白，嘴唇紧抿。按照计划，她此刻正在全力黑进八年级三班的门禁系统。而我——我的手插进上衣内袋，我用颤抖的手指抚摸复仇女神们的肌肤。她们并不冰凉，亦不炙热，恰如此刻的梅。

走到门口时，梅跟了上来。

"搞定了。"她说。

我点了点头。

她攥住我的手腕，"现在停手还来得及。"

"梅，如果现在停手，"我哆嗦着嘴唇，"我们就永远是臭崽子和丑八怪。"

她放开了手。

我将目光探进教室。我看到漫天飞舞的纸飞机、凌乱的桌椅和搁在桌椅上的鞋底。对即将到来的一切一无所知的孩子们叫闹着、喧哗着、蹦跳着，机器人管家缩在教室一角发出无能为力的"哔哔"声。我看到狗熊，他正叉着腿站在教室中央，他巨大的阴影投在追随者的脸上，他高声说着什么，脸上的微笑时而收缩，时而膨胀……

笑吧，继续笑。我把头缩了回来，冲梅点头。后者用手指敲了敲额角，示意准备就绪。

三个复仇女神。塑料瓶子有光滑的外壳。光滑里装着引信、火药和塑料破片，装着被精心配比的暴力。梅划了三次，自制火柴才"嗤"的一声燃了起来，那橙色的火焰摇晃了几下，终于挺直了脊梁。梅的目光穿过火焰刺入我的眼中，那是她最后一次向我征询。

我把手递向她。

当第一个冒着白烟的土制炸弹滚到狗熊脚边时，他低头看了看，目光僵直，和每一个增强视域重度使用者一样，大概在努力弄清来者究竟是实是虚。紧随其后，第二个、第三个炸弹滚向教室的两边，引线燃烧的景象将孩子们推入对人类杀戮史的迷思中。也许他们所有人都只是永远长不大的孩子，而我和梅将成人的世界丢给了他们。终于有人意识到那是什么，几个思维敏捷的人望向门口，身体也随着目光而动。就在这时，梅下达指令关闭了教室的大门——那一条任何人都不能跨越，否则视同侵犯的线。我们背靠在门上手牵着手，正对我们的全息墙上滚动着上一次考试的成绩，第一名是梅，第二名是我，明晃晃的十七岁笑脸在墙上一闪而过。我深吸一口气，眨了眨眼睛，突然瞥见走廊天花板上有一块淡褐色的水渍，像一张人脸，龇牙咧嘴的人脸。它让我想起那个死在墙角的人，想起老吉米……那张脸在我眼中渐渐模糊、洇散，现在它像鲜花，像烟火，像铁人公园里被塑料破片撕成飞尘的那一截土墙……

梅的手是那么用力，她攥得我好疼。

一声微弱的尖叫，在我听来更类似于惊叹或质疑。紧接着：嘭—嘭—嘭——

死寂。然后是号啕声、哭喊声、咒骂声。教室大门被擂响，震颤导入我们的身体。我和梅不约而同地前跨一步，对视一眼，在彼此眼中，我们并没有找到快乐。是的，我们复仇成功，但并不快乐。但这一刻是神圣的，它并不适合计算损益。我们紧紧握住彼此的手，像握住最后一口呼吸。我们向走廊的另一头走去。

我在拘禁中得知了我们的战果：由于桌椅的阻隔，大多数人只是受了轻伤。

伤势稍重一点的，皮肤里镶满破片，但没有伤及重要器官。

被这场小型恐怖活动彻底扭转生命史的，只有狗熊一人——一枚土制炸弹在他脚下爆炸，将他掀翻。同时炸碎了他的一只眼睛和三根手指。

有很长一段时间，我想象着这一事实对狗熊意味着什么，想象着这残缺会如何改变他脸上的笑容。这想象令我不寒而栗，辗转反侧。

在临时监禁机构待了一个月后，我重获自由。回家之后，我很少和父母说话，我与他们之间隔着巨大如山峦般的愧疚——只是我不知道这愧疚因谁而起。我被安排到另外一所学校上学。从外表和谈吐来看，我现在是个彻头彻尾的外围区人，但这并没有使我更加合群。在新的集体中，我将自己隔绝。

没有梅的消息，她的增强视域账号始终处于离线状态。

每天放学后，我都会在她家楼下徘徊良久。有时，我会看到老吉米在艾玛的陪伴下散步，他佝偻着缓慢地挪动，一只手勾在机器人背后的辅助扶手上。他是个四十多岁的耄耋老人或者婴儿，取决于你同情何者多一些。

这时我会背过身去，表达心中的哀悼。

寻找梅的日子持续了一年。一年后的某个上午，我收到了她的消息。

来找我。简短的三个字，后附一个地址链接。我颤抖着，用视点点开链接，导航路径瞬间生成。没有丝毫犹豫，我起身，走出教室，走出新学校的大门，把解析几何和生物学基础丢在身后。这天难得地放晴了，脏兮兮的阳光粘在我脸上，竟然有些许温暖。我深深地呼吸，肺部晓畅滋润。我预约了最近的单人交通单元，它很快就在轨道站的发车泊位待命。这个椭圆形、半透明、嗡嗡响的小家伙载着我穿城而过，高耸入云的塔，大片大片正方形的、高楼林立的街区，肿瘤般杂乱、蓬勃的棚户区撞入眼帘又急速远去。我离"门"越来越近，那个带给萨尔图城邦雾霭，也带给她生命的"Ω"形"门"。

梅给的地址在交通单元的网络之外，甚至在道路的网络之外。下车后，我在尘土飞扬的小径中走了大概半个小时，才终于到达——白垩色的方形矮楼、铁门和高约两米的尖头铁栅栏。形似蜘蛛的仿生机器人警卫戒备地看着我,"此处禁止探访。"

"这是什么地方?"我问。

"学校。"蜘蛛用腹部的扬声器回答。

学校。我艰难地吞咽唾沫。隔着铁栅栏,我看到在杂草丛生的草坪上有三三两两的年轻男女,他们身穿不合体的灰蓝制服,如梦游一般默然行路。

"这是什么学校?"我又问。

"无可奉告。"

我转身沿围墙行走,一架无人巡逻机从头顶掠过,飞出七八米后,它悬停在半空,闪着红色指示灯的枪型摄像头上下打量我,几秒钟后它对我有了判断,接着兴味索然地飞走了。

我到了。我给梅发消息。我进不来。

……等我。

几分钟后,我看到一个小小的灰色身影。从远处看,这身影和草坪上的幽魂并无不同,但我凭直觉认出了她。那身影在向我靠近,它时停时走,但毫无疑问在向我靠近。我的心紧紧揪着,我的喉咙干渴,仿佛有千万年滴水未饮,我的双手死死地攥住铁栅栏,我怕此刻松手就会烂泥般瘫软在地。

是梅。

她向我款款走来。我能看见她带着酒窝的笑靥,还有剪短的、垂在肩膀上的黑发。一年不见,她又长高了些,有了女人的步态——我的梅,尽管被束缚在丑陋的衣装里,仍美得令人窒息。

"嗨。"她呼出的热气穿过铁栅栏的缝隙拂到我脸上,她漆黑的眼珠微微转动,她嘴角的笑意盘桓不去。

我拼命挤出一个笑容,"嗨。"

她把一只手伸过来,用指腹摩挲我的脸,"夏瑞,你瘦了。"

我按住她的手，让它长久地驻留在我的脸上。我感受着那只手的每一寸肌肤、每一块骨骼、每一缕纹理的旋涡，我想问她这么长时间去了哪里、为什么不联系我、过得还好吗，但我就像个布洛卡区①严重受损的病人，从口中发出的只有模糊的、类似呜咽的声音。

梅善解人意地看着我。"我一直想联系你来着，"她说，"但我怕你担心，所以就……"

我放开她的手，声音骤然放大，"梅，在这里的不应该是你，我对那个治安官说——"

"嘘——"她将食指点在我嘴唇上，回头看了看，然后凑过来，"我知道你把一切都揽在自己身上，但我想命运本来就是不公平的——对你，它尤其残酷。"

我愣住了。

"夏瑞，这里没你想象中那么可怕。"她用那根制止我说话的手指轻轻揩去我眼角的泪水，继续说道，"他们管这里叫'问题少年关怀中心'，而我们叫它游乐场。""我们"，我抬起眼睛看梅，"我们"这个词曾仅仅指代梅和夏瑞，在分别一年后，它似乎有了别的含义。"我想对于狗熊——"她停顿了一下，"对于狗熊那样的孩子来说，这里甚至可以被称为天堂……"

梅告诉我，这里的孩子没有学习任务，对增强视域的使用也没有一丁点的限制。大妈妈甚至很鼓励他们使用增强视域。她给了每人一个高权限账号，使用这个账号可以得到虚拟世界中最丰富的内容、最逼真的体验、最强劲的娱乐，这是几乎所有外围区的孩子——也许还包括成年人——梦寐以求的。

"但我不是因为乐不思蜀才不联系你的。"梅抿起嘴唇，点了点自己的额角。呆立数秒后，我心领神会，从增强视域退出。

"大妈妈能看到我们的每一句对话，"她说。"也许还能听到。"

我在梅漆黑的眼眸中看到腾起的雾霭，我见过她这样的眼神：在她在地上画

---

① 大脑的运动性语言中枢。

线时,在她谈论 W 分子时,在她策划复仇时。

我点了点头。

她示意我把耳朵靠过来。于是我转过脸,把一只耳朵塞入栅栏间的空隙中,条形铸铁在我的脸颊和耳后投下两道冰凉。

"关于这一点,我想了很久。"她的气息吹入我的耳道,轻轻叩响锤骨、砧骨和镫骨,"我们的世界建立在一层层的抽象之上,而大妈妈就是最高的抽象——我是认真的,夏瑞。大妈妈掌管萨尔图城邦的每一条肌肉、每一根神经、每一条血管,掌管了我们的衣食住行。你肯定会说这有什么不对吗?每个人都觉得这没什么不对。他们是那么放心地把自己的生活交付到她的手中,他们相信一切安排都是最合理的,都是最符合他们的根本利益的。从来没有人思考,在一层层抽象之下是什么:增强视域如何运作,交通系统和食品分配系统的原理是什么,每个人的位置和命运是依照何种原则被安排的,从来没有人想过——哦,我这么说是不对的,确实有人想过,而且为数不少。"

我把自己推离栅栏,定定地看着她,"你是说……W 分子?"

她微微点头。

"可他们只是想要——"

"工作。"她接过我的话头,"他们是在质疑大妈妈制定的规则,而这也就是在质疑大妈妈本身……夏瑞,你还记得那个,叫——蝎子吧?"

我努力回想了一下,"摇滚?"

"对,摇滚,被大妈妈从增强视域资料库里剔除的东西。我偷偷听过很多摇滚,你知道,老爸的收藏,那玩意儿让我又爱又恨。老爸出事之后,我一直想这种吵吵嚷嚷的音乐形式里一定有某种东西,它构成了老爸灵魂的一部分,也在很大程度上塑造了他的命运……我曾苦苦思索,而直到我们完成复仇,直到我来到这个地方,我才弄清楚那是什么:是挣扎是妥协是抗争,是希望是梦想是失落,是欲望是牺牲是信仰,是爱是恨,是卑微是高尚,是瑕疵和对完美的渴望,是我们心底燃烧的火焰和毁灭的力量——总而言之，是我们在大灾变之前曾经拥有的东西，是那些使我们更加完整的东西。"梅眯起眼睛，"而这，恰恰也是大妈妈竭力想从我们身上抹去的东西。"

我后退一步，"梅，我不明白……"

"帮助问题少年最好的方法就是让他们沉溺于增强视域无法自拔，而外围区的其他人又何尝不是如此呢，区别只在于程度。"梅的黑眼睛宛若深渊，它直面着我，拉着我坠落，"我们衣食无忧，我们寄生于虚拟现实与增强现实之上，从而远离了真实的、充满痛苦、斗争与求索的生活；我们失去了理解他人的愿望和能力，失去了同情心与同理心——想想发生在你我身边的事情，想想那一夜的大火和死去的人……想想狗熊。"

她说的话我似乎在哪里听过，我起了一身的鸡皮疙瘩，"梅，你走得太远了。你还记得我们可是要——"

"呵，中心区，我当然记得。但这并不妨碍我去质疑。"梅的手探了过来，挽住我的肩膀，将我拽向她，依旧不容分说，"我想萨尔图城邦所有的人都在为某种宏大的、极度抽象的目的服务，所有人，外围区的人和我们希望成为的、中心区的人。在这个城邦里，或许你最好的宿命就是成为庞大机器里的一个零件，大妈妈希望你成为的那一个零件；或许你会比其他的更精致些，发挥的作用更大些，但你依然只是个零件。现在我想知道的是，这是一部怎样的机器，我们又是何种零件——也许只有大妈妈才能告诉我。"

不知不觉间，我的脸已经楔入金属之间，我的口鼻探入了梅的世界。我用力呼吸，而空气在此时似乎变得凝滞沉重。在我的想象中，那是一层层的抽象在阻碍它的流动。

"夏瑞，还记得'十二先贤'，或者说'十三先贤'吗？"梅冲我眨了眨眼睛，"别忘了，你也质疑过大妈妈。"

我无言以对。这时，梅的身后响起连串急促的嘟嘟声，一架白色无人机顶着红蓝二色警示灯从草坪的方向朝我们急速逼近。

"糟了。"梅吐了吐舌头，忽然把脸凑过来，她的嘴唇压在我的嘴唇上，她用嘴唇分开我的嘴唇，她的甜香充满我的口腔、我的灵魂。此刻，她是征服者，而我茫然无措地引颈就戮。她的双手捧住我的后脑勺，仿佛担心我会挣脱——而我不会，在灵魂归窍之前不会——我们就这样亲吻着，直到所有声音围拢过来。嘟嘟嘟嘟……哔哔哔哔……来访者请速离开，否则……来访者……

她向后退了几步，舌尖在嘴唇上卷了一圈，"替我看看老吉米。"

说完，她便转身决然走掉。而我则失神地站在原地，凝视她摇曳的背影慢慢融进暗淡的天色，任自己被惆怅与甜蜜淹没。

101110001110001

"很了不起，"兀鹫说，"她差不多就要到达秘密的核心了。"

我骄傲地撇了撇嘴，"梅非常聪明。"

"而且固执，"它补充道，"她很像她的父亲。"

"是啊。"我赞同道，"这父女二人都不甘于平庸，都有突破固有生活的渴望，他们之间的区别是，老吉米想从根本上改变秩序，而梅则寻求自我提升，以进入更高的秩序之中——当然在这一系列事件之后，他们的目标一致了。"

"我消灭了一个敌人，"它挪揄道，"但同时树立了一个更可怕的敌人。"

我耸了耸肩。

大鸟注视我良久，忽然说："那么，夏瑞，现在你还记恨我吗？记恨我看着这一切发生而没有阻止？记恨我让梅去接受责罚而让你去承受愧疚？"

"我猜，"我回望着它，"这是试炼的一部分。"

兀鹫眼中浮出一丝遇见知音的慨叹和欣慰，"在设计命运这件事情上，我从未、也再不会像对你这般用心。"

我笑了笑。梅,是什么样的狂妄会让一个人——姑且让我们称它为一个人——以为自己能全然掌握另一个人的命运,甚至竟用上了"设计"这个词?这是真正的天神都望而却步的领域,而它——

而它也将为它的狂妄付出代价。

审判即将来临。

111001000110001

"你来晚了。"

在橙红色的夕阳下,女人坐在残墙上,双脚轻轻摇荡。我双手一撑,坐到她旁边。

"抱歉,"我说,"我刚从家里回来。"

女人眨了眨她的黑眼睛,那里面有两簇小小的火苗,"怎么样?"

我想起夏然和艾米莉在餐桌上小心翼翼的模样。那件事过去四年了,而我也早已搬进了自己的成年公寓,但我的这个三口之家却似乎无法从那道伤口上跨过。我们越是小心翼翼地绕开那一场暴力以及暴力之后我对他们两个的荼毒,就越是欲盖弥彰。我们在欺骗自己:我努力扮演一个痛改前非的浪子,而夏然和艾米莉则表现得宽厚而隐忍——他们是与我搭戏的演员。

我耸了耸肩膀,"还好吧。你知道,我们终究是回不去了。"

梅轻轻拍了拍我撑在墙沿上的手。"他们会原谅你的,"她说,"他们只是需要一点点时间。"

我没有开口。我们默默坐了一会儿,看夕阳的余晖在坑洼不平的地面上、在沉默不语的断壁残垣上慢慢褪去。两年前,梅离开那所"学校"后,我们就常在铁人公园见面。这实在是个不够浪漫的约会地点，但我们并不介意，甚至乐在其中——这个地方见证了我们生命中至关重要的一切: 线、鞭炮、摇滚乐、土制炸弹。是这些抽象或者具体把我们联系在一起，而铁人公园则是承载它们的时空。

她从墙上跳下，走向另一侧的废墟。我跟了上去。绕过一个拐角，她停住脚步，转身招呼我: "过来。"

我走到梅的面前。她托起我的左手，把另一只手的食指和中指搭在我的手掌上。"把手合上，给我的手指留一点活动空间。"她命令道。

我依言而行。我的五指虚握着梅的两指，感受光滑的指甲、凸起的骨节。这么多年来，梅给予我的总是她的片段，她的目光、她的酒窝、她的手指、她的嘴唇。有时候我感觉自己就要被膨胀的欲望淹没，有时候我又因为这欲望而陷入深深的自责。联结着我和梅的不应该只是肉体的吸引，不，远远在那之上，联结着我和梅的是灵魂的契合，是惺惺相惜，是仇恨，是鲜血，是爆炸，是对命运失衡的自觉。

但我仍渴望着梅，对她的亲吻索求无度，用居心叵测的触摸勾勒她身体的曲线。每当我被欲望充满、即将丧失最后一丝理性时，梅总会温柔而不容分说地推开我，"瑞，还不到时候。"

我没有问要等到什么时候，因为这会让我显得像个傻瓜。我相信梅的安排自有其道理，而我是她的崇拜者、她的臣民，我愿接受她为我安排的宿命，在她的脚下供奉岁月的牺牲。

"……瑞，别溜号。"梅轻声说，"好好感受。"

"好。"我应道。

她的手指在点我的手掌。左右右左右，或者食指中指中指食指中指，一连串的点击。

"这是什么? "

她浅浅一笑,"我们的恩尼格玛①。食指代表零,中指代表一。"

"ASCII 码?"

她摇了摇头,"那个太容易被别人想到。我用的是二进制的 UNICODE 码。当然,想要把它和汉字一一对应记住是不可能的,我还做了一个离线独立进程来编码与解码。大妈妈能进入我们的眼睛和耳朵,但她无法占有我们的触觉。也就是说,在离线的情况下,大妈妈无法获知解密过程,也看不到我们的密文传输。"

我打了声呼哨。我想说直接用手指在对方手心写字比这种方式简单得多,但我随即明白过来,也许梅想要的就是这一点点的曲折和多此一举。

这是赫拉无法理解的行为方式。

"我把那个独立进程推给你了,"梅说,"现在试一下破译密文。"

说完她的手指又动了起来:

中指食指中指食指食指食指食指……

101000010000011

我将二进制代码写入独立进程,一个二进制 UNICODE 码与汉字对照矩阵显现在我的增强视窗中,5×5 的规模。现在我要做的是在其中挑出梅给出的代码,这样做当然比用独立进程直接对译要麻烦一些,但我立刻领会了梅的用意:即便赫拉通过某种方法在离线状态下侵入我的视觉,她仍不知道我得到的那个字是什么。

那个字是——傻。

"我知道了,"我轻轻攥住她的手指,"不用继续敲了。"

"好,你编一段密文试试。"

编写密文要难得多。我需要从八张毫无排序规律的 20×20 对照表中挑选常用汉字,如此一来要准确表达自己的意图只能依靠熟能生巧。但此刻我要表达的东西并不复杂,我找到了那个字,在她的手心敲了出来。

---

① 二战时德军使用的密码机。

读出那是什么后，她的脸红了。

"傻瓜。"她说。

我吃吃地笑。

忽然，她揽过我的肩膀将一个吻印在我脸颊上，接着在我耳边呢喃："从今以后，我们就有了只属于我们两个人的语言——不管是在外围区，还是在那里。"

那里。

我用手臂环住她的腰肢，把鼻尖埋入她芬芳的发丛中，贪婪地呼吸，在呼吸的间隙我发出一声："嗯。"

"还有三个月。"她说。

"嗯。"

"你一定会成功的。"

"嗯。"

直到分别后，我才反应过来，梅说的是"你"一定会成功，而不是"我们"。我以为这是口误，因为梅一直是一个比我更适合的人选。她更聪明，更有野心，也更漂亮，我不知道外貌是否也是赫拉的筛选标准之一，但从进化论的角度来看，美丽的外貌确实意味着更卓越的基因和更高的生存概率。

可是我错了。梅一直是那个能够远远窥见命运并为之做好准备的人。

而我是一个傻瓜。

梅，这是整个故事里唯一的一段"绕远路"，但兀鹫并没有显出不耐。当我说起我们的密码时，我看到它若有所思——这位天神正一步一步踏入我们的陷阱。在这胜利在望的时刻，我竟如此想念你……梅，我多么希望当我想起那天你的手指在我手中舞蹈、你的轻轻一吻时，这只是纯粹的怀念；多么希望此时在我眼前浮现的是夕阳中你脸颊上的绯红，而不是山巅上复仇的孤绝血色……梅，你还记得我在你手心敲出的字吗？

——那个字是"爱"。

这是七年来我第一次如此接近塔，我曾经的家。走在以这座庞然大物为中心的螺旋自行步道上，我向它一点点地靠近，如同古人转山朝圣。塔的底座沿一道弧线平缓向上，像一只倒扣的碗或者山丘。它是如此巨大，十几分钟过去，我们也只绕过了它的四分之一。底座向上大约三百米后线条陡然收束，由曲线直接过渡到凌厉的直线，那是塔的主体部分，向天空生长的部分。它如巨剑刺入缓缓飘行的云层，将其剖开。在塔的脚下，你永远看不到它在天空中的终点是哪里，赫拉栖息的地方总是隐匿在云层或者雾霭之中，这是一个温和的训诫——神之居所，汝等凡人岂可窥其真容？

这凡人中自然包括我。

塔前的广场上，聚集了四五百个人——十几岁的孩子居多，但也有二十五六岁的青年——在治安机器人的指挥下，他们排成蛇形长队，逐一通过那道被称为"天堂之门"的大楼入口。我和梅走入人群之中。这里有许许多多的脸，它们全都苍白、肃穆、虔诚。没人说话，大家默默移动脚步汇成涓流，流向那片抽象的海洋。我和梅对视一眼，她的手指在我的手中动作起来——好、多、人。

我点了点头。曾经我们以为自己是万中无一的异类，放着轻松优越的生活不去享受而要追求某种宏大的使命和目的（梅追求的则是一个答案），现在看来，我们太过狭隘和骄傲了。我想起，梅曾说过 W 分子为数不少，而我眼前这一张张年轻的面孔其实和 W 分子并没有本质的区别。

他们都想挣脱加诸他们身上的秩序，那与生俱来的秩序。

不觉间，我已经与"天堂之门"近在咫尺。巨大的金色门扉只开放一个小小的入口，排在我前面的少年走进连接入口的透明甬道，薄荷绿的激光交织成网状笼罩在他身上……忽然警报乍起，他慢动作般步入神国的步履戛然而止：

该公民不具备测试资格！该公民不具备测试资格！请马上离开！请马上

离开！

少年的前方亮起猩红色的箭头，隐藏在甬道左侧内壁的电动门"嘶"的一声滑开。少年的身影停滞数秒，直到甬道外的治安机器人卷动履带向他逼近，他才将悬在半空的脚放下，耷拉着肩膀朝箭头指示的方向走去（这一次要快得多）——那里有二十多个同样被剥夺测试资格的人，他们在大理石地面上聚成三三两两的群落，没有交谈，也没有任何动作，他们就这样静静地站着，失去焦点的目光涣散在灰蒙蒙的空气中。

"为什么……"我喃喃道。

"我猜，有些人大妈妈连见都不想见。"梅在身后说，"瑞，该你了。"

我冲她点了点头，走进甬道。——安然穿过。塔明亮的、纤尘不染的肚腹向我袒露。万向轮式机器人立在我身侧，等待领我入考场。我回过头，看到梅微笑着前行。七年，我对她回以微笑，七年的努力就在今——

警报声。我半张着嘴巴看梅的笑脸消失在电致变色玻璃之后。我想喊叫，可我的喉咙只发出空洞的"咕噜"一声，如石块坠入枯井。为什么……我被机器人轻柔地操着，梦游般走向拜占庭式穹顶下的某处。为什么我进来了，而梅没有？如果是因为那件事——忽然有什么在我脑海里炸开，我想起那天梅说的话："你一定会成功的。"

她早就知道了！我转身向来的方向奔去，却被机器人拦腰抱住，"放我出去！我不想参加测试！放我出去！"我号叫着，而机器人不为所动。另一个机器人跑过来，我被这两个坚定的锡兵拖进考场。在纯白无窗的房间中，我挣扎、咒骂、哭泣，所有人都回过头看我。在我的泪眼中，他们的脸是一艘艘小小的帆船。无济于事。我被按进座位，银蛇般的金属拘束带攀上我的身体将我锁定，蛋壳状的仪器从半空降下笼罩我的整个头部，世界跌入一片漆黑，后脑传来一丝冰凉的刺痛。我知道，成千上万的自移动纳米微电极将突破血脑屏障进入我的神经元丛林，它们会在那里肆意摸索，通过各种刺激与反馈绘制我的连接组地貌，建立反应函数——下一秒，我的眼前爆开绛紫色的火花，我听到海豚歌唱般的尖细哨音，我尝到杏仁的苦涩，闻到玫瑰与腐肉的混合气味，我的手背上似有电流跳荡。赫拉的探险队进入了我的内在宇宙，于是我凝聚起这七年来积蓄的愤怒，被抛弃的愤怒、被侮辱的愤怒、被欺骗的愤怒，我让那一幕幕自己不忍直视的过去在脑海中渐次重现：被碾碎的蚂蚁、被人的体液冲刷得晶亮的梅、看着这一切发生的我、学校走廊里的水渍、老吉米失去灵魂的双眼和三声轰响、夏然痛苦纠结失望的目光和艾米莉颤抖的右手……如果赫拉此时在我的灵魂深处窥视，那么她会看到一个危险的夏瑞，一个不堪的夏瑞，一个绝不适合回到塔中的夏瑞……

……一切终于结束。我瘫在座椅上被冷汗浸透。人们陆陆续续地起身离开，而我开始掩面抽泣。许久之后我起身走出了塔。外面正在下雨，绵密冰冷的雨。偌大的广场中除了我只有一人，梅在等我，浑身湿透犹如出水塞壬。我径自从梅的身边走过，在自行步道上预约了交通单元。我一直没有回头看，因为我知道她就在我身后，我的肩膀感受到了她目光的重量。我上车，头脑空白着穿过半个城市的雨幕。下车后我缓慢地行走，直到后一辆交通单元呼啸而至。我们就这样一前一后在雨中跋涉。四年前，被全班同学羞辱后，我就是这样陪她回家，只不过那时尾随的人是我。不管是那时，还是现在，我们都深深相信，无论前面那个人走到哪里，后面那个人都会义无反顾地追随。

绝不会停下脚步或者走失。

我走进单身公寓，梅也跟了进来。房门无声关闭。我转身，对她说："你一直都知道，对吗？"

她双手将长发拢到脑后，露出晶亮的额头。然后，她的手向下，用拇指和食指拧开牛仔上衣的第一颗纽扣。

"你一直都知道，对吗？"

外衣。T恤。牛仔裤。她哆嗦着，裸露出来的肢体一片泛蓝的惨白。她的目光紧紧地粘在我的目光之上，她的手还在动作，探向身体最后的遮蔽之物。我痛苦地喘息，对自己充满厌恶。

"梅，求你回答我。"

她赤条条地站在我面前，身上有一圈圈暗淡的光晕。她走向我，在距我一步远处停了下来。她的下巴上扬。

"我冷。"她说。

于是我踏出一步将她拥入怀中，身体不可抑制地颤抖。她开始亲吻我的锁骨、我的脖颈、我的耳垂，她的手臂突破洛希极限双星系统即将崩溃，我被撕裂，我的一部分向着她的身体坠落。下一秒中我们轰然坠地，在地板上互相缠绕，碾过散落的蛋白棒，踢翻花瓶，直到被单人床阻挡。她的身体是那么凉，而我的身体灼热，我看到白色的蒸汽袅袅上升。此刻我的耳畔隆隆作响，我是一张拉满的弓，我放弃了思想，任由自己堕入黑暗的世界，那没有光从而也不存在阴影的世界……那个下午，我们就这样一遍遍在对方的生命中体认自己，我们探索彼此的身体，如同揽镜自照。我们被欲望与绝望轮番占据，时而哭，时而笑，时而在对方上撕咬。我不住想起螳螂或者某个蜘蛛亚种，如果爱情需要生命献祭，我愿意……

在悠长的近乎永恒的时间过去后，我们挤在狭窄的单人床上，全息壁纸里萨尔图城邦正翻入黑夜，深紫色的天际线里闪烁着无数灯火，而最辉煌、最显眼的是塔和门。塔和门，一和零，阳和阴。我和梅。我开始相信世界是一个隐喻，而我正触摸到隐喻的中心。梅的指尖在我的胸口打圈，嘶——嘶——在皮肤上刻下浅浅的痕迹，带着欢悦的疼痛。我慵懒地闭上眼睛。

"瑞，对不起。"我听见梅的声音，"从进入'学校'那天起，我就被剥夺了测试资格。对不起，我没告诉你。"

"无所谓了。反正我也不可能被选中。"

她将手覆在我的心脏上方。

"傻瓜。"她说。

"你说得对，赫拉不需要一个傻瓜。"

"傻瓜。"

有什么濡湿了我的胸口。我不愿去想那是什么，我们的生命中有太多需要用泪水去稀释的疼痛，而我现在只想拥着梅，拥着这个我爱了七年的女孩儿入眠，暂时摆脱对世界的责任。

"我们，呵——"我打了一个呵欠，"结婚吧。"

沉默。梅温暖的鼻息拂过我的汗毛，如微风掠过树林，微痒。

"瑞，你还记得那个弗朗西斯·陈吗？"她的声音沿我的身体向上，"我在另一本书里找到了他。"

"哦。"

"真相也许远比我们想象得要复杂。"

"嗯。"

"瑞，记住我们的语言。"又一阵沉默过后，她说，"不管你在哪里。"

我没有再去费心思量梅在暗示什么。我被完满后的倦怠所统摄，在下一秒坠入梦乡。

夏瑞。身份认证号 LHCS22831101010027。恭喜你通过测试，现在我以萨尔图城邦的名义，对你进行征召。夏瑞。身份认证号 LHCS22831101010027。恭喜你通过……

赫拉对我说话时，我正在家里享受一顿郑重的晚餐。

我半张着嘴巴许久发不出声音，我想说怎么连赫拉也学会了开玩笑，可这时，整个房间的全息壁纸都没入萨尔图城徽层叠而成的深蓝色海洋，我的姓名和身份认证号在其中穿梭如海豚劈浪而行。我看向我的父母，他们的表情不是惊讶，而是靴子终于落地的那种释然。我的目光继续向下，坠落在烤肉和酒杯上……

一定是哪里出了问题！是赫拉疯了，不，是全世界都疯了！我踉跄起身，就连被设置成家庭成员身份的智能人格单元老亨利都在向我鞠躬,超过九十度的弯折将它腰部仿生液压关节的性能发挥到了极限。我一次又一次地呼叫梅,可不知为什么,我的通信权限被锁死了。一只手搭上我的肩膀,艾米莉的声音在背后响起:"阿瑞,你知道一旦被征召就不可能——"我甩开她的手向门口走去。去找梅,这是我心底唯一的声音。在前往梅家的交通单元上,我不顾安全警示站在观景窗前,增强视觉里赫拉的召唤、这个城市的夜晚以及一张茫然无措的脸的倒影重合在一起,恍惚中我看到几个人围成一圈在窃窃私语,一俟我走近他们便立即噤声,齐齐把脸转向我,那是赫拉、是夏然、是艾米莉、是梅。他们在密谋着我的命运,而我懵懂无知……交通单元在这时突然变轨并入另一条车道,我把脸贴在冰冷的车窗上,发现自己与梅的家渐行渐远。

行程控制系统提示,目的地已被锁定,普通用户无权更改。

交通单元正在奔向塔。

双腿再也无法支撑,我摔进座椅。很快,塔那硕大无朋的身躯向我倾倒下来。片刻之后,交通单元在塔的另一边缓缓停下,我的面前是一条短而直的开放式甬道,甬道的尽头立着一扇毫不起眼的门。车门滑开,等在门口的治安机器人伸出手臂。

邀请或者要挟。

我从车里跌了出来。侍立在甬道两侧的人形机器人向我行注目礼,它们光洁如玉的陶瓷外壳倒映着夜色中的塔(一道整齐划一的蓝色伤口)。我起身,拖着脚步向前,缓慢、痛苦、艰于呼吸,如婴儿在母亲的产道中艰难跋涉,如垂死之人走向自己的灵柩。我渴望奇迹在最后一刻发生:赫拉终于承认自己发了疯,此时要收回成命,而我会屁颠屁颠地滚回我的外围区,从此放弃回归故乡的念头。我会向梅求婚,与我的父母和解,不管横亘在我们面前的误解与怨愤有多深,我会——

"瑞!"

我把头转向左后侧的嘈杂——黑色头发、黑色眼睛正奔向我，黑色身影后的机器人手足无措。下一秒钟梅撞入我怀里，撞得我后退几步。

"保护好自己，活下去，我会去——"在我的肩头快速吐出几个字后，梅从我怀里挣出，托起我的左手，把食指和中指搭在我的手掌上：

中指中指食指食指食指中指……

找、你。

被机器人拖开的时候她在笑，漆黑的眸子里是塔和星辰。

"一定。"

她用口型说出我们在真实世界里交换的最后词语。

101110001110001

"那一天你才终于意识到，自己是最后一个蒙在鼓里的人。"兀鹫说。

"我是个傻瓜。"我说。

它摇了摇头，"是这个女人太过聪明。找到你我之间的联系只是她众多成就中最不值一提的一个——你真应该看看她是怎样在两年的时间里招募到一支军队。"

"……军队？你指的是——"

"新 W 分子。在经历了跨世纪之夜的暴力与幻灭之后，曾经的 W 分子不再相信温和的抗议能够改变这个世界。恰巧这时，梅·斯特里克曼出现了，作为前领袖的女儿，她有天然的号召力，再加上她的聪明、野心以及——"它咧了咧嘴，"暴力背景。一大帮死硬分子很快就被她吸引，团结在她的周围。这些人的目标很好概括：就是要用比之前更强硬的手段来摧毁我为这座城市构建的统治秩序。他们称自己为新 W 分子，带着几分骄傲。"

"梅在策划反对你的行动,而你一直都知道。"我说。

它点了点头,"知道,并且适当地引导了。"

"任何事物对你来说都是可资利用的,包括你的敌人。"

"在这一点上,我和你的梅是同一类人。"兀鹫卷了卷瞬膜,"令我感到好奇的是,在你回到塔里之后,她是如何继续把你牢牢攥在掌心,又是如何实现你们的那个,嗯,盗火计划。"

"丢失的那块拼图,嗯哼?"

"对。"

"我会把拼图还给你。"我冲它挤了挤眼睛,"尊敬的父亲,故事至此,才算真正开始。"

101100001010100

我回到了曾经梦寐以求的故乡。

在进入塔的头几天,我漫无目的地游荡。没有任务指派,也没有学习计划,增强视域的通信功能依然保持在锁死状态,赫拉只是给了我一个高级权限,这样我便能畅通无阻地出入塔里的大部分区域。通常我会在立体交通单元的行程规划系统里扔下一颗随机种子,任由它将我从一个区域带到另一个区域,从一群制服眼下带到另一群制服眼下。有时我也会用双脚去探索这个熟悉又陌生的地方。我漫步于一尘不染的人行步道、绿意盎然的街心公园、气势恢宏的市民广场,在标高七百米的空中花园(有加那利海枣、春羽、棕榈和巨型喷泉!)里发呆,心不在焉地翻动收藏在中心区图书馆里的古董精装书。我曾在一千五百米以上的观景平台驻足,试图透过这两百年来都不曾散去的雾霭定位那个叫作铁人公园的地方,搜索从那片荒凉中射来的黑色目光。梅是否也在凝视着塔?我路过成百上千张优雅而美丽的脸,在看到我这个异类时,它们会表现出瞬间的惊讶,而后便恢复了高贵的克制与礼貌——有时我会怀着小人之心把这样的表情理解成漠然,一种对无足轻重之物的漠然。

——我接受这种漠然,它会让我毫无愧疚之意地承认,夏瑞不属于这个地方,这个地方再也无法给他家的感觉。

负责我生活起居的管家机器人告诉我,与我一同被征召的还有十二个人。从征兆之日起,他们便被分配到不同的部门,去观察、去理解、去学习,去为自己争取一套鲜亮的纳米自清洁制服(紫色是科学家,蓝色是工程师,橙色是技术人员,白色是医生)。而我无所事事,优哉游哉。这使我不得不怀疑,对我的征召是一个彻头彻尾的错误。也许为了保全颜面,赫拉对我采取了冷处理,那么再过几天她便会放我回去,好腾出一个宝贵的名额。

我等待着,直到增强视域里出现这样一条通知:

夏瑞。身份认证号 LHCS22831101010027。请速到中枢控制室报到。

——终于到了摊牌的时刻,我有些紧张、有些兴奋地想,而这一次,我会毫无怨言地接受赫拉的贬谪。

输入地址后,我一路向上,没有随机漫步时的顿挫变轨,立体交通单元一往无前,若不是那轻柔作用于身体的、被精心调制过的加速度,我会认为自己是在向着天空坠落,坠入那神圣而空寂的、众神的领域。很快我就到达塔的最高处,这里不再显示标高(或许标高在此已毫无意义)。在通向赫拉的透明观景游廊中,我腿脚虚软,冷汗涔涔,但仍情不自禁地偷窥脚下奇丽的风景:在这个角度,萨尔图城邦是二维的,仿佛一张由长方形街区拼接而成的巨大画布;画布之上唯一的立体是那个"Ω"形的人造物,它像一枚粗糙的铸铁戒指,被天神的手指摁进大地;视线放远,我看到包围城邦的一块块深绿浅绿交错的田地,一直延伸到略呈弧形的地平线;地平线之上是一层脏兮兮的灰色(大概有上千米高),灰色之上,天空渐渐明澈,褪成一汪淡蓝,一弯银白色的冷月镶嵌在这片明澈之中。

——这惊心动魄的风景。

我走进一个漆黑的大厅，不待我的瞳孔做出反应，身后的大门便悄然关闭。黑暗围了过来。我用力吞咽，喉咙却依然干渴无比。

然后，我看见了他们。

在黑暗的大厅中央，蓝色激光绘出夏然和艾米莉的立体投影，他们并排坐着（身下只有空气），他们有着年轻得多的体态和脸庞，如往昔岁月的幽魂。

这两个幽魂的手指紧紧扣在一起。

我向他们走过去。

夏然，艾米莉。你们清楚自己提出了什么样的要求吗？

声音从四面八方传来。我看到那两个人微微抬头又很快垂下，空气中有某种巨大的压力，而每个中心区的人都知道那是什么。

我们清楚。他们齐声说，声音几不可闻。

那你们应该知道为了保证珍贵的繁育资源能产生最大的效益，自由结合在中心区是不被允许的。

但我们相爱了。艾米莉抬起头，在我看来，仅仅是挺立脖颈就已经耗去了她的全部力量。除了彼此，我们别无他求。

沉默。两只手紧紧绞在一起。我意识到正在上演的是我生命的史前史，于是捏紧了拳头，仿佛稍有不慎我便会如一丛云烟，消散在可观测的宇宙之中。

请求被批准。赫拉说。

两个人僵硬了一下，片刻之后，他们看向彼此，艾米莉以手掩口，而夏然的眼神如同梦游。下一秒钟他们撞向彼此，他们的躯体咬合在一起，耸动的肩膀有同样的振幅和频率，我想我的父母喜极而泣，而我即将诞生于一场在中心区极为罕见的自由结合。

但这是有条件的。

耸动停止。两个人分开，一齐看向空气，脸上有泪迹绵延。

你们将不能生育自己的孩子，赫拉说。夏然和艾米莉空洞的目光指向我站立的地方，仿佛隔着几十年的时光发现了我这个在逻辑上并不存在的事物。请注意我的措辞：自己的，孩子。你们将得到一个中心区的孩子，而艾米莉的子宫将是孕育他的地方……这还不是全部。你们将以亲生父母的身份养育他，你们将接受我对你们的安排，包括从事低级工种、在恰当的时刻离开中心区、随时准备将这个孩子交还回来。关于这一切你们不得提问，不得质疑，更不得泄露……你们接受这个条件吗？我给你们一天的时间来考虑，如果——

我们接受。夏然昂起头，在我的生命史中，我从未见过他的目光如此决绝，他身边的艾米莉亦然。在他们的目光中，我看到了爱的蛊惑与承诺，看到了我自己。

我们接受。艾米莉说。

过了很久，我才喘过气来。大厅圆形穹顶上的暖光灯渐次点亮，这里空无一物，就连夏然和艾米莉的幻影也消失了。此刻，我是如此孤独，我是个中心区的孩子，我是命运的弃儿。我用手掌揩去眼泪，然而我的眼前仍是模糊一片。

"那个中心区的孩子叫夏瑞。"是赫拉的声音。

"……"

"他们抚养了你二十一年，现在你将回到我的身边。"

"我是谁？这一切都是为了什么？"

短暂的沉默。"还不到时候，孩子。"赫拉回答道。我从未听过赫拉的声音如这般温柔。"等你做好了准备，我会把一切都告诉你。"

"告诉我怎样才能做好准备。"我抬起头，向这个无处不在的神明发号施令。

赫拉在我的增强视域中投下一枚箭头，"沿着我指示的方向走，进入'脑房'。在那里——

"与我融合。"

梅找到了我,在我与赫拉初次融合的一个月后。我住进了赫拉为我安排的深度休眠胶囊仓。我丝毫不介意自己只有这样一个小小的容身之处,因为融合耗去了我全部的精神力量,我的身体成了一台集成各种原始生理功能的机器,它无法反思或者抱怨。

我吃、睡、排泄。融合、融合、融合。

不知道她是怎样找到我的。在结束一天的融合后,我正要精疲力竭地睡去,一条信息窜入我的增强视域。

傻瓜,是我。点下面的链接。

一个形貌可疑的链接,带着梅的危险气息。我毫不犹豫地点了进去。

下一秒,我回到了铁人公园。废墟。橙色的夕阳。一个虚拟人偶站在我面前,黑色的发块,满是多边形锯齿的脸,她眨着低分辨率的黑眼睛对我打招呼:"嗨。"

"嗨。"

虚拟人偶牵起我的手,现实中贴在我手背上的微电极向我发送微弱的振动。

"我一直在等你。"我说。

"对不起。"那个我确信无疑就是梅的虚拟人偶说,"她把你隐藏得很深,我费了很大的力气。"

"但你还是找到了。"

"对,"她笑了笑,"我说我会来,我就一定会来。"

我环视四周,"这里安全吗?"

"安全,至少在短时间内。"她捏了捏我的手,又一个振动,纵波,向着我的肌理深处传去,"赫拉并不是全知全能。任何一个看似完美无缺的体系都会有裂缝,而这个代码空间就隐藏在增强视域的裂缝中,当然我需要不停地抹除关于它的蛛丝马迹,但这不会比在外围区经营一个黑市更难。"

我盯着眼前这个表情僵硬的人偶。无论是声音还是外貌,它都和梅截然不同,但从它吐出的话语中,我辨认出了梅的灵魂。在我眼中它不再是一个傀儡,而是梅本身。

"那你是什么时候开始经营这个'黑市'的呢?"我半是玩笑半是埋怨地问。

"很早以前。"她轻抚我的面庞,"傻瓜,我不是跟你说过,我要弄清抽象之下是什么吗?"

"那么现在呢,你弄清了吗?"

她摇了摇头,"赫拉把自己包裹得很严,目前这个虚拟空间就是我僭越的极限。"

"还有弗朗西斯·陈。"我提醒道。

她用力眨了眨眼睛,瞳孔因缺乏散射光而显得有些茫然,"瑞,我不是有意要对你隐瞒……"

"我猜,你在增强视域的裂缝里找到了很多关于那个人的信息,"我说,"包括一些照片或者视频。你认出了那个人,因为他和我长得一模一样。梅,你是据此判断我一定会被赫拉征召的吗?"

"是有很大的概率。"沉默片刻后她说,"你的存在是——非自然的。我想不出赫拉为什么要克隆一个被历史刻意埋没的人,我也不认为在如此大费周章之后,赫拉会把你永远留在外围区……瑞,我没有别的意思。在我心中,你是——并且只能是夏瑞,无论如何我都——"

我将梅的人偶拥入怀中,"我知道,我知道。"

我们默默地拥抱了一会儿。没有风,没有声响,那悬在半空的火球也未见丝毫下降。在梅的时空里,世界静止了,我想。我唯愿世界就以这种方式静止下去。

"那么这几天你都做了什么呢?"梅打破了静止,"有没有想我?"

"……我进入了赫拉。"我轻声说。

她从我怀里退出,直直看向我的眼睛。

"或者说我成了她的一部分。"我说,"我进入萨尔图城邦的大脑,进入它千千万万的眼睛与耳朵之中，很多东西向我扑面而来: 信息、知识、城邦里正在发生的事情，当然还有赫拉小心翼翼向我透露的过去。"

"比如弗朗西斯·陈。"

"对，弗朗西斯·陈，那个被排除在'十二先贤'之外的人。"我回望着梅，"以下就是这个人的故事，我想它能解答一些你对这座城邦的疑问……"

弗朗西斯·陈是 21 世纪 70 年代来到萨尔图地区的科学家之一，也是赫拉的总设计师。此人相貌丑陋，但极其聪明偏执。他设计赫拉的初衷，就是想把城市的运作完全纳入这个以超级计算机为核心的物联网之中。这一系统运作得十分成功——尤其是在大灾变时代。在战时政策的授权下，赫拉把她思维的触角伸向城邦的枝丫，她控制了交通、金融、电力分配、食物供给和住房建设，控制了每个人的职业路径与生活。不可否认，是这种极端的控制保证了资源的极端利用效率，萨尔图城邦在大灾变时代得以幸存，赫拉居功至伟。萨尔图建城之后，弗朗西斯·陈凭借其卓越的贡献，在"十三先贤"中居首……然而，分歧很快到来。有人意识到这种极端的中央控制将剥夺属于人的尊严与自由，甚至很有可能将硕果仅存的人类文明引向奴役之路。在城邦生存无虞之后，他们提议分散赫拉的控制权，只让她以人类辅助者的身份存在。弗朗西斯·陈强烈反对这一提议，无奈在十三人的委员会中他只有一票——唯一的反对票。接下来，这个他认为"会把人类推入毁灭循环"的计划有条不紊地开展起来，而作为一个极具使命感的人，他绝不会坐视这一切发生。

他策划了一场政变。当另外十二个人死于一场匪夷所思的电梯事故后（当然，赫拉无疑参与了此事），他当仁不让地把自己推上了临时独裁官的位置，并且让赫拉重新接管了这座城市。弗朗西斯·陈不遗余力地向市民宣扬把未来交给一个不偏不倚、全知全能且没有道德瑕疵的人工智能的好处，毫无保留地许诺他的理想国。几年过去，当人们终于把赫拉的统治视为理所当然时，他意识到，阻碍这一愿景达成的最终障碍，是这座城市的独裁官。

弗朗西斯·陈决定将自己彻底抹除。在一个清冷的早晨，他躺进中心区里唯一的一台拟态神经元置换装置中，对自己实施了破坏式上传——他的"湿件"[①]被破坏，而他的连接组模式则被上传到服务器，在那里，他与赫拉融合在一起。新诞生的天神不仅命令机器人处理掉了遗体和那台机器，还有计划地在历史中擦除自己留下的痕迹。

这个不曾存在过的人，将以数码形态永生。

"弗朗西斯·陈，"梅怔怔地看着我，"就是赫拉？"

"准确地说，他构成了赫拉的核心意识。"我回答道，"如果把融合之后的赫拉比作人类大脑，那么从前的赫拉只相当于脑干。它通过高效的算法控制和调节萨尔图城邦这一有机体的基本生理机能，但并没有自己的意志。是弗朗西斯·陈赋予赫拉高级的思维形式，赋予它灵魂与生命——你说弗朗西斯·陈就是赫拉，其实也不算错。"

"这么说，弗朗西斯·陈——"她咬着嘴唇，眼睛垂了下去，"弗朗西斯·陈克隆了自己……为什么？"

"赫拉已经运行了两百年，而这座城市在不断变化。近半个世纪，曾经的管理方式开始变得不合时宜，不同的声音和思潮在城邦里此起彼伏，人们不再像从前一样对赫拉绝对地信任。弗朗西斯·陈需要新的思维和视角来巩固他的统治，而对他来说，最有效的方法莫过于将他人的大脑纳入自己的拟态神经元矩阵之中。在我之前，他曾尝试过与一些优秀的、从外围区擢升上来的人融合，但都失败了——失败的原因在于大脑底层结构的兼容性不同。显而易见的是，没有谁能比他更能兼容自己。如果这个与他完全兼容的大脑能够深刻地理解外围区的被统治者，那更是再好不过了。"我苦笑道，"这就是我存在的原因——一个固件升

———————

[①] 即大脑。

级包。"

梅用手捧起我的脸颊，"不，你是夏瑞，和我一起放鞭炮的夏瑞，和我一同经历屈辱与复仇的夏瑞，想和我结婚的夏瑞——如果连这些都不能证明你是一个真实存在且独一无二的人，那么恐怕这世上所有的人类都要为他的'自我'忧心忡忡了。"

我"扑哧"一声笑了。

"瑞，你做得很好。"沉默片刻后，梅说道。

"嗯？"

"你让我进一步理解了赫拉。"

我摇了摇头，"你知道我关心的不是这个。"

"我懂。"她扬起头，低分辨率的眼睛里藏着那么多不可言说的东西，"你想回来。"

我点头。

"但是你很清楚，"她说，"除了被淘汰，赫拉不可能放中心区的人离开——而下一次擢升与淘汰是在七年之后。"

我没有说话。我不知道虚拟人偶的脸上会表现出多少本体的痛苦，但梅显然看到了。

"你是如此珍贵，"她接着说道，"赫拉绝不会放你走。"

"一定会有办法。"我说。

"有一个办法。"梅深深地看我，隔着一层又一层的抽象，我仍感受到了她目光的力量，"在一个没有中心区和外围区之分的新世界。"

我愣了一下，"梅，你说——"

"你会帮我的，"她加大了目光的力度，"对吗？"

"梅，我——"

"关于赫拉我需要知道更多，你会帮我的，对吗？"

在真实世界里，我的喉管发出空洞的吞咽声；在虚拟世界里，我迟疑着，点了点头。

梅的人偶在我的脸颊上轻轻啄了一下，"时间不早了，现在回去吧，我会联系你。"

"……嗯。"

"还有！"她拽住正步入链接通道的我，"我们今天的见面和对话，不会被赫拉知道吧——我是说，在你和她融合的过程中？"

"赫拉还没有完全破解记忆的奥妙——"我说，"事实上，就连弗朗西斯·陈也只是上传了自己的核心意识，他的那些记忆都是上传前记录在日志中的。"

"知道世界上还有上帝无法涉足的领域，"梅的虚拟人偶冲我眨了眨眼睛，"这多少算是一种安慰。"

101110001110001

"增强视域里的裂缝……"兀鹫（由弗朗西斯·陈幻化而成的兀鹫）又开始踱步，"你们这一对阴沟里的老鼠。"

我无声地笑了笑。

"但那时你还没有下定决心帮她。"它说。

我点了点头，"那时我还无法确定你和梅，谁才是正确的。"

"这是一种价值判断，而你永远无法为价值判断指定一个正确答案。"

"对。"我坦承道，"但从个人层面上，我可以根据自己的好恶接受一种价值观——或者拒绝它。"

"在很长时间里你都摇摆不定，"兀鹫停下脚步，看向我，"是什么促使你最终选择了她的价值观而不是我的？是在你知道这座城市如何运作之后？"

"在我知道你对老吉米做了什么以后。"我回答道。

它沉吟片刻,"我承认自己在处理人类事务时缺乏想象力。没有选择直接除掉吉米·斯特里克曼的原因很简单,我不想给那些叛乱分子创造一个殉道者,一个可以被神化的偶像——"

"但你的所作所为更加残忍,"我狠狠攥着拳头,"你企图用肉体上的痛苦毁灭一个人的灵魂。"

它耸了耸肩膀,"我收回之前说过的话——在毁灭吉米·斯特里克曼之后,我为自己树立了两个敌人,而非一个。"

我哼了一声,"不是两个,而是成百上千个。"

"数字毫无意义。"它咧开嘴,一副睥睨众生的神态,"萨尔图城邦仍在我的掌控之中——即使在你们弄出那么大的动静之后。"

我没有说话。梅,正如兀鹫或者赫拉或者弗朗西斯·陈所说,它对人类缺乏想象力。它不知道一个人复仇的执念会有多么强烈,强烈到就算复仇者的肉身毁灭,这执念依然会不屈不挠地自我实现。

通过你的意志。通过我。

101001111011011

我承认,自己曾一度沉迷于与赫拉的融合。那是种增强视域无法带给你的完全浸入感。赫拉用她的纳米微电极针脚接驳了我大脑的各个感官模块,所以我不只能看和听,我还能嗅和尝,能够触摸——能够感知疼痛。我发现,某种被精心调制过的、强度适当的疼痛甚至能让人上瘾,当虚拟的痛觉信号到达下丘脑后,大脑会释放内啡肽与脑啡肽,诸如此类的神经递质令我产生轻微的麻醉感,让我在飘飘然中把世界短暂抛在脑后。

赫拉显然精于此道。

然而，"全浸入"只是冰山一角。融合带给我的最强烈的体验，是思维能力的爆炸。我有了千万双眼睛、千万只耳朵，而我能够处理每只眼睛、每只耳朵反馈给我的信息；我能够下意识地预测人群的行动，就像人可以依据重力本能去想象手中的球会在空中划出怎样的抛物线；当我把目光投向某个特定的人，我可以根据个人历史数据为他创造出一条行为马尔可夫链，链条延伸数天而不会与现实产生明显偏差；我可以进入每一架农业无人机中，了解每一株麦子是否抽穗或者灌浆，我可以进入每一个遥控机床控制每一个金属零件的打磨与切削；我可以自由指定任一个交通单元的移动路径，同时据此重新规划整个交通系统的运行，以确保不会有碰撞发生；我可以化身为萨尔图城邦三十万机器人中的任一个或者任几个，让它们成为我延伸的躯体和四肢。

换言之，在融合中我成为神，萨尔图城邦的神。

对于这个新晋的神来说，最难的事情，是控制自己不要把思维触角伸向千万人中那特定的一个，看她睁开睡意蒙眬的黑色眼睛，看她洗澡、刷牙、梳头、吃早餐，侵入她生活的末梢，从末梢中感知她的所思所想。

"你要是这么做了，"梅的虚拟人偶用食指刮了刮我的鼻梁，"就摊上大事儿了。"接着她迅速敛起笑容，"瑞，如你所说，赫拉已经不再满足于观察和做出反应，她在预测。"

我点了点头。

"而且预测的准确率很高——无论是对个人行为还是群体行为。"

"对。"

"她在对抗能够把任何系统拖入不可知的混沌，并且在一定程度上成功了。"梅来回踱步，"同时她还要为几百万人提供虚拟娱乐，还要把控制深入萨尔图城邦的犄角旮旯儿和毛细血管——你想过这要耗费多少算力吗？"

我耸了耸肩。

她停下脚步，默默想了一会儿。

"除此之外呢，还有什么？"她问道。

"知识。"我回答道，"数学物理化学生物历史计算机，许许多多的知识。借着赫拉的运算能力，我试着理解她透露给我的知识，我发现这些知识比我们在外围区学到的要深奥得多，也更接近世界运作的机理。但我总感觉，它们是不完全的，是破碎的——我想赫拉对我有所隐瞒。"

这一次她思索了更长的时间，良久之后她把手覆在我的手上。

"夏瑞，赫拉做了很不好的事情。"她说，"她夺走了那些原本属于人类的东西。"

"属于人类的东西？"

"生存的挣扎，求索的痛苦，对意义的追寻。"她的表情肃穆，我想虚拟人偶对这样的表情应该得心应手，"以及，被垄断的知识。"

半晌，我没有说话。我发觉自己不适应离开赫拉后慢吞吞的思考速度。

"你不同意我的话。"梅的人偶说。

我难堪地把脸撇向一边。我看到锯齿状的天际线正翻滚着乌云。梅生气了，而这个专属于她的世界忠实地反映了她的心境，我心中悚然，而她绝不会满足于赫拉统治下的一个小小裂缝。

"梅，相比曾经的人类，我们虽然失去了很多，但是——"我深深地吸气，"但是我们活了下来。"

她看我，像看一个陌生人，"你把这叫活着？"

"不然是什么？"

她缓慢地摇头，"夏瑞，也许我错看你了。也许你只是单纯地享受融合带来的快感，就像所有的外围区的人一样，认为不需要反省与反思的生活也是生活，建筑在虚拟之上的生活也是生活；或许你和弗朗西斯·陈一样，都认为生存是最高道德，至于如何贯彻这种道德，则在道德体系的衡量范围之外——这很符合逻辑，不是吗？从生理上来说，你和弗朗西斯·陈本来就是一个人，你——"

"够了！"我扬起拳头，"那么你呢？你只是单纯地热爱毁灭、热爱混乱，不是吗？你敢说质疑赫拉的统治全然出于你对人类的责任心吗？"

梅的人偶怔住了。她半张着嘴，瞳孔慢慢散开，那一刻我几乎可以确定真正的梅正附在虚拟空间的代码之上，她流露出的复杂的痛苦远远超过逻辑单元能够表达的上限，已经进入了艺术和心灵的领域。这样的梅令我心痛无比，令我痛悔刚才说出的那一番话。

——可出于某种骄傲的自尊或者理念，我不能认错。

她转身背对我，"你走吧。"

我向她伸出手，而就在手即将触到她的那一刻，我停了下来。夏然和梅。梅和夏然。我忽然意识到在我们两个人之间横亘着什么。

天空在这一刻下起了雨。

我看到了。

我看到萨尔图城邦巨大的、满天星斗般的网络拓扑图，我看到每个接入增强视域的人的大脑，看到大脑中的热区与神经元局部激发，看到涓涓细流般的下行线路和怒涛般的上行线路，我看到赫拉瑰丽的核心和核心中那一块小小的蓝色，我认出那蓝色就是我，或者更准确地说是我爬满纳米微电极的大脑，此刻它正向四周伸出细菌鞭毛般的纤细触角，试图把自己融入那一片闪亮的玫瑰色。

我看到赫拉是如何运作的，于是我明白了她那神一般的能力从何而来。

——云计算。每一颗外围区的大脑就是云中的计算节点，都是人工神经网络中的一个超级神经元。赫拉为数百万接入虚拟娱乐系统的大脑准备了经过算法精心设计的内容，它们可以轻而易举地调制多巴胺的分泌，使人沉浸在初级的感官享乐中，欲罢不能。与此同时，人脑的大部分计算资源则悄悄汇入赫拉的神经网络——外围区那一张张恍惚而又饱足的脸仿佛近在眼前。一切都有了解释。

你想过这要耗费多少算力吗？脑海中梅的人偶问道，而我回答：很多。但赫拉负担得起。

"现在你明白了吗？"赫拉或者弗朗西斯·陈对我说。

我用力吞咽，尽管在融合中我只保留了肉身的幻觉，"我……明白了。"

"你还有疑惑。"

"为什么……让我知道？"

"信任。"赫拉说，"你已经证明自己是值得被信任的。"

我垂下头——又一个肉身的幻觉。还好这只是幻觉，赫拉不会看到我瞬间的羞愧。她并不知道眼前这个唯唯诺诺的复制品辜负了她的信任——在深度融合的过程中，我为自己创造了一个小小的分身，让它躲开赫拉的触角和监视单元，游弋、嗅探、下潜，在数据的湍流中寻找另外一个世界，梅曾经提到过的世界。深度融合使赫拉放松了警惕，我的分身找到了一个裂缝。在裂缝中，它发现了一些被赫拉深深隐藏的代码。

我被信任，但未被完全信任，而我的行为证明赫拉的保留是正确的。

"原来是这样，原来是这样。"兀鹫痛心疾首地说，"你这个卑劣的小偷，在这场战争中你又凭什么说自己是高尚的呢？"我没有回答。

"……今天到此为止。"

赫拉一声令下，我从斑斓的世界中跌出。我被冷汗浸透，气喘吁吁，浑身颤抖，我的视网膜用了很长时间才重新适应光明，而后脑那一丝冰凉的刺痛则久久盘桓不去。

赫拉把自己的脸投在全息影壁上。"每把融合向前推进一步，身体就要承受更多的损害。"她说，"这是运算水平与硬件能力极端不匹配的应激症状之一。"

我紧咬嘴唇，疼痛却迟迟不肯出现。

"身体迟早要被抛弃。"赫拉说。

我瞪大眼睛。

"我们为什么要把自己囚禁在脆弱而且迟钝的碳基身体中？除非有这具肉体能够做到而代码做不到的事情？"赫拉笑了笑，"哦，我明白了，那个叫梅的女孩儿。费洛蒙与内啡肽，原始的生理欲望，大脑中的生化反应……夏瑞，爱情与性能够给你的，我同样能够给你——甚至更多更强烈，强烈到令你感到麻木乃至厌倦。"

我模棱两可地摇头。

"你会明白的。"赫拉说，带着她一贯的自信，一贯的不容置辩。

回到住处后，在胃部蓄积已久的压力喷薄而出，我剧烈地呕吐，直到吐出酸涩的胆汁，直到吐无可吐。赫拉会认为这是脆弱的又一次抗议，而只有我知道其实并不是。

我只是看到她对老吉米做了什么。

"继续。"兀鹫命令道。此刻，它以鸟类的滑稽姿态来回踱步，显然正被好奇心和愤怒轮番折磨。我想，即使完全上传，弗朗西斯·陈也无法摆脱肉身的残留，那专横、傲慢和偏狭。作为人类，我们的灵与肉是不可分离的，而他始终不明白这一点。梅，我用我的灵与肉来供奉你，二者是一对处在永恒战争中的爱人，譬如你我，这战争带来毁灭也带来新生——梅，这是我们身而为人的原罪与神圣。而它不懂。

"对不起。"

我和梅异口同声地说。说完后我们凝视彼此。我猜，我们都想透过虚拟世界里的虚拟人偶描摹被空间分隔在两端的真实的脸，想知道它们是不是同样蹙着眉、眯着眼、咧着嘴,把欣喜、愧疚、思念和疑惧揉成一场五官的嘉年华。

"前几天关于你的那些话,"梅首先开口,"我完全是在胡说。"

"我也是。"我说。

她走过来捏了捏我的手。现实世界里我的手背轻轻震颤。

"也许赫拉并不像我想象的那样,"她说,"她只是——"

我摇头,"她比你想象的要更恶毒。"

虚拟人偶瞪圆了眼睛。

我把萨尔图城邦的秘密一股脑儿地倾倒给她——除了有关老吉米的那部分内容。

"这么说……"久久之后梅才重新开口,"在赫拉的秩序中,我们只是一台台人脑计算机?"

"还有基因池。"我补充道,"中心区的人普遍接受过基因修饰,比起外围区的人,他们更聪明、更健康,寿命也更长。然而中心区毕竟只有区区几千人,高度相似的基因组既带来极大的遗传风险,也剥夺进化中的'惊喜'。这个问题可以通过外围区庞大的人口基数来解决——每七年,赫拉会从外围区遴选出优秀的基因,尤其是那些塑造了超群大脑的——将它们补充到中心区的基因库中去。"

"所以,这就是擢升的目的?"

我点了点头,"不仅如此,擢升还有更深层的用意。赫拉称之为'提取精英',这是一项源于古罗马的传统。同赫拉一样,罗马人会将优秀的寒门子弟纳入其统治机构——元老院,一方面是为了彰显共和国的唯才是举;另一方面——更重要且不能言说的那一方面,则是削弱被统治阶级的力量,使其更加驯服。"

"我还是不明白,"她说,"既然我们的功能仅止于此,赫拉为什么还要让我们去学习?还有,中心区的人在这个体系中是什么角色?他们到底是统治者,还是和我们一样的被统治者?他们存在的意义又是什么?"

"在赫拉眼里,外围区孩子进行的活动并不算是学习。"我冷笑一声,"她称之为'格式化'。杂乱无章的大脑运算效率很低,必须通过教育使其具有明显的结构化特征,这样才能高效地与赫拉的神经网络接驳。赫拉并不鼓励我们独立思考,并且只传授必要的知识,就是这个原因。至于你的第二个问题——"我叹了一口气,"塔里的人也只是这个蜜蜂社会中的高阶劳动者而已。他们分享赫拉的运算资源,作为赫拉的辅助者来管理这座城市,作为科学家、工程师、技术人员拓展人类的知识边界……但正如你说的,梅,他们和外围区居民一样,生活在高度的抽象之上,除了手中那一小块具象,那一小块破碎的知识,他们一无所有,而且他们绝不可能通过一小块具象去想象整块拼图——我们所拥有的全部知识,我们对宇宙的全部理解,我们生而为人的意义。"

长时间的沉默。待梅的人偶抬起头来,我看到她脸上的电子眼泪。

"那么目的呢?"她质问道,"把所有人豢养在蜂巢中,目的是什么?"

我苦笑,"对赫拉来说,生存是唯一、也是最高的目的,而文明只是生存的副产品。梅,就算有一天我们重新飞向星海,那也不是我们的成就,甚至不是赫拉的成就。那是生存的意志借助我们跃出了地球,而萨尔图城邦所有的人、所有的个体,不过是生存意志自我实现的小小工具。"

"呵,多么可笑啊!"梅说,脸上的泪珠反射着铁人公园的霞光,"原来我们只是一群蜜蜂,一群自以为拥有自由意志、却无时不在超级智能操控之下的蜜蜂。我们心甘情愿地交付自由,满心以为自己酿出的甜美蜂蜜一定有其形而上的、宏大的目的,却没想到所有的一切无非'生存'二字而已。"

我犹豫了一下,然后上前一步,将虚拟人偶拥入怀中。"梅,我们可以选择不做蜜蜂。"我在她耳边说。

"不做……蜜蜂?"

"我们把原本属于人类的东西还给他们。"

她后退一步,仰头看我,"你知道自己在说什么吗?"

点头。一下。两下。三下。

如今, 当我回想这一刻, 我发觉命运再一次重复了它自己: 曾经, 我鼓动梅复仇, 于是有了后来的教室爆炸案; 这一次, 我又扮演了鼓动者的角色。我心中满是毁灭的渴望, 而我需要一个能实现它的人, 这个人只能是梅; 我的决心只有在命运之轮不可阻挡地碾压过来时, 才会坚硬无比, 而我需要一个能攥住我的手、令我无法在最后一刻到来之前逃开的人, 这个人只能是梅。

"我们需要一个计划。"半晌之后, 梅说道。

"对。"

"让我想想。"

"好。"

"还有,"梅牵起我的手,"我需要知道关于赫拉的一切。"

我违心地点了点头。有些事情, 我永远都不会亲口告诉梅, 比如在老吉米的身上发生了什么。

三个月以后, 梅找到我。她告诉我, 她有了一个计划。

"盗火。"她说。

"盗火……"我重复道。

"在建城两百周年的庆典上,"她眨了眨眼,"我们要送赫拉一件礼物。"

101110001110001

"我没有告诉梅她父亲的遭遇, 一方面是不想让她痛苦; 另一方面, 连我自己都不清楚, 最终令我倒向她一边的, 是否只是出于美学上的强迫症。"我舔了舔嘴唇,"我看到了你如何毁掉那双美丽的眼睛,这引起了我生理上的厌恶。"

"这话出自一个丑陋如我的人之口,"兀鹫阴冷地笑了笑,"还真是讽刺啊。"

我耸了耸肩。

"接下来就是你们的'盖伊·福克斯时间'[①],"兀鹫说,"我不会再打断你。"

梅,你知道吗,虽然我不喜欢从弗朗西斯·陈口中蹦出的大部分词句,但我喜欢他的这个比喻。

我们,夏瑞和梅,就是这个时代的盖伊·福克斯。

和福克斯不同的是,他在失败后遭受酷刑,而我们则会在酷刑中走向成功。

110011010010111

这天早上一如往常。我起床,任纳米清洁虫爬满全身,卷走皮屑与泥垢;清洁之后,管家机器人向我喷出分子外衣,在若干秒后,我的皮肤与外界隔绝,形成绝对舒适的局部气候;接着是早餐,寡淡无味但营养丰富的流质食物注入我的喉管,它们将以最大的投入产出比驱动我这具身体。

即将被抛弃的身体。

下面我将去往"脑房"。专属交通单元盘旋向上,我看到各色制服在塔中默然行路。仿佛全然不知道有建城庆典这件事,他们的步伐与表情波澜不惊。只有在看到我乘坐的金光灿灿的交通单元时,他们才会停下脚步,旋转脸庞,行注目礼。

他们在对赫拉的使者表达敬意。

[①] 盖伊·福克斯,"火药阴谋"的实施者。该阴谋计划于1605年英国议会开会期间炸掉上议院,杀死英格兰国王詹姆斯一世及英格兰议会上下两院的所有成员。由于泄密,阴谋被挫败,福克斯被捕。1606年,他在国会大厦对面被处决,先绞死,而后砍头、剖腹、焚烧内脏,最后分尸。

然后我到了。我进入那个巨大空旷的房间,坐进房间中唯一的一张椅子。微机电外表皮的椅面迅速形变,将压强降至最低。灯光慢慢变暗,我的身后响起窸窸窣窣的声音,那是赫拉的"探头"正蛇行攀上我的后脑勺,连入我的脑机接口。

"咔嗒"。

冰凉的刺痛。我跌入黑暗之中。

"你好,孩子。"

"你好,父亲。"

当称呼我为"孩子"时,赫拉的身份是弗朗西斯·陈,所以我称呼他为"父亲"。

视野渐渐明亮起来。我飘浮在萨尔图城邦的上空,我看到棋盘状的街区,鳞次栉比的方形大楼,穿梭不息的交通单元。下一刻,我附身于一架无人巡逻机,我掠过沿街飘扬的彩旗、熙攘的人群、人群中岿然不动维持秩序的治安机器人。因为"门"提前关闭,今天难得地放晴了。

和四年前的那一天一样。

我稍稍分神,无人机摇晃了一下。

"孩子,你怎么了?"弗朗西斯·陈问。

"没什么,只是……"在躯体的幻觉中我的毛孔收紧,"有点累。"

"为了筹备庆典,你最近确实很辛苦。"他善解人意地说,"今天结束以后,你好好休息,接下来我们要为完全融合做准备了。"

完全融合。我下意识地将幻肢抱于胸前,保护那被人觊觎的自我。

"我不会让这种事发生,"梅说,"我们会在这之前阻止赫拉。"

"你认为在告诉人们真相,并且把知识还给他们之后,赫拉就会失去对城邦的控制?"我带着几分怀疑地问。

"这不会立刻发生。"梅回答道,"瑞,我们要有耐心。"

下午五点三十五分,庆祝正式开始。在此之前,我已经做好了交通单元的疏通和安防布控。我偷偷地留意形迹可疑的人,为他们留出警告阈值以下的活动空间,抹去他们留下的热痕迹。

游行的队伍缓缓移动。无人机抛下彩色纸片,机器人不厌其烦地向人群递出软饮料和苏打饼干。增强视域里奏响《蓝色多瑙河》,赫拉不吝算力地将萨尔图城邦渲染成一片梦幻王国:灰色的楼宇变成连绵的群山与群山之巅的哥特式城堡;云朵幻化成巨大的齐柏林飞艇;四匹烈火骏马横过天宇,太阳的位置是一架金色战车,其上站着英俊的天神赫利俄斯(而非谬传的阿波罗);当人们看向彼此,他们会看到一张张以假乱真的完美脸庞,有人开始情不自禁地亲吻自己的伴侣或者陌生人,发出响亮的笑声和低低的呢喃。在这一刻,放纵是被允许的。

夜幕降下,人群涌向一个个市民广场。LIFI 光幕在天空中被点亮,如同飘逸的极光。音乐切换成《1812 序曲》,我永远无法理解赫拉的音乐品味。增强现实中的景象开始光怪陆离起来:在夜空中飘浮的闪光水母、顶着灯泡游弋的鮟鱇鱼、发出"嗒嗒"声响的抹香鲸,赫拉在向萨尔图城邦的居民展示另一个世界,一个在他们有生之年无法去到的世界。

晚上十一点零五分,庆典即将进入高潮。

"我们会在庆典最高潮的时候动手,这样能够制造最大程度的混乱。"梅说,"这时你要运行我给你的程序——不,现在不要点开! 赫拉会发现的。"

"这是什么?"我问。

"一个小小的特洛伊木马。"梅眨了眨眼,"它会允许我潜入赫拉的主程序之中,到那时她的秘密、她雪藏的知识将向我暴露无遗——瑞,使这一切变为可能的,是你给我的神经网络架构信息。"

人群忽然安静下来。增强视域里的音乐戛然而止,视觉渲染同时消失。

一个休止符。

下一秒，散布于城邦各处的四原色激光投影仪在人们头顶一千米高空织出一片荒原。人们抬起头，看到黑色的土地，看到爬满锈迹的"磕头机"，看到他们熟悉的铁人公园和那片原封不动的荒凉，这一切都倒悬在他们的头顶，如同即将迎面坠毁的另一个世界。

画面开始变化。荒漠的上方，也就是更接近人们头顶的地方，忽然有光芒闪现，那光芒铺成长长短短不断闪烁的光带，横陈在两个世界中间。接着进入画面的，是快速移动的黑色物体，如果在增强视域中调整焦距，你会认出那是工业时代的四轮交通单元。

很快便有人反应过来：赫拉正在再现历史。而这一切一切的肇始，就是萨尔图上空的异常能量反应。影像的速率加快。光斑消失，而在它消失的地方，一个丑陋的不规则建筑慢慢升起，那就是"门"，万物之源。在与"门"遥遥相对的地方，一座超然有如神迹的建筑也在生长，围绕着它的是蜂群般忙碌的人和交通单元，房屋和街道如漾开的涟漪向外扩散开去。渐渐地，天空中景物的轮廓变得模糊，这是水汽充盈的结果，城邦的外围土地被不可见的纳米虫翻成深棕色，又变成绿色和金黄色——这片土地正在收获。

时间被进一步加快。越来越多熟悉的事物出现在倒悬的世界中：工业区和住宅区、成片成片的包豪斯式建筑、交通单元轨道、飞蝇般麇集在城市上空的无人机……

庆典的高潮即将到来。

"但更有可能的是，赫拉会很快反应过来……"梅说，"五分钟。如果超过这个时限，你就要趁乱从塔中逃离，外面会有人接应你，把你带到一个安全的地方……"

十一点五十九分,那悬在天空中的世界变成了萨尔图城邦的倒影。

十二点整,绚烂的烟花在互为倒影的两个世界同时炸开。

点开程序的那一瞬间,我回忆起我的初吻,我思量着在这一刻又会有多少初吻发生,有多少懵懂的爱情被最终确认……

——爆炸。

火光。

人潮瞬间的凝固。

融合中断。我从座椅中弹起,连接着后脑勺的探头被硬生生地扯出,巨大的惯性将我推倒,我如狗一般四肢着地——我以这样的姿势等待了整整五分钟。没有梅的消息。

取而代之的是悠扬的口哨声和沙哑的电吉他音。

它们为什么会在此刻出现?

我挣扎着爬起,跌跌撞撞地前行。在透明观景游廊中,我看到两个世界爆炸的火焰,黑色的烟雾向着彼此坠落。

I follow the Moskva

Down to Gorky Park

Listening to the wind of change...

是蝎子。梅在木马中放了一只蝎子。我撞进专属交通单元,启用紧急权限。这变迁之风,这新世界的呐喊,现在笼罩在整个萨尔图城邦的上空。

下降中,我看到各色制服站在每一扇观景窗前,一动不动地观看着两百周年的死亡焰火。

...The world is closing in

Did you ever think

That we could be so close, like brothers...

在那扇将我迎进塔的大门前,治安机器人不知所措地望着我。也许它们的程序并没有说明该如何对付一个逃离塔的人，也许赫拉瘫痪导致它们也随之瘫痪——它们眼睁睁地看着我砸开大门旁的玻璃匣子，拉开了大门的应急开关。

我冲入弥漫着硝烟味的夜色。

...Take me to the magic of the moment

On a glory night

Where the children of tomorrow dream away

In the wind of change...

一只手挽住我的手臂，兜帽下面传来熟悉的声音："跟我走。"

我无暇思考这声音对应着哪张面孔。我被这只手牵引着，穿过连接外围区的甬道，进入距离塔最近的市民广场。我与人群遭遇，哭号着、咒骂着、嘶吼着的人群，我走进血红色的夜空，呼吸硝烟和皮肉被炙烤的混合气息。我听到四面八方有如春雷翻滚的爆炸声。我撞入一片尘埃，剧烈地咳嗽，忽然间我被一坨硬邦邦的东西绊倒。那只手把我拉起来，而在这个瞬间我看清了绊倒我的是什么：牛仔裤、白色运动鞋。一截人腿。

...Walking down the street

Distant memories

Are buried in the past forever...

"不应该是这样，不应该啊！"牵着我的人说道，"她说过只是一些唬人的小动静，不应该造成杀伤的……"

他停住脚步，而我趁机俯身呕吐。

...The wind of change blow straight into the face of time

Like a stormwind that will ring the freedom bell

For peace of mind

Let your balalaika sing

What my guitar wants to say...[①]

歌声止息。增强视域的通信功能同时恢复。

夏瑞……滋……梅……能听……滋……

梅,这究竟是怎么回事?

我被赫……滋……算计了……

你现在在哪里?

我在……滋……会合……可能来不及……

梅!

……成功……滋……进赫拉……我看到……滋……时空……我的父亲……

梅!

我明白……在开始的……滋……找到我……

通信被杂乱无章的信号淹没。这时我已经走出了很远,眼前的街景开始变得熟悉。陌生的部分是奔窜的人群、被火焰炙烤得扭曲的空气和忽明忽暗的血色光影。

我们进入了三角区里的黑市。在外围区这个幽明的角落,一张张丑陋的、残破的、缺乏美感的脸迎面而来。这里的人都定定地站着,手里提着肉串和酒瓶,远眺在灯火辉煌之处腾起的火焰和死亡。

不知为什么,这地方令我感到安全。

"我们去哪儿?"

"跟紧我!"似曾相识的声音头也不回,"穿过这里,我们就——"

轰!我在气浪中翻滚几圈。瞬间,我失去了所有的肢体感觉,只有一声蜂鸣直直捣入我的颅腔。我趴在地上,不知用了多长时间才找回自己。我挣扎着爬起来,抹去盖住右眼的黏糊糊的液体,我看到——破碎的酒瓶、流淌的肚肠和鲜血,红色的火光和黑色的烟尘把每一张扭曲的脸涂抹成鬼魅。这就是炼狱,而我正身

---

① 出自蝎子乐队的歌曲 Wind Of Change。

处其中。我低头在烟尘中搜索良久，才找到带领我的人。他硬挺挺地躺在地上，脸上的兜帽已被爆炸扯碎。我俯身凑近，认出了那张脸。

夏然。我的父亲。

我发出一声干号。我抚摸他黑黢黢的脸颊，抱起他的上半身用力摇晃。我失去了他，我心中确信无疑，而我还有那么多的话、那么多的抱歉想亲口对他说——

"喂，老爸我还没死呢。"

我停止动作。我看到一双眼睛扑闪，一侧嘴角卷起笑意。

"至少现在还不行。"夏然又说。

我笑了，眼泪却止不住地流下来。我用力地拥抱了他一下，后者发出痛苦的呻吟声。

"哎哟，我们快离开这鬼地方吧。"

我架起我的父亲，蹒跚着，一步一步穿越炼狱。

梅，我不相信你会做出这样的事情，这已经远远越过了我们为自己画下的那条线。我们是解放者，我们不是屠夫，我们——

……在黑市的边缘，一个身影横在我和夏然的前方，在火光和烟尘中，这身影有如一座小山。

"夏瑞。"那个身影说。

我浑身僵硬。

"就知道是你和你的小情人干的好事。"狗熊向前一步。

我推开夏然，"狗熊，你听我——"

拳头砸向了我，一时间天旋地转。恍惚中，我被一只手拎起来，影影绰绰的火光在一张苍白的脸上燃烧。

"不要让我再看到你。"狗熊热烘烘的气息喷向我，宛如爆炸的余波，"现在滚吧。"

我艰难地吞咽口水。

"有机会的话,替我问候赫拉那个臭婊子。"

他的一只眼珠凝然不动,脸上挂着永恒的微笑。

"那个家伙是怎么回事?"兀鹫还是忍不住插了嘴,"他应该把你交给我。"

"我想有时候人是非理性的,"我耸了耸肩,"我想有时候他们能够察觉到真正塑造他们命运的是什么。"

"或者那是 W 分子的功劳——一定是的。"说完,兀鹫拢起翅膀,摆出聆听的姿态。

我们最终到达位于第三区边缘的地下农场。在其后的一年,这将是我藏匿的地方。

那天晚上,有一千一百五十六人死于发生在城邦各处的爆炸。赫拉将其定性为新 W 分子的恐怖活动,随即宣布全城进入戒严状态。大批异见分子或疑似异见分子被投入监狱。审判仓促进行,他们被判处十年至一百五十年的徒刑。

而梅不在此列。

与我通话结束后不久,她便被捕。本来她要被押解至中心区接受审判,但根据赫拉的说法,在经过"门"的时候,她竟从机器人治安官的控制中脱逃,跑入了"门"的作用范围,被"门"的引力阱所俘获。

她跌入了虫洞,从此杳无踪迹。

"是我开启了'门',但那是为了控制火情。"兀鹫说,"她的自我了断替我省却了许多麻烦:不会有殉道者,不会有振臂高呼应者拥护的英雄,新 W 分子的领袖是个畏罪潜逃然后死于意外的人。"

然而,梅实现了她的目标:她盗取了火种。赫拉运转的秘密,数论、代数几何、时空理论、大统一理论、修正标准模型、圈量子理论、全脑地图、基因编辑技术、计算机技术、人工神经网络架构技术……完整的、未被删减的知识被散布到增强视域中。尽管赫拉四处堵截和删除，但火种已经被播撒到大地之上，她不可能扑灭燃烧的野火。

只是直到现在，野火还未曾燎原。

很长一段时间，萨尔图城邦都沉浸在极度的惊愕和悲痛中。庆典之夜造成的破坏使整座城市心智恍惚。人们很自然地把愤怒的矛头指向新 W 分子，他们不再把自以为的正义付诸法律，而是通过私刑来解决问题——这座城市变成了审讯室和刑场。每天都会发生多起致残与死亡，而治安机器人则在赫拉的授意下袖手旁观。在这场运动中，人性的卑劣显露无遗。那些懦弱、残忍、贪婪的人崭露头角，成了激情洋溢的刽子手，他们把打击的范围扩大到一切与他们不和的、被他们嫉妒的人的身上，他们用能想到的任何借口栽赃和污蔑，他们鼓动那些恐惧而又盲目的人……他们掀起了一轮恐怖高潮。

没有人敢于谈论反抗。没有人敢于谈论解放。

在地下农场的幽禁岁月里，我终于想明白，赫拉肯定对新 W 分子的行动了如指掌，她让自己的爪牙渗透到他们中间，把原本的低烈度土制炸药换成威力巨大的"黑索金"①，把原本只是为了恫吓人群的烟火秀变成了死亡嘉年华。

她的目的达到了，所有人都在仇恨新 W 分子。在可预见的岁月里，再也不会有这么一大群棘手的异见分子。

而我的梅，则彻底消失在球对称虫洞粉碎一切的潮汐力中。

梅为我安排了一个安全的地方。我想地下农场一定处于赫拉统治的物理裂缝之中。一年来，我躲藏于这个数万平方米的地下洞穴，夏然或艾米莉会不定期为我送来补给物资。我可爱的父母，他们竟然是 W 分子，而且向我隐瞒了如此之久。随着地面上风声渐紧，补给变得时有时无。我只好采摘葡萄、辣椒和土豆来

---

① 即环三次甲基三硝胺，一种爆炸力极大的烈性炸药，比 TNT 猛烈 1.58 倍。

果腹，我用铝制易拉罐收集冷凝管上滴落的水珠，我视母鸡产下的蛋为珍馐，用它们满足我对荤腥的饥渴……后来，就连供电也开始出现问题，日光灯会毫无征兆地熄灭，我被扔进一片无声无息的黑暗之中。这时我会抱紧双臂，徒劳地思念我那消失的爱人。慢慢地，我的生物钟不再标记黑夜与白天。我会在黑暗中睡去又醒来，醒来又睡去，我会梦见梅，梦见梅的人偶，梦见铁人公园的夕阳；但更多的时候，我会梦见在赫拉的影像库里看到的那一幕：老吉米的虚拟肉体被缚于山巅之上，一只兀鹫日夜不息地啃食他的内脏，无视他的咒骂与哀求。在时间速率被极度压缩的虚拟世界里，这一过程持续了成千上万次，直到老吉米的大脑不堪忍受，杀死了那个能够感知疼痛的自我。

在梦中，我无比确定这一切终将发生在我的身上。我战栗着醒来，孩子般抽泣，任涕泪在脸上纵横。而黑暗凝视着我，沉默不语。

这时候我会想象梅就在我的身边。

梅，我很想你。

我知道，我知道。

我害怕。

我知道，我知道。

告诉我该怎么做。

傻瓜，我已经告诉你了。

灯光亮起，幻觉消散于空气。我抑制住自己的颤抖，开始努力回想梅留给我的暗示。

……成功……滋……进赫拉……我看到……滋……时空……我的父亲……

我明白……在开始的……滋……找到我……

在开始的。梅肯定知道我除了地下农场便无处可去，那“开始”指的是什么呢？

毫无头绪。

当我即将被黑暗逼疯时，艾米莉带来了一样东西。

"这是前灾变时代的投影仪，里面装了很多电影。"她红着眼睛，轻抚我的脸庞，"阿瑞，你不能总是用回忆和想象折磨自己。"

我点点头，用指尖揩去她眼角的泪。

"阿瑞，"艾米莉说，"不管你身体里流淌着谁的血，不管你做了什么，我和你爸——我们都永远爱你。"

我把这个在几年内急速衰老的女人搂在怀中，努力不让自己哭出声。

接下来的几个月，在电力供应短暂恢复的时候，我会在隔间那印着淡黄色水渍的白墙上看一部又一部的电影。在电影里，我看到人类对未来的绚烂想象，看到人的自救与自戕，看到那些绝望的爱与赴死……这一切于我而言如雾似梦，都无法缓解我的恐惧与空虚。我在影片库里翻捡，直到我明白自己无法翻捡出启示与救赎。

在绝望中，我点开最后一部影片，关于萨尔图城邦的纪录片。

《在开始处》。

脑海里飞溅火星。我的脊背绷了起来。影片开始，黑色的背景中响起男声：

上帝说，要有光，于是世间就有了光。

屏幕正中出现长短不一的光束。

异常能量反应的第一个迹象，便是天空中的绚丽光斑。这就是萨尔图城邦的开始处，也是人类文明……

在开始处。在开始处。我将画面定格，呆呆地看着长长短短的光束。如果把长的光束看成 1，把短的光束看成 0——从今以后我们就有了只属于我们两个人的语言。我连滚带爬地去翻找纸笔。我的手剧烈颤抖着，一帧一帧记录下变幻着的光斑所代表的二进制数字：

10100001000001111101001101111100……

关闭增强视域的我凭记忆认出了前两个汉字。

傻、瓜。

我后退几步，跌坐在地上。我的喉咙发出空洞的呜呜声，我的眼前是一片汪洋。梅，这是你吗？这是你！我孩子般哭了起来，接着又笑，咸涩的眼泪流进我敞开的嘴角……几天后，当夏然来看我时，我向他索要了 UNICODE 与汉字的对照码表。

我破译了梅从过去寄来的信。自此我了无牵挂。

在地下农场躲藏了一年之后，我重新回到了阳光下。脏乎乎的阳光刺痛了我的眼睛，使我流泪，也让我感到了久违的温暖。我深深地呼吸萨尔图城邦潮湿滞重的空气，我蹚开萨尔图城邦那永不散去的水汽。

我走向了塔。

101110001110001

"这不可能，"兀鹫说，"她已经被潮汐力撕碎了。"

"被撕碎的是她的肉身。"我说，"而我们的意识也许只是一种结构化的能量形式，有可能在潮汐力中幸存。"

兀鹫的脸皱了起来，"你在谈论灵魂。"

"科学意义上的灵魂。"

它想了一会儿，"姑且假定你是正确的。我想知道，她怎么会想到通过这种方法来传递信息？她如何确定这是可行的？"

"我猜，在侵入你时，梅占有了你的大部分算力。"我回答道，"在短短的几分钟内，她吸收了许多知识，包括前人对存在之谜的深刻洞察。她一定在知识统合的过程中窥见了时空的完整图景，进而计算出了通过球对称虫洞进行时间旅行的可能性。"

"代价高昂的赌博。"它低声评论道。

"如果你明白自己触怒的是一个睚眦必报的天神，那么这就是可以接受的代价。"

兀鹫沉默片刻，"……她说了什么？"

"我已经把破译的方法告诉了你，"我深深地吸了一口气，"何不自己去看看？"

兀鹫乜了我一眼，随后目光陷入呆滞。我想它进入了萨尔图城邦的视频资料库，正把两百多年前的光学异象转译成二进制代码。

——梅，为了这一刻，我们做了太长时间的铺垫。

成败在此一举。

"我只破译出前两个字和后八个字。"半晌之后，它说，"'傻瓜。在光明的世界再会。'中间那些二进制数字串，我无法把它们翻译成汉字。"

"因为那些代码本来就没有对应的汉字。"我说。

它瞪大眼睛看我。

"父亲，"我的嘴角上翘，"下面我要告诉你的，才是故事的最后一块拼图。也许你不会想到，此时我们不仅仅是讲述者和聆听者——故事还没有结束，你我二人依旧是舞台上的演员，等待落幕的时刻。"

那双琥珀色眼珠里的瞳孔在慢慢收缩。

110111010010000

"一个小小的特洛伊木马。"梅眨了眨眼，"它会允许我潜入赫拉的主程序之中，到那时她的秘密、她雪藏的知识将向我暴露无遗——瑞，使这一切变为可能的，是你给我的神经网络架构信息。"

"嗯。"

"你在想什么?"

"梅,你刚才说我们要有耐心。"我凝视着人偶的黑色眼睛,"我在想,耐心能不能带我们走向胜利。"

梅笑了笑,"当然不能。但耐心应该能带你听完我的计划。"

在增强视域的另一边,我的脸烧了起来。

"植入木马后,我会完全理解赫拉,包括她最底层的架构。"她继续说道,"瑞,我曾经说过,我们生活在层层抽象之上,而我一直在试着理解这种抽象。增强视域运行的原理是什么? 它下面的人工神经网络呢? 人工神经网络的下面又是什么? 在这几年里,我拼命学习计算机硬件和编程知识,四处搜集古老的文献⋯⋯而我能达到的极限,就是找到承载赫拉的那一个抽象。"

"那一个,抽象?"

"一个古典超级计算机阵列。而它的基础,是决定电路通断状态的半导体逻辑门。在逻辑门之上,计算机科学家搭建起了一层又一层的抽象:二进制加法器、反馈与触发器、振荡电路、存储器组织,机器语言、汇编语言、高级计算机语言、高级语言的高级语言、操作系统⋯⋯这些抽象层层嵌套,构成了赫拉的宇宙。就算是她,有时也会忘记,电路的通断,也就是有或无的简单逻辑运算,才是她生命的碱基对。赫拉为她的代码设置了重重防范,而这不过是抽象对抽象、计算机语言对计算机语言的战争,我们不可能赢得这场正面交锋。"梅顿了顿,"唯一能击败她的方法,就是绕开所有的抽象,直接操控她的逻辑门。"

"0 和 1 ?"

"对,0 和 1。"她点点头,"一旦我掌握了计算机阵列的底层指令集,我就能用 0 和 1 编写一段病毒序列,它会绕开赫拉的免疫系统,进入她的细胞核,对她的 DNA 展开攻击——它会将她摧毁。"

"所以,我们会胜利?"

"我们会胜利——"梅捧起我的手，"只要再迈过最后一道难关。"

我的手从梅的手中滑出。

"要毁灭赫拉，就必须把病毒直接写入她的核心代码之中。"梅虚捧双手，如捧着一团空气，"在萨尔图城邦，也许只有一个人能够见到她的真身。"

"这个人是我。"

她垂手，"对。"

"告诉我该怎么做。"

"夏瑞……"

"告诉我。"

她舔了舔嘴唇，"在黑进赫拉之后，我会在最短的时间内把病毒序列传给你。只要你留在增强视域里，就一定会有机会面对她——你要做的，就是想办法把病毒写入她的核心代码……"

长时间的停顿。在我以为这就是她计划的全部时，梅又重新开口："但更有可能的是，赫拉会很快反应过来，她会发觉我们之间的联系并将其切断，这样我就无法在第一时间传送病毒序列。五分钟。如果超过这个时限，你就要趁乱从塔中逃离，外面会有人接应你，把你带到一个安全的地方……

"我会想办法把序列传给你，在得到序列之后，你要以一个戴罪之人的身份重新投入她的怀抱，寻找机会完成使命。"她的视线从我的双眼上逃开，"我不知道她会在暴怒之中对你做出什么，但那绝不会是和风细雨——瑞，我很抱歉。"

我闭上眼睛。呼吸。呼吸。然后点头。梅并不知道她在为什么而抱歉——我宁愿她永远都不曾知道。

"我明白了。"我说，"让我们给那个臭婊子一点颜色看看。"

101110001110001

"所以我刚才读取的是一段病毒序列？"

我点了点头。

"哈哈。哈哈。"兀鹫干笑两声，"这就是你们的计划？"

"对。"

"很有想象力，但是——"它卡顿了一下，"但但但但但但是……"

血色天空中出现一块小小的阴影——黑色的、矩形的像素，仿佛梅的眼睛。此刻它正在迅速扩大。

"卑卑卑……鄙鄙卜卜啵……"兀鹫说。彩色的碎末从它的身上掉落。羽毛、皮肤、肌肉、血管、神经、五脏六腑。这丑陋的食腐鸟，或者虚拟世界里的神，正在从外向内，如风中之沙般消散。

"父亲，你说得没错，"我说，"你对人类缺乏想象力。"

"我……不会……一定……有办法……操……"

我眼前只剩钩形的鸟喙和两只琥珀色的眼珠。萨尔图神祇的残渣正悬浮在一片纯粹的黑暗之中，试图在没有大脑、发声器官和空气的参与下向我表达什么。

我朝那团残渣啐了一口，"下地狱吧！"

之后，我便再也听不到，再也看不到。

这个世界崩塌了。

111010100011111

七点五十分，我在灰蒙蒙的晨光中睁开眼睛。信息壁纸里是萨尔图城邦毛茸茸的天际线。我看到那座银色巨塔，和与它遥遥相对的"门"。三十分钟后，我与夏然和艾米莉道别——我亲爱的老爸老妈被囚禁了几个月，但他们挺了过来——走出公寓，走到外围区的大街上。空气潮湿沉重，我深深地呼吸，肺部弥漫着甜丝丝的疼痛。

由于交通系统暂时瘫痪，我步行一个小时才走到地下农场。或许不该再叫它地下农场了，这片爱与黑暗之地如今成了一块示范田，萨尔图人将在这里重新学会用自己的双手耕种——文明崩塌了，但它会得到重建。迟早有一天，我们会重新拥有自动化农业、集中式交通、法庭和金融。也许在很长一段时间里生活会很艰难，但这也会让我们真切地感受到自己还活着。

我看到混迹在人群中的各色制服，这些曾经的塔中之人动作笨拙、面红耳赤，他们在和周围的人说话时身体会夸张地动着，仿佛语言不足以击破理解的屏障；那些聆听的人则眉宇紧蹙，用手指不知所措地拧着衣角。他们愤怒地争吵，大声地笑；他们吃力地思索，疲惫地呻吟……他们将不再拥有作为一只蜜蜂或者齿轮的舒适，不再拥有虚拟的天堂和整齐漠然的眼神。他们将被生活的洪流裹挟，在痛苦与欢欣中沉浮。他们会平步青云，会意外夭折，他们会颓废消沉，会上下求索；也许有一天，他们会重建阶级与阶层，会重新发明奴役与战争；也许有一天，他们会再次步入星海，会彻底抛弃肉身——一切都是未可知的，一切也都是可能的。重要的是，他们终于可以选择自己的生活。

这混沌，暴力，而又富有生机的生活。

结束一天的劳作后，我没有直接回家，而是走了一条折线——我先去了梅的家。在门口迎接我的是人格单元艾玛，失去赫拉的支持后，机器人的智力下降了不少，但照顾一个只有基本生理需求的人对它来说并不算难事。

我对它点头致意，走近沙发，俯身凑近老吉米。

"嗨，老吉米。"我说。

他哼了两声，目光空洞。

我坐到他身边，握住他的手。

"对不起，我没有遵守自己的承诺，"我说，"我没有保护好梅。"

"嗯嗯。"

"但我完成了复仇——为你，也为梅。"

"嗯嗯。"

我在老吉米身边静静地坐了好一会儿，直到他发出急促的哼哼声。

"老吉米，你想说——"

他抬手，接着凝然不动，如一尊雕像。

"哼——哼——"

我起身走过去，在想象中画出他手臂的延长线——它指向书架上那一排CD。

我明白了。我在CD盒里翻找，找出那只金色的蝎子，我将它放入机器中。"滋滋"的读盘声。音乐响起。

"哼——哼——"老吉米并不满意。

跳到下一首。

"哼——哼——"

下一首。

他沉默了。

Walking through a winter night

Counting the stars

And passing time

I dream about the summer days

Of love in the sun

And lonely bays...

我看向老吉米。他嘴巴微张，眼中隐现一抹光华。

...I see the stars they're miles and miles away

Like our love

On one of these lonely winter nights...

那一抹光华在慢慢凝聚，老吉米的口中蹦出单词：

It...to me...yesterday...think...couldn't stay...

一个死去的灵魂正在摇滚乐中艰难重生。

我将脸埋入双手。

梅，你看到了吗？——你一定看到了。那被毁灭的也在重新搭建自己。

而我在等你。

Snow dances with the wind

I wish I could be with you again...

我在等你对我说："过来。"

一如我们的初次相遇。

而这一次，我会毫不犹豫地，跨过那条线。

Lady starlight help me to find my love

Lady starlight help me tonight

Help me to find my love...[①]

我会。

（责任编辑：汪 旭）

---

① 出自蝎子乐队的歌曲 *Lady Starlight*。